처음으로 '미용'에 대한 이야기를 써보았습니다.
당신이 가지고 싶은 '아름다움' 그리고 '행복'은
누구의 눈을 통해 본 것입니까?

미나토 가나에

조각들

조각들

カケラ

미나토 가나에

심정명 옮김

비채

차
례

시골 마을에 사는 여자애가

대량의 도넛에 둘러싸여 자살했다더라.

모델 같은 미소녀라며.

아니 나는 학교에서 제일 뚱뚱하다고 들었는데.

심야 토론 라이브
오늘의 주제 : 교칙

반드시 지켜야만 하는 건 한 손으로 셀 수 있을 만큼만 정해놓는 편이 좋지 않을까요?

예를 들어 'SNS에서 타인을 중상, 비방하지 않는다' '타인에게 정신적, 신체적으로 상처를 주는 행동을 하지 않는다' '타인의 학업을 방해하는 행위를 하지 않는다', 이 세 가지만 지키면 학교가 지금보다 아이들이 지내기 쉬운 환경이 될 거라고 생각해요.

선생님들도 바쁘잖아요.

수업에 동아리 활동, 진로 지도에 생활 지도……. 학생들에게 던져주어야 하는 공이 많이 있어요. 선생님들이 던지고 학생들이 받는 캐치볼이 원활히 진행되면 교사와 아이들 사이에 신뢰

관계가 생기죠.

이제 막 입학한 학생이라면 누구나 어떤 공이 날아와도 잡으려고 애쓸 거예요. 하지만 다 받을 수 없을 정도로 많은 공이 날아온다면?

전부 받는 걸 단념하지 않을까요? 그뿐 아니라 공 자체를 의식하는 것도 포기할 겁니다. 저건 시시한 거야, 나랑 관계없는 거야. 이렇게 자기한테 유리한 쪽으로 해석하겠죠.

그러다 보면 중요한 것까지 지켜지지 않게 됩니다.

제가 불필요하다고 생각하는 교칙요?

지금 모니터에 나와 있는 항목에서 보자면 '복장·두발 규정'은 필요 없지 않을까요? 다양성이라는 말이 침투한 지금도 상당수의 학교가 아직 이 규칙을 유지하고 있죠.

머리 색, 치마 길이, 화장. 이런 게 학교 규칙에 어긋난다고 해서 누가 곤란하다는 걸까요? 여학생도 바지 입을 자유가 있죠. 그리고 쌍꺼풀 수술. 이게 방과 후에 몇 시간씩 혼나야 할 일인가요?

집단의식이 해이해진다고요?

아직도 모든 사람이 발맞추어 같은 행동을 하는 게 좋다고 생각하시나요? 얼굴, 체형, 성격, 학습 능력, 운동 능력 전부 사람마다 다른데.

저보다 현장에 계시는 선생님들이 더 잘 아시겠지만, 등교 거부를 하는 아이가 모두 집단 괴롭힘 같은 지독한 일을 당하는 건 아니에요. 대부분의 어른은 이해할 수 없는 사소한 이질감 때문에 마음 둘 곳을 잃어버리는 아이들이 많이 있습니다.

세상이 옳다고 하는 일들, 학교가 옳다고 하는 일들. 어떻게든 좁은 틀에 스스로를 끼워 맞추려고 노력했지만 잘 들어맞지 않는다고 느껴지는 일들. 저는 그게 이질감의 정체가 아닐까 생각해요.

모래가 든 주머니를 상상해보세요. 작은 이질감은 그 주머니에 생긴 긁힌 상처 같은 거예요. 본인이 작은 틈을 필요 이상으로 의식해서 만지작거리다 틈이 벌어지기도 하지만, 본인은 그다지 의식하지 않거나 혹은 의식하지 않으려 하는데도 남이 조심성 없이 만지는 바람에 주머니에 구멍이 나는 경우도 있습니다.

찢어진 주머니에서는 모래가 흘러나오죠. 이 모래가 무엇일까……?

자신감이에요.

자기 긍정이에요.

긍지예요.

존엄이에요.

모래가 흘러나오는 구멍을 수선할 수 있게 돕는 것도 교육자인 선생님의 역할 아닐까요? 그리고 저는 미용외과 의사라는 직업도 거기에 도움을 줄 수 있다고 믿습니다. 물론 제가 상대하는 건 학생들만이 아니에요. 오히려 전체 비율로 보면 적은 편이죠.
홍보라고요? 설마요.

저는 제가 먼저 남에게 성형을 권한 적은 한 번도 없어요. 병
원에 오신 환자분들에게도 제가 먼저 눈을 이렇게 하자, 코를 이
렇게 하자 권하지 않아요.

환자분들이 뭘 원하시는지 들어보고 거기에 대해서 뭘 할 수
있을지, 어떤 시술이 가장 적절할지를 검토하고 제안을 드리죠.

쌍꺼풀을 해달라는 환자분에게 코를 세우자고 권하지 않아요.
설령 그렇게 하면 그분이 더 아름다워질 것 같아도요.

그 말은 해주는 편이 낫나요? 그럴까요? 물론 환자분과 상담
을 하다가 "무조건 예뻐지고 싶어요. 어떻게 하면 좋을까요?" 같
은 질문을 받으면 눈보다는 코가 아닐까 조언을 드립니다.

하지만 병원 문을 두드리는 분, 특히 처음 오시는 분은 여기를
이렇게 해달라, 목적을 명확히 말씀하시는 경우가 많아요.

그건 문을 두드리기 전에 고민한 증거라고 생각하시지 않나
요? 쌍꺼풀을 만들겠다고 생각하기까지는 어떤 이유가 있는 거
예요.

눈 때문에 직접적으로 놀림을 받은 적이 있다. 눈매가 사납다
는 말을 들은 적이 있다. 선생님을 그냥 쳐다봤을 뿐인데 "그 눈
빛은 뭐야?"라며 혼이 난 적이 있다. 이대로 가다가는 앞으로 진
학이나 취업에도 영향이 있을지 모른다. 부모님이 이런 부분을

염려해 아이를 데리고 오는 경우도 있습니다.

또 대놓고 놀림받은 적은 없지만 친구가 안 생기는 게 사람들이 눈 이미지만 보고 차가운 사람이라고 판단했기 때문일지도 모른다고 생각하는 사람이 있는가 하면, 좋아하는 사람이 다른 여자를 선택한 이유가 그 여자는 쌍꺼풀이 있는데 나는 홑꺼풀이기 때문이라고 단정 짓는 사람도 있어요.

눈 때문이 아니다? 문제는 그게 아닙니다.

중요한 건 본인이 눈 때문이라고 생각한다는 거예요. 그 해결책이 쌍꺼풀 수술이라면 간단하지 않나요? 물론 비용은 듭니다. 간단한 수술은 몇만 엔이면 되지만 눈꺼풀 상태나 근육이 어떻게 붙었느냐에 따라 몇십만 엔이 드는 경우도 있어요.

저는 그런 내용을 잘 알려드릴 뿐, 최종적으로 결정하는 건 환자분이에요. 그 결정 뒤에는 지금보다 행복한 매일이 기다리고 있을 거라고 믿으면서.

용기를 내어 한 발 내딛겠다고 결의를 하신 거죠.

그걸 왜 부정하는 걸까요?

개중에는 선생님이 학생부에 영향이 있을 거라고 협박했다며 원래대로 돌려달라고 울면서 찾아오는 친구도 있었어요. 결국 그대로인 채로 돌아갔지만 그 뒤에 등교 거부를 하게 됐다고 들었어요.

그런 교칙이 필요한가요?

본말전도예요. 쌍꺼풀을 만듦으로써 긍정적인 마음으로 학교를 다닐 수 있는 아이가 있는데, 교칙으로 금지하다니 이상하잖아요. 왜 미용과 교육을 분리해서 생각하려고 하죠?

둘 다 마음을 풍요롭게 해주는 활동인데요.

돈을 꼭 들여서, 수술까지 해야 하냐고요? 시력이 나쁘면 안과에 가죠. 충치가 생기면 치과에 가고. 감기에 걸리면 내과에 가고요.

외모가 예쁘지 않은 것과 아픈 것을 똑같이 취급하느냐고요? 병으로 고통받는 사람한테 실례라고요? 이런, 말꼬리 한번 제대로 잡으시네요. 제가 사기꾼이라도 된 것 같네요.

여러분, 여기에 준비된 제 이름표를 잘 보세요. 저는 의사입니다. 의대를 졸업하고 국가시험에 합격해서 필요한 연수도 받고 나라에서 허가를 받아 뷰티클리닉을 경영하고 있어요.

병원에 오시는 분들 가운데 고통을 겪고 있지 않은 사람은 없어요.

자기 자신을 사랑하는 사람이 한 명이라도 더 많아지기를.

저는 그에 일조하는 제 직업에 자부심을 갖고 있습니다.

날씬해지고 싶어.

드디어 데드라인을 넘겨버렸거든.

살을 빼야겠다고 생각한 건 처음이 아니야. 다이어트도 몇 번한 적 있어. 하지만 위기감을 느낀 건 이번이 처음이야. 인생 최고치, 설마 내가 이 체중이 되리라고는 상상도 못 했거든.

애초에 다이어트 같은 건 내 인생이랑은 무관할 줄 알았어.

초등학생 때 짓궂은 남자애가 '닭뼈다귀'라는 별명을 붙였을정도인데. 맞아, 호리구치 겐타. '땅꼬마'란 말에 발끈해선 뭐 때문인지 나한테 분풀이를 하더라고. 나는 아무 말도 안 했는데.

아마, 사노 너였지?

미안하기는……. 정말 미인은 유리해. 입이 험한 사람은 사노 넌데 다들 주눅이 들어서 옆에 있는 내가 불똥을 맞았으니.

겁을 줄 생각은 없었다고? 알아. 다들 네가 노려봐서 주눅 든 게 아니라 웃는 얼굴에 주눅이 들었다는 것쯤은. 지금 와서 생각해보면 그쪽이 더 무섭지. 웃는 얼굴로 상대방을 돌로 만들다니, 어지간히 예쁘지 않고서야 무리잖아.

신호등이 초등학교 앞에 딱 하나 있는 시골에서 어렸을 때부터 친하게 지내서 철들 무렵에도 자연스럽게 네가 옆에 있었으니까, 세상에는 서른 명에 한 명 정도 비율로 미인이 존재하는 줄 알았거든. 하지만 결국 자전거를 이십 분이나 밟아서 중학교에 가봐도, 버스에 한 시간씩 흔들려가며 고등학교에 다녀봐도, 비행기를 타고 상경해 대학에 진학해도, 사노 너 같은 미인은 못 만났어.

뭐, 미스 월드 일본 대표 출신한테 새삼 이런 말을 해봤자 무슨 소용이 있겠냐마는.

게다가 '닭뼈다귀'라니 이제 와서는 사랑스럽지 뭐야. 나를 싫어하는 사람들이 욕을 백만 번 해도 절대 안 나올 말이니까.

정말이지, 사람의 몸이란 게 불가사의해. 다들 내가 마른 건 집이 가난해서라고 생각했을지 몰라도 그게 아니거든.

농업이라는 일이 수입은 적은데 체력은 많이 소비하잖아? 이 정도로 타산이 안 맞는 일이 또 있어? 게다가 우연히 그런 집에 태어났다는 이유만으로 어릴 때는 공짜로 일을 해야만 한다고.

정말 공짜야. 어린애니까 하루에 백 엔이라도 주면 만족할 텐데, 일 엔도 받아본 적이 없어. 돈을 보고 움직이는 인간이 되지 마라. 우리 할머니가 입버릇처럼 하는 말이야. 그런 식으로 자식들한테도 돈 관리를 안 맡기고 자기 혼자 악착같이 모았지.

그 말인즉슨 우리 집이 농사를 지어서 가난했던 게 아니라 단순히 가정 내에 돈이 돌지 않았다는 거잖아?

엄연한 괴롭힘이잖아. 이런 걸 뭐라고 해야 하지? 할머니에 의한 가정 내 괴롭힘?

그런 할머니가 엄마한테 세끼 밥을 제대로 차리라고 시키는 거야. 게다가 할머니가 지급하는 십만 엔도 안 되는 돈으로 한 달 살림을 해야 돼. 쌀이랑 채소는 자급자족할 수 있지만 고기나 생선을 아끼면 화를 내요. 반찬 가짓수가 적어도 화내고.

그러다 보니 늘 식탁이 비좁을 정도로 음식이 올라왔어.

당시에 칼로리 계산 같은 개념은 없었지만 기억을 떠올려서 대충 계산해보면 매끼 한 사람당 이천 킬로칼로리는 되지 않을까?

그런 양을 어린애가 다 먹을 수는 없잖아? 그래서 남기면 할머니가 혼을 내. 전쟁 때 이야기를 하면서. 그런데 자기는 또 남겨. 입에 안 맞는다고 엄마 탓을 하면서. 그런데 뚱뚱한 거야.

지금 생각하면 농가는 체력 싸움이라는 둥, 전쟁중에는 어쨌다는 둥 그런 건 그냥 하는 말이고 실은 뚱뚱한 게 콤플렉스였던 게 아닐까? 내가 다섯 살 때 돌아가신 할아버지는 중키에 몸집도 중간 정도여서 뚱뚱하다고 하기는 어려웠지만, 할머니는 분명 뚱뚱했잖아.

그러고 보니까 사노 너, 우리 집에 놀러 왔을 때 할머니 보고 "돼지 같아"라고 하지 않았어? 그래서 그날 밤은 평소보다 더 성가시게 혼이 났지 뭐야.

아아, 생각났다. 그렇게 예의 없는 애랑은 놀지 말라든지 너에 대한 불만을 확실히 말하면 될 걸, 내 젓가락질이 이상하다느니 그러잖아. 그것 말고도 화장실 문을 소리 나게 닫는 게 귀에 거슬린다느니 말투가 험하다느니 꼬투리를 잡다가 결국 잘못 가르쳤다며 엄마를 나무라는 거야.

그것도 다 질투지.

엄마는 해가 갈수록 억세지기는 했지만 옛날에는 정말로 날씬하고 아련한 미인이었거든. 흔히 남자는 자기 엄마 닮은 사람을 좋아하게 된다고 하지만, 우리 아빠의 경우는 정반대야. 없는 걸 바라는 편인가 봐. 엄마랑 결혼하기 전에 여자친구가 있었는지 어떤지는 모르겠는데, 좋아하는 배우도 다 가느다란 사람뿐이야. 가슴이나 엉덩이 크기보다 가느다란 허리를 가장 중시하는 느낌.

그러고 보니까 할머니가 울면서 화를 낸 적이 있어. 내가 막 유치원에 들어갔을 무렵이었는데, 할머니가 우는 건 처음 보기도 했고 그 뒤에도 본 기억이 딱히 없어서 기억이 나. 할아버지가 엄마 옷을 사 온 거야. 고급스러워 보이지도 않고 세련되지도 않은 평범한 스웨터.

나는 당신한테 옷 한 벌 얻어 입은 적 없어. 어차피 내가 고른 옷은 불평만 하고 입지도 않을 거잖아. 할머니랑 할아버지가 이렇게 실랑이를 하는 바람에 엄마가 어색하게 있었지 아마?

할머니도 여자였던 거지. 물론 성별이 여자라는 건 어릴 때부터 알고 있었어. 하지만 노인이라는 인종이지, 꾸미고 싶다거나 더 예뻐지고 싶다거나 하물며 외모를 칭찬받고 싶다거나 남자한테 사랑받고 싶다거나 하는 바람이 있으리라고는 생각도 못 한 거야.

연보라색 털모자를 일 년 내내 쓰고 있는 것도 머리가 추워서 그런 줄 알았는데, 나도 그 걱정을 하기 시작면서부터 머리숱 적은 걸 감추려고 그랬나 싶더라.

어, 사노 너희 병원에도 고령 환자가 많아? 미용외과인데? 의외네. 나이가 들어도 아름답기를 바라는 것까지는 상상이 되지만, 성형수술을 하는 건 또 차원이 다른 문제잖아.

무슨 목적으로? 좋아하는 사람이 있다든지, 결혼이 하고 싶다든지, 남들 앞에 나서는 직업이나 취미를 가졌다든지, 오디션이 있다든지, 성형이라는 게 어쩔 수 없이 외모로 승부할 필요가 있는 사람이 하는 거 아니야?

기미 제거? 그렇구나. 그래도 너희 병원에서 하면 비용이 몇십만 엔은 필요하지 않아? 설마 오천 엔으로는 안 될 거 아냐.

역시 몇십만 엔씩 들잖아. 예상했던 가격의 배가 넘네. 사노 너, 그거 정직한 가격이야? 네가 경찰에 연행되는 모습을 텔레비전에서 보기는 싫은데. 아아, 그래? 괜찮아? 사전에 꼼꼼하게 상담하면서 예산도 확실히 알려주는 거구나.

그럼 손님은 그 금액을 수긍한 셈이네. 거금을 내고 기미를 제거하거나 주름을 펴면, 그 뒤에는 뭐가 있을까? 지불한 금액 이상의 뭔가를 얻을 수 있으니까 할 거 아냐. 살날도 그리 많지 않은데.

말이 심하다고? 너 정도는 아니야. 근데 사노 너, 내숭을 잘 떨더라. 봤어, 요전에 그거. 뭐더라? 맞다, 〈심야 토론 라이브〉. 대단해, 완전 연예인이잖아.

"쌍꺼풀을 만듦으로써 긍정적인 마음으로 학교에 다닐 수 있는 아이가 있는데 교칙으로 그걸 금지하다니 이상하잖아요. 왜 미용과 교육을 분리해서 생각하려고 하죠? 둘 다 마음을 풍요롭게 해주는 활동인데요."

비슷하지? 지금 말투. 억양도 전혀 없으니까 네가 도쿄 출신이라고 생각하는 사람도 많겠지.

뭐, 검색하면 바로 알 수 있는 데다, 이력을 숨기지 않는 게 네 멋있는 점이라고 생각해. 행정구역을 이리저리 통합하다 보니까 꽤 시골인 곳도 시가 되거나 했는데, 우리 고향은 아직도 군이잖

아. 오아자大字* 같은 거, 써야 하나? 택배용지 주소 적는 칸이 모자라겠다.

그보다 이야기가 완전히 딴 데로 흘러갔네. 다이어트 얘기야.

나도 고령자들을 보고 이러쿵저러쿵할 수 있는 처지가 아니기는 해. 남편이랑 애도 있겠다, 재택근무라서 이성과의 새로운 만남 같은 건 전혀 없거든. 택배 배달하는 사람도 사진집에 나오는 거랑은 다르고. 정말 그 업계 사람들일까?**

남편? 결혼했을 때랑 비교하면 20킬로 넘게 쪘는데 대놓고 불평한 적은 없어. 원래 2D밖에 흥미가 없는 사람이거든. 내가 50킬로가 넘었을 때 큰일 났다며 난리 법석을 떠는데도 "뭐가?" 한마디 하더라.

42킬로에서 50킬로야. 중간에 애를 낳아서 일시적으로 50킬로 넘은 적은 있지만, 처음 만날 때랑 8킬로나 달라졌으면 보통은 눈치를 챌 테고, 다이어트를 응원해줄 만도 하잖아? 그런데 열심히 2, 3킬로 빼봤자 어디가 달라졌냐면서 고개를 갸웃거리면 이쪽도 바보같이 느껴지잖아.

단숨에 55킬로 돌파했지.

애? 아무 말도 안 해. 딸이야. 이제 중1인데 나를 닮아서 빼빼

---

* 일본 말단 행정구역 명칭 중 하나
** 택배원의 사진을 담은 사진집, 캘린더가 출판되고 있는데,《사가와 남자들(佐川男子)》같은 팬북은 초판 일만 부가 단시간에 매진되었다

말랐어. 아, 옛날 나 말이야. 밥은 엄청 먹어. 저녁 먹기 전에 달콤한 빵, 초코 크루아상이 다섯 개씩 든 패밀리팩 같은 걸 혼자 다 먹어치워. 그렇게 먹으면 저녁밥이 안 들어가지 않겠냐고 한마디 할까 싶다가도 저녁밥도 싹 해치우거든. 그러곤 밥을 더 달래. 그러고도 한 시간도 안 지나서 감자칩 같은 걸 먹고 있어. 한 봉지 다.

동아리는 배드민턴부. 본인 말로는 미경험자가 상상하는 것보다 몇 배는 힘든 스포츠래. 올림픽 같은 걸 보면 그럴 수도 있을 것 같지만, 그래도 매끼 밥을 고봉으로 먹나?

뭐, 요리는 싫어하지 않아. 게다가 만든 음식을 밥상에 차려보면 나도 비슷하게 먹었던 것 같고……. 아, 그 이야기 하는 중이었지.

마른 대식가. 이 말 처음 들었을 때가 언제더라? 남기면 혼이 나니까 어쩔 수 없이 먹는 사이에 몸도 익숙해진다고 해야 하나, 받아들일 태세가 되나 봐. 꽤 이른 시기에 그렇게 힘들다는 생각 없이 다 먹을 수 있게 됐어.

게다가 체형도 안 바뀌지. 빼빼 마른 그대로.

나, 두 살 터울인 여동생 있잖아? 그래, 기에. 참, 사노 너, 기에한테도 새끼 돼지 같다고 해서 울린 적 있지. 그래도 그때는 할머니가 아니라 엄마가 그런 말 하면 안 된다며 너한테 주의를 줬지.

기억나. 악의가 있어서 한 말은 아니잖아? 넌 할머니가 생일에 사준《아기 돼지 삼형제》그림책을 엄청 좋아하는데 기에가 거기 나오는 제일 귀여운 막내 아기 돼지랑 닮아서 칭찬한 거라고 변명했지. 눈물을 뚝뚝 흘리면서. 엄마도 당황하며 괜찮다고 했지만, 그렇게 우는 건 약았어.

어떻게 눈물을 그렇게 조금씩 흘릴 수가 있어? 게다가 콧물도 안 나오고 흐느끼거나 목이 메지도 않으니까 울면서도 아무렇지 않게 할 말은 다하는 거지. 그래, 네가 요전에 출연한 〈이브닝타임스〉 시청자 제보 코너. 산책하던 개가 다친 새끼 고양이를 발견하고 할짝할짝 핥으면서 돌봐줬잖아. 그때도 그렇게 울더라?

나도 언젠가는 저럴 수 있겠지 생각했는데, 중학생이 돼도 스물이 넘어도 결국 못 그래 보고 마흔이 돼버렸네.

네가 우는 척하는 거라고는 생각 안 해.

사회인이 된 지 얼마 안 됐을 때는 한소리만 들어도 금방 눈물이 나더라. 하지만 무슨 일에든 눈물이 나는 건 아니야. 어린아이나 동물이 애를 쓰는 방송은 봐도 전혀 감동이 없었고, 스튜디오에 있는 게스트가 우는 모습을 봐도 작위적이라는 생각밖에 안 들었어.

그러다 결혼하고 좀 지났을 무렵에 퍼뜩 깨달은 거야. 나 최근에 운 게 언제였더라 하고. 기억을 엄청나게 거슬러 올라가야 할 정도로 안 울었지 뭐야. 유들유들해지는 거지. 남편이나 시부모가 화를 내건, 싫은 소리를 하건 귀에 들어오지 않아. 모르는 나라 말이 나오는 라디오를 들을 때처럼 흘려들을 수 있게 되더라.

그건 그것대로 복잡한 심경이었어. 앞으로 인생이 더더욱 메말라가겠구나 싶어서 허무하기도 했는데, 애가 생기고 나서는 전보다 눈물이 많아지더라고. 내 일로는 안 울어. 하지만 애가 열심히 하는 모습을 보고 있으면 어느새 눈물이 흐르고 있는 거야.

유치원 운동회나 재롱 잔치 때 우리 애가 달리거나 노래를 부르기만 해도 눈물샘이 터져요. 딱히 큰병을 극복했다거나 고생을 한 경험이 없어도 감동할 수 있나 봐. 하지만 그런 것도 초등학교 저학년 무렵까지? 애한테 이런저런 기대를 걸기 시작하면 못 울게 돼.

이번에야말로 드디어 메마름의 시기가 도래했구나 싶잖아? 그런데 어딜, 마흔이 다가올 즈음부터 옛날에는 아무렇지도 않던 동물이나 남의 집 애를 보고 코가 시큰해지는 거 아니겠어? 갓 태어난 송아지가 일어서는 장면 같은 건 티슈 없이는 못 봐.

이건 뭐야? 어떤 원리야? 내 뇌에 무슨 변화가 생긴 건데?

전문분야가 아니라고? 그치, 사노 넌 미용외과 의사니까. 피부과랬나? 맞다, 다이어트 이야기중이었지. 미안, 자꾸 다른 데로 새네.

어디까지 이야기했더라? 그래, 기에 이야기였어.

자매가 체격이 이렇게 다를 수가 있나 다들 신기하게 봤지. 학년에서 제일 마른 언니랑 통통한 동생. 집에서 기에 응석을 너무 받아줘서 애가 과자만 먹고 있는 거 아니냐는 말을 들은 적도 있어. 그래, 자전거 가게 아저씨였다. 기에 자전거 보조바퀴를 떼러 둘이서 갔을 때.

기에가 그 한마디에 얼굴이 새빨개져서 울먹이기 시작하니까 아저씨도 어색하게 있었던가? 아저씨는 통통한 애들을 더 좋아해 이러면서 달래주었는데, 대형 오토바이도 몰 줄 아는 날씬한 아내분이 사이다를 가지고 나오니 설득력이 없지.

나도 바로잡지 않았어. 귀찮잖아.

기에가 할머니한테 예쁨받는 건 사실이지만 많이 먹는 건 나였어. 기에는 밥을 남겨도 야단 안 맞았어. 얼굴도 할머니를 닮아서 할머니는 기에만 예뻐했지. 기에가 동네 남자애들한테 놀림받고 집에서 울고 있으면 여자애는 동글동글해야 미인이고 인기도 많다면서 위로해주곤 했어.

그뿐이면 몰라, 보란 듯이 나한테 잔소리를 하는 거야. 네가 빈상이라서 우리 집이 오해받는다, 창피하다 이러면서. 그래서 뭘 어쩌란 건데. 억울해서 가족들 몰래 맨날 울었어.

말랐다고 야단맞는 사람은 세상이 아무리 넓대도 나 정도밖에 없지 않을까?

지금만큼은 아니었을지 몰라도 당시에도 다이어트가 붐이어서 자몽 다이어트니 뭐니 텔레비전에 나왔다고. 그런 걸 봐도 할머니는 밉살맞다는 듯이 말 같지도 않은 소리라고 하면서 나한테 살 좀 찌워라, 살 좀 찌워라, 그랬어. 다이어트해서 마른 것도 아닌데.

하지만 아무리 야단을 맞거나 싫은 소리를 들어도 살이 찌고 싶지는 않았어.

보면 알잖아. 명백히 아름답지 않은 걸. 그야 감금당해서 자기 집 안밖에 모르는 생활을 했다면 뚱뚱한 게 더 예쁘다고 생각했을 수도 있지. 그런 나라도 있고. 하지만 그 동네는 시골이기는 해도 일본이고, 아무리 집에서 세뇌를 당해도 밖으로 한 발짝만 나가면 이상하다는 게 눈에 빤히 보이잖아.

게다가 혼을 내는 건 할머니뿐이었지만 부러워하는 애들은 많았거든.

초등학교 6학년 때 고적대를 한다고 학교에서 의상을 빌렸잖아. 여학생용으로 S가 다섯 벌, M이 열 벌, L이 다섯 벌 있었는데 나부터 S사이즈를 줬어. 나머지는 다들 S다, M이다, 내가 더 가늘다 실랑이하면서 나누는데. 게다가 그 S도 허리 부분이 헐렁해서 엄마한테 호크 위치를 바꿔 달아달라고 해야 됐어. 그 치마를 입어보고 싶어하던 애들이 있었는데 아무도 호크를 채우지는 못했지.

사노 너도 그렇고.

애들이 부러워했어. 밥은 잘 챙겨 먹느냐고 물어보기도 했지.

먹고 있다는 대답에 의심하는 애는 없었어. 나는 급식도 남긴 적이 없었거든. 급식은 할머니한테 들킬 염려도 없었는데, 왜일까? 이건 엄마 영향인가?

엄마는 내가 초등학교 고학년이 됐을 때부터 자원봉사단체에 들어갔어. 전세계의 불쌍한 아이들을 위해 모금 활동을 하는.

그 모임을 사노 너희 집에서 했지? 종이꽃이라고 하나, 신축성 있는 종이로 장미를 만들어서 작은 꽃다발로 묶은 다음에 모금한 사람한테 줬잖아.

우리 엄마는 손재주도 있고 쉽게 몰두하는 타입이어서 집에서도 곧잘 만들었거든. 그래서 때때로 나도 거들어야 했어. 꽃잎은 어려우니까 줄기로 쓰는 철사에 녹색 종이테이프 감는 걸 했어. 묶으면 어차피 보이지도 않는데 굵어지거나 가느다래지지 않게 끔 균등하게 감으라고, 웬일로 할머니급으로 시끄럽게 잔소리를 하잖아. 그래서 나도 모르게 피곤하네 하고 중얼거렸지 뭐야.

그랬더니 그게 튀어나왔어. 신문을 오려낸 거.

평소에 읽는 신문이 아니라 그 단체가 발행하던 거 아닐까? 시찰 리포트 같은. 기사 내용은 자세히 기억이 안 나. 엄마도 읽으라고는 안 했고. 그 대신 눈앞 5센티 정도 되는 곳에 사진을 들이대더라.

기아로 고통받는 어린이가 속옷 삼아 천을 두른 채 서 있었어. 캄보디아였나? 다섯 살쯤, 아니, 실제로는 몇 살쯤 됐으려나? 뭐,

보기에는 그쯤 되는 남자애였는데 온몸에 뼈랑 가죽밖에 안 남아서 갈비뼈가 하나하나 셀 수 있을 정도로 튀어나와 있었어. 나도 말랐지만 완전 비교도 안 되더라고. 그런데 배만 볼록하게 나와서.

엄마가 말했어. 물밖에 못 마시면 이렇게 된다고. 세상에는 이렇게 고통받는 아이들이 많이 있다고. 할머니가 하는 전쟁 이야기도 듣기 괴로웠지만, 나는 귀로 들어오는 내용을 곧장 내보낼 수 있는 거 같거든. 싫은 소리를 계속 들은 덕분이라고 생각하고 싶지는 않은데.

근데 눈으로 들어오는 정보는 그렇게 안 돼. 머릿속에 들러붙어버려. 그 순간만으로도 상당한 타격이 있었는데, 엄마가 어떻게 했을 것 같아? 그 사진을 오려내서 두꺼운 종이에 붙인 다음 내 방 벽에 붙인 거야. 당시에 좋아하던 선더보이스 포스터 옆에다.

방문에는 열쇠도 달려 있지 않은 데다 이불을 지붕에다 말리려면 내 방 창문에서 너는 게 제일이라 내가 없을 때도 아무렇지 않게 드나들었거든. 내 방이라고 해봤자 이름뿐이었으니까 몰래 뗄 수도 없지.

가족 중에서 엄마가 제일 좋으니까 험담하고 싶지도 않고 나쁜 부모였다고 생각하고 싶지도 않지만, 그 사진에 대해서는 괴롭힘이라고 인정해도 되지 않을까 싶어. 이건 무슨 괴롭힘이라고 해야 할까?

너는 본 적 없어? 장미를 만들었던 것도 모른다고? 집이 커서 그런가. 그러고 보니 별채가 있어서 거기서 모인다고 들은 적 있는 것 같아.

웨지우드의 딸기 무늬 찻잔 세트에다 포트넘앤메이슨 홍차를 포트로 끓여준다고, 어디서 경품으로 받은 머그잔에 티백을 넣고 주전자 물을 따르면서 말해주더라. 과자도 늘 손수 굽는다며 장미 무늬 종이 냅킨에 쿠키를 싸 온 적도 있었지. 건포도 쿠키, 맛있었는데.

너 건포도 싫어해? 그런 말을 우리 엄마한테 하면 사진 앞으로 데려가서 한바탕 설교를 늘어놓을걸. 어, 우리 엄마도 건포도를 싫어했다고? 사노 네가 어떻게 알아? 너희 엄마가 그랬어? 그래서 가지고 온 거구나.

왜 그때 눈치를 못 챘지? 스콘이니, 마들렌이니 말로만 들어본 간식이 대부분이었는데.

나는 건포도 안 싫어해서 상관없지만. 다행인지 불행인지 나는 못 먹는 게 없거든. 기에는 많이 있었는데. 그러고 보니까 걔가 그 문제로 엄마한테 잔소리 듣는 것도 본 적이 없네.

뭐, 장녀라는 게 그런 거지. 그렇구나, 사노 넌 언니가 둘이었나. 그럼 뭐, 하고 싶은 말을 아무렇지 않게 내뱉는 성격이 될 만도 하네.

디스하는 게 아니라 부러워서 그래.

어쨌든 먹고 또 먹고 또 먹으면서도 나는 마른 인생을 살아왔다 이거야.

중학교 올라가니까 그렇게 뚱뚱하지도 않은데 다이어트한다며 작은 반찬통에 과일만 담아 오던 애가 있었잖아? 버찌씨를 내내 뺄면서, 그렇게 많이 먹는데 살도 안 찌네 하며 부러운 눈으로 내 이단 도시락을 보는 거 있지.

말랐다는 소리 듣는 데에는 익숙했지만 날마다 시선이 강해지는 걸 느끼니 할머니랑은 다른 의미에서 비난받는 것 같아 점심시간이 우울해지던 시기가 있었어.

실제로 고민도 했다고. 중학교는 여학생 동아리가 테니스랑 배구랑 육상이랑 기타 네 개였잖아. 사노 넌 테니스부였고. 나비부인*이라는 별명으로 불렸지? 분명 우리 정도가 그런 별명을 붙이는 마지막 세대일 거야.

요전에 세 살 어린 친구가 겨우 점심 모임인데 제대로 신경을 써서 고둥머리를 하고 왔더라고. 그래서 나비부인이니 하고 농담을 했더니 그게 누구냐며 눈을 휘둥그레 뜨지 뭐야. 오페라 얘기냐고 묻는 바람에 내 쪽에서 그건 또 뭐야 했지. 우리도 저녁 재방송으로 봤으니까 나이 차가 아니라 지역 차일 수도 있겠지만.

뭐, 세대 차이는 넘어가고, 동아리 활동. 구기랑 악기에 자신이

---

* 고교 테니스부를 배경으로 한 만화 〈에이스를 노려라!〉 속 주인공이 동경하는 선배의 별명

없다는 이유로 운동신경이 딱히 좋지도 않은데 나 육상부에 들어갔잖아? 네가 깜짝 놀랐지. 발도 느리면서 하고. 늘 그랬듯 웃으면서 느림보잖아 정도로만 말했으면 좋았을 걸, 진지한 얼굴로 발이 느리다고 해서 상처받았어.

그래도 몸이 가벼운 만큼 점프력은 있지 않을까 싶어서 멀리 뛰기에 입후보했거든. 그런데 지도 선생님이 장거리를 하라고 해서 완전 패닉. 달리라고? 발이 느린데? 게다가 장거리라니, 눈 깜짝할 사이에 남들보다 몇 바퀴씩 뒤처지게 되잖아.

그럴 줄 알았는데 막상 트랙을 달려보니 그렇게 차이가 벌어지지 않는 거야. 그러기는커녕 한 바퀴씩 돌 때마다 앞에 있는 애랑 거리가 줄더니 착착 앞질러 가서 나도 무슨 일이 벌어지고 있는지 모르겠더라고. 다만 한 사람씩 앞지를 때 다른 애들은 엄청나게 헐떡이는데 나는 그렇지 않다는 걸 깨달았지.

달려도, 달려도 전혀 힘들지 않더라고. 그러니까 50미터 경주랑 같은 빠르기로 1000미터를 달릴 수가 있었어. 지구력이지. 몸에 붙기도 전에 배출되는 줄 알았던 음식물들이 에너지만큼은 확실히 남기고 있었던 거야.

생각지도 못한 선물이었어.

하지만 문제도 있었지. 훈련을 하면 할수록 기록이 단축되니까 선생님도 기합이 들어가잖아. 그랬더니 체중이 자꾸 줄어드는 거야. 대회 이 주 전에 집중훈련을 할 때는 하루에 1킬로씩

줄더라니까.

컨디션은 문제없었는데 선생님이 겉으로 보고 위험하다 싶었나 봐. 35킬로가 된 시점에서 훈련 중단. 그렇다고 식사량을 늘려봤자 금방 살이 찌지도 않잖아. 결국 38킬로를 밑돌지 않게끔 훈련을 조정하는 수밖에 없었어.

처음으로 살이 안 찌는 나 자신한테 화가 나더라.

그런데, 그런데 말이야. 아니, 무슨 이야기중이었냐니. 겨우 삼 분 전에 한 이야기인데 잊어버리면 안 되지. 점, 심, 시, 간.

왜 그렇게 말랐냐고 책망하는 말투로 물어보기에 체질 아닐까 하고 웃으면서 대답했더니 무슨 답이 돌아왔을 것 같아?

"그런 답이 제일 잔인해. 노력이랑 무관하다는 거잖아?"

그러면서 턱을 내밀고 노려보니까 나도 화가 나잖아. 그래서 말해줬지.

"나는 오히려 살이 찌고 싶어. 씨 빨아 먹고 있을 시간이 있으면 근육운동이라도 하지 그래."

피차 반항기였어. 사노 너랑은 아마 다른 반이었지? 중학교부터는 '축' 두 학급이었으니까. 나는 동경하던 B반. 담임선생님 기억나? 시시한 말다툼에 굳이 선생님을 부르러 간 애가 있었거든. 뭐 때문에 싸웠냐고 묻는데 나나 그 애나 다이어트 때문이라고는 말할 수 없었어.

그게 가장 필요한 사람이 눈앞에 있는 선생님이었거든. 수업중에 남학생들이 곧잘 놀리기도 했고. 선생님이 너무 커서 칠판 글자가 안 보여요, 이러면서. 쾌활한 선생님이라 웃으면서 요놈들 하고 넘어갔지만, 지금 생각해보면 그때 선생님은 이십대 후반이었잖아. 의외로 상처받지 않았을까.

아니, 그렇지도 않나? 우리가 졸업한 해에 사노 너희 담임선생님이랑 결혼했으니까. 휴일에는 둘이서 케이크 뷔페를 다녀요! 뭐 이런 느낌의 잘 어울리는 한 쌍이었어. 뚱뚱한 게 약점이 되지 않는 사람도 있다는 거네.

뭐, 뚱뚱하다, 말랐다를 자연스럽게 이야기할 수 있는 환경은 건전하지. 사노 너희 반에서는 불가능했을 테니까.

그런데 사노, 슬슬 진지하게 몸에 대해 상담을 하고 싶은데, 젊은 시절 체력은 몇 살 때까지 축적되는 거야? 내 인생을 차근차근 돌아보면 학생 때는 나 운동을 꽤 했더라고. 남들보다 배는 했다고 말해도 될 정도로.

고등학교 때도 육상부에 들어가서 중학교 때보다 더 힘들게 훈련했고. 맞아, 고등학교 때 지도 선생님은 내가 살이 계속 빠지는 걸 별로 문제 삼지 않았어. 선생님도 비썩 말랐었거든. 건강한데 말랐다는 이유만으로 걱정하는 게 더 민폐라던가. 드디어 동지를 만난 기분이었지.

키 155센티에 또 35킬로까지 떨어졌지만 거기가 바닥이었던 것 같아. 그냥저냥 트레이닝을 하다 보니 대략 40킬로 전후에서 자리를 잡더라고.

사노 넌 고등학교 때 동아리 뭐였더라? 천체관측부? 그런 게 있었구나. 말만 그럴 뿐 공부 동아리였겠지. 사노 너, 중학생 때는 배우 되고 싶어했잖아. 너라면 꼭 될 거라며 다들 사인도 받고 그랬는데. 고1 여름방학 끝나고 갑자기 의대에 가겠다고 선언하는 바람에 놀랐지 뭐야.

불가능할 줄 알았거든. 아무리 지방에서는 대학 잘 가는 학교라고 해도 시골 공립인 데다 과거 진학 실적을 봐도 의대 합격생은 오 년 전으로 거슬러 올라가야 있을 정도였잖아. 그리고 그 사람은 세 살 때부터 지역에서 신동이라 불리던 외계인급 천재였고, 그 부모도 도쿄 출신 의사인데 지역 의료 발전을 위해 우연히 그 동네에 와 있었을 뿐이었잖아.

그야 너도 성적은 늘 10등 안에 들기는 했지만 아무리 그래도 의대는 어렵지 않을까 다들 수군거렸는데. 대단해. 정말 얼굴뿐 아니라 좋은 머리까지 가졌다고 해야 하나, 네가 그 시골에서 나고 자랐다는 게 기적이야.

안 되겠다, 또 딴 데로 샜다. 아니, 그렇지도 않나? 네 성실 모드가 학년 전체에 번진 덕분에 태평한 고등학교였는데 다들 공부에 열중할 수가 있었어. 뭐라고 할까, 공부를 열심히 하겠다고 입에 담는 것도 부끄러운 나이였는데 인사처럼 공부한다고 말할 수 있는 환경이 됐지.

그건 중요하다고 생각해. 결의를 표명하고 자기 자신을 몰아넣지 않으면 할 수 없는 일이라는 게 있잖아.

다이어트 선언이 딱 그렇지.

덕분에 나도 사노 너처럼 도쿄에 있는 대학에 진학할 수 있었어. 점수는 전혀 다르지만. 내 입장에선 실력 이상의 결과를 얻었다고 생각해. 너한테 감사하고. 정말로 집을 나가고 싶었거든.

더 먹으라고 하는 것도 어릴 때는 어쩔 수 없지. 이 닦으라는 말이랑 같은 레벨이라 생각했고. 하지만 할머니는 계속 말했거든. 육상대회에서 상장을 받아와도, 이런 종잇조각 하나 받겠다고 삐삐 마를 때까지 달리냐고. 달리기보다 마른 게 더 먼저라는 것도 잊어버리고.

겨우 자유를 얻고 나서 선택한 동아리는 산악부였어. 그 동네에는 없는 경치를 보고 싶은 이유도 있었고 체력 걱정은 없을 것 같아서. 먹으라고 하는 사람도, 음식을 귀하게 여기라고 사진 앞에서 설교하는 사람도 없어. 내가 먹고 싶을 때, 먹고 싶은 음식을 먹고 싶은 만큼 먹어도 돼. 꿈같은 생활을 손에 넣었지.

그래서 아마 집에 있을 때보다 더 먹었던 것 같아. 기본적으로 산악부에는 대식가들이 많았고, 나처럼 먹어도 살이 안 찐다는 사람도 많았어. 하지만 나는 그런 사람들도 놀랄 정도로 먹었지. 특히 산에 갈 때 짐의 반이 간식이었고.

아니, 견과류나 말린 과일처럼 몸에 좋을 것 같은 거 말고. 물론 그런 것도 넣기는 했지만 초콜릿이나 감자칩 같은 정크푸드가 대부분. 봉지 라면도 좋아했어. 봉지째 면을 부순 다음에 수프를 뿌려 먹는 거야.

쉬는 날마다 산에 갔으니까 마른 것치고는 근육도 탄탄하게 붙었지. 평소 체중은 40킬로인데 산에서 내려온 직후에는 42킬로가 돼. 한번은 44킬로가 된 걸 보고 산기슭에 있는 대중목욕탕 탈의실 전체가 울릴 정도로 소리를 지른 적도 있어.

나 살쪘다아아 하고.

다만 인생에서 몸을 움직인 건 그때까지였어. 학생회관에서 인쇄회사 채용 안내를 보고 여기는 한가해 보이니까 휴일에는 산에도 갈 수 있겠다 싶어서 시험을 쳤는데 그럴 여유가 전혀 없는 거야. 그러기는커녕 움직이는 건 출퇴근이랑 점심시간 정도. 나머지는 줄곧 컴퓨터 앞에 앉아 있어야 돼.

취급 설명서를 만들었어. 제조업체가 만드는 줄 알았지? 나도 놀랐어.

너희 집 텔레비전은 뭐야? 킹덤? 역시 일본을 대표하는 텔레비전 브랜드니까. 그 역대 취급 설명서를 내가 만들었단 건 몰랐지? 그 외에도 다이요 전자제품 설명서는 거의 우리가 취급하니까 가정용 미용기구도 좀 잘 알고 그래.

하지만 안마기 설명서를 읽는다고 온몸이 풀리는 건 아니잖아? 하루 종일 똑같은 자세로 컴퓨터 앞에 앉아 있으니, 스마트

폰 탓에 거북목 된다는 말이 나오기 십 년도 더 전부터 그런 상태야. 목이랑 어깨도 딱딱하고, 순환이 안 되어 허벅지는 혈류가 꽉 막힌 상태지. 커피를 마시려고 일어나면 움직인 부분 관절에서 삐걱삐걱 소리가 나. 두두둑이 아니라 삐걱삐걱.

땅속에 묻혀 있던 로봇이 움직이는 것 같다고나 할까. 이상한 비유지? 남편이랑 애가 애니메이션을 좋아해서 틈만 나면 그런 걸 보거든. 땅속에서 로봇이 나오는 건 대개 1화 아니면 최종회 하나 앞? 아, 미안.

손밖에 안 움직이는데도 어쨌든 지치고 단게 당겨서 초콜릿이나 쿠키로 에너지를 보충하다 보니 책상 제일 큰 서랍은 과자 상자 수준이야. 주위에서도 비슷한 작업을 하니까 성별 상관없이 다들 몸이 딱딱하게 굳어서 우지끈우지끈, 그래서 곧잘 과자를 나눠주곤 했어.

그랬더니 점차 다른 사람들도 과자를 사 오더라고. 봄 한정 딸기맛이 나왔다는 둥, 백화점에서 유명한 파티셰가 특별판매를 했다는 둥 저마다 개성을 표출하면서. 그러고는 그것들을 내 책상 서랍에 넣는 거야.

아니, 탕비실 찬장도 아니고 각자 가지고 있자고 에둘러서 항의했더니 뭐라는 줄 알아?

"내가 가지고 있으면 살찌잖아."

영문을 모르겠다는 얼굴을 했더니, 유키 씨랑 같은 속도로 먹다가는 그 체형은 고사하고 지금 상태도 유지하지 못한다고.

요는 그전이랑 마찬가지였던 거지. 주위에서는 나를 많이 먹는데 살이 안 찌는 사람으로 보고 있었어. 사회인이 되어서도 체중은 42킬로를 유지하고 있었으니까. 이건 학생 시절에 단련한 덕분이라고 생각해. 근육 저금? 대사능력이라고 해야 하나.

입사 일이 년 차 때 이야기도 아니야.

오 년 차에 유니폼 디자인이 바뀌었는데, 그때 산 치마도 내가 안쪽으로 호크를 옮겨 달았거든.

한번은 출퇴근길에 이상한 치한한테 당한 적이 있어. 여름이었는데, 보통은 가슴이나 엉덩이를 만지잖아? 그런데 허리를 잡는 거야. 왜, 양손 엄지손가락이랑 다른 네 손가락 사이를 벌려서 골반뼈 위에 놓는, 사노 네가 잘하는 포즈 있잖아. 깜짝 놀랐지만 딱 몇 초여서 무시했어. 애초에 이게 치한이긴 한가 싶기도 했고.

그랬더니 다음 날, 글쎄. 이번에는 허리에 손이 아니라 끈 같은 게 감기는 느낌이 드는 거야. 뭐일 것 같아? 땡, 허리띠 아니야. 정답은 줄자. 놀라는 걸 넘어서 어안이 벙벙하지.

차라리 몇 센티인지 알려주었으면 싶더라. 남자들은 여자는 다 자기 신체 사이즈를 알 거라고 착각하잖아? 그러다 술자리에서 쓸데없는 소리 하다가 자기 무덤을 파는 상사들도 있지……. 사노 네 주변에는 없을 것 같다만.

어쨌든 나는 내 사이즈를 몰랐어. 가슴은 백화점 속옷 매장에서 한 번 재어본 적이 있지만 허리랑 엉덩이는 7호니 S니 하는 사이즈 표시를 기준으로 알았고, 바지는 헐렁헐렁한 허리 58 사이즈를 허리띠로 졸라매 입었거든.

물론 알아보려면 어렵지는 않지. 오히려 어째서 지금까지 직접 재어보지 않았을까 의문스러울 정도였어. 집에 재봉도구도 있는데. 맞아, 초등학교 때 학교에서 주문한 그거. 케이스 모양, 나는 고양이로 했는데, 넌? 개. 몰티즈였지. 그래그래, 고양이도 하얀 페르시아고양이. 그 안에 들어 있는 오렌지색 줄자를 내 허리에 감아봤어.

51센티.

보는 사람에 따라선 뭔가 먹이고 싶다고 생각하겠지. 남편도 그런 사람 중 하나였어. 같은 회사 사람들은 내가 많이 먹는 걸 알지만 가끔 찾아오는 거래처 사람은 모르잖아? 남편은 출판사에서 일했는데 우연히 로비에서 스쳐지나는데 갑자기 고기 먹으러 가자는 거야.

헌팅이라고 하면 헌팅이지만 갑자기 고기라니. 게다가 스테이크도 아냐. 곱창집 계열의 연기 풀풀 나는 곳에 가재. 맛있기는 했지만, 아니, 정말로.

기름이랑 소금에 중독성이 있잖아? 감자칩을 그만 먹을 수 없는 것처럼. 그 집 곱창도 어쩌나 지방이 맛있던지 좋은 고기는 지방이 달구나 감동했어. 각종 소스도 있지만 그 가게는 소금이 메인이야. 고기를 미리 다진 마늘에 재어두었다가 구워서 소금에 찍어 먹는 거지. 파키스탄 암염이래.

숯불 연기가 매워서 그런 것도 있지만 세상에 이렇게 맛있는 게 다 있구나 눈물이 나지 뭐야. 그랬더니 매일 사줄 수도 있다고 하잖아. 그러니 결혼을 하지.

드레스 예뻤다고? 그거 남편이 골랐는데 산 거라서 아직 집에 있어. 자리를 차지해서 압축 팩에 넣어놨지만. 요전에 오랜만에 열어봤더니 잉어 그려넣기 전의 고이노보리* 같더라. 사진에서는 정면이라 알아보기 힘들지만 옷자락 주름이 근사하거든.

사노 네가 결혼식 때 직접 봐주기를 바랐는데. 초대장도 보냈는데 마침 아프리카에 가 있었지? 그러고 보니 평범한 여행인 줄 알았더니 봉사 활동중이었잖아. 미스 월드 때 프로필 보고 처음 알았어. 제가 좋은 일을 하고 있습니다 하면서 일일이 어필하지 않는 게 네 좋은 점이야. 우물 같은 거 팠어?

벽지 마을에 분유를 배달했다…….

듣고 있어, 잘 듣고 있어. 여러 가지 일들이 연결되면서 순간적으로 작동이 멈췄을 뿐이야. 어린애 사진 이야기는 잊어버려. 사노 넌 기아로 고통받는 사람들을 몇 명이나 직접 만났는데, 그

---

* 단오절에 천이나 종이로 잉어 모양을 만들어서 장대에 매다는 것

게 트라우마라느니, 나 인간이 바닥이네.

너한테 다이어트 상담하는 것도 부끄럽다. 넌 늘 어떤 마음으로 환자를 대해? 병에 걸린 것도 아니고 단지 자기 자신을 통제 못 해서 통통하게 살이 찐 사람이 날씬해지고 싶어요 어쩌고 하는 걸 맨날 듣고 있는 거잖아? 게다가 근육운동도 아니고 식사 조절도 아니고 지방흡입이라니, 노력을 포기한 형편없는 인간의 선택 아냐.

자각은 하고 있어. 갈 데까지 갔구나 하고.

여기에 온다는 건 남편이랑 아이한테도, 아무한테도 말 안 했어. 덤벨이나 라텍스밴드, 다이어트 책은 가족 눈에 띄는 곳에 아무렇지 않게 놔두고, 영양 보충제도 몰래 먹은 적은 한 번도 없는데.

아마 사노 네가 미용외과 의사가 아니었으면 지방흡입 같은 건 단념했을 거야. 그런데도 지하철 내려서 이쪽으로 오는 동안 이 병원을 고른 게 후회되더라.

쇼윈도, 그것도 고급 브랜드의 가느다란 드레스 앞에 내 모습이 비치는 걸 보니까 몸이 떨렸어. 이건 누구지? 거울을 피했던 건 아니야. 하지만 전신이 비치는 거울 앞에 제대로 서본 적이 없었어. 내 모습을 옆에서 보는 일도.

정면이랑 옆이랑 허리 두께가 똑같아. 나무통 같았어. 수치심이 밀려들더라. 전혀 모르는 의사를 고르는 편이 낫지 않았을까.

왜 과거의 나를 아는 사람한테 굳이 이런 모습을 보여주러 가고
있는 걸까 하고.

경멸당할 뿐이잖아……

나도 곧장 지방흡입을 선택한 건 아니야.

아이를 낳으면서 회사를 그만두고 좀 지나서 집에서 컴퓨터
입력 일을 하게 됐어. 손으로 쓴 소설 원고를 타이핑하기도 하고
다양한 매체에 실린 에세이를 한 권으로 모으기도 하고. 나 타이
핑 엄청 빠르거든.

그런데 앉아서 하는 일인 데다 출퇴근조차 안 하잖아? 살이
찐다는 자각은 있었어. 9호나 M사이즈 옷이 조금 빡빡하게 느껴
져서 애가 탄 적도 있고.

그래서 당질 섭취도 제한해보고 걷기도 했어. 덤벨이랑 라텍
스밴드를 사용해 근육운동도 하고. 이때까지는 그 코스대로 따
라 하면 일주일 정도 만에 금방 3킬로가 빠지더라고. 그래서 살
이 찌게 되기는 했지만 간단히 빠지는 체질은 그대로라고 생각
했어.

살을 빼도 칭찬해주는 사람도 없고, 나이에 걸맞은 체형이기
도 하고, 누가 뭐라고 하면 다이어트하면 되지. 체중계도 고장
났지만 딱히 필요 있을까 싶었어.

그런데 요즘 들어 애가 체중을 신경 쓰게 돼서 가족이 다 같이
사러 갔거든. 싼 걸 사면 되는데 남편이 체지방률이나 근육량이

표시되는 걸로 하자는 거야. 자기 스펙은 알아두는 편이 좋다는 둥 하면서. 뭐, 나도 신체 나이라는 항목에는 관심이 가더라고.

그랬더니…… 현기증이 다 나더라.

이 숫자 뭐지? 키랑 나이를 남편이 입력했는데 설정을 잘못한 거 아닌가? 고장 난 거 아냐? 바닥이 미묘하게 기울어져서 수평이 안 맞나 하고 자리를 옮겨서 올라가보기도 했어.

하지만 몇 번을 해봐도 나오는 숫자는 똑같아. 게다가 남편이랑 애는 직장이나 학교에서 신체검사했을 때랑 똑같다고 기계의 정확성을 보증해대질 않나.

어쨌든 1킬로라도 줄여야 해. 그런 생각으로 이번에도 우선 그때까지 하던 다이어트랑 똑같은 코스대로 해봤어.

하지만 일주일이 지났는데 500그램도 안 줄어드네. 그야 날에 따라 200그램 정도 차는 있었지만, 딱 일주일 뒤에는 시작하기 전이랑 완전히 똑같은 체중이더라.

이게 마흔이구나, 나보다 나이가 조금 위인 엄마들이 하던 말을 실감했지. 시력이 확 떨어진다, 금세 지친다, 식사조절이나 운동을 해도 체중이 줄지는 않지만 먹으면 금방 찐다.

그래서 다이어트 코스를 강화하기로 했어. 당질을 제한하는 게 아니라 끊고, 걷기가 아니라 달리고, 근육운동에 스쿼트도 넣었지.

첫날에 3킬로미터. 금방 숨이 차서 토할 것 같았지만 어찌어찌 뛰었더니 다음 날에는 전신 근육통. 체력이 떨어진 데 놀랐지. 그래도 살이 찐 거랑 살이 빠지지 않는 건 수긍이 됐어. 비축된 체력은 진즉에 바닥이 나 있었구나, 걷기 같은 건 운동 축에도 못 드는구나 싶었지.

근데 있잖아, 무서운 건 '이유를 알 수 없다'는 거야. 괴기 현상 같은 것도 그렇지 않아? 밤중에 물소리가 들리면 무섭지만 수도 꼭지가 조금 열려 있었다는 이유를 알면 무섭지 않아. 이유를 알면 대책도 세울 수 있어. 문제를 해결할 수 있으니까.

사흘째에는 근육통이 가셔서 다시 달리기를 시작했어. 이제 근육통이 오지는 않았고 닷새째부터는 숨도 안 차기에 거리도 5킬로로 늘렸지. 이레째에 재봤더니 1킬로 줄어서 뛸 듯이 기뻤어.

다음 일주일도 똑같은 코스대로 했는데 몇 킬로가 됐을 것 같아? 1킬로 늘어서 플러스마이너스 제로. 이런 일이 있을 수 있어? 살을 빼려고 한 건데 운동하는 뚱보가 된 거야.

먹어도 먹어도 살이 안 찌던 몸이 식사조절을 하고 달리기를 해도 살이 빠지지 않는 몸이 돼버리다니. 똑같은 인간의 체질이 달랑 사십 년 사이에 이렇게까지 변하기도 해? 이상하잖아.

이건 말이지, 저주야.

지금에 와서 앙갚음을 당하고 있는 거라고 생각해.

누구냐니. 당연히 우리 시골 학교 동창생 '64 체육관'의 요코즈나橫綱* 요코아미橫網 야에코지.

요코아미라는 성, 사노 넌 지금까지 살면서 본 적 있어? 나는 전무해. 그 지역에 많았던 성도 아니야. 초등학교, 중학교 때도 같은 성씨를 가진 사람은 없었어.

하지만 만일 내 이름이 요코아미였다면, 요코아미라 불리든가 아님 성 대신 이름으로 불렸겠지. 반 친구들이 보낸 연하장에 '요코즈나'라고 잘못 쓰여 있어도 단순히 실수했나 싶지 악의를 느끼지도 않았을 테고, 새로 온 선생님이 4월 첫 수업에서 '요코즈나' 하고 불러도 웃으면서 고쳐줄 수 있었을 거야. 다른 대다수 애들도 분명 그럴 거고.

사노 너도…… 아니, 어떨까? 특출하게 예뻤으니까 요코즈나 자격은 충분하잖아. 응, 맞아. '특출하게'라는 부분이 중요해.

내 동생처럼 통통하거나 동글동글한 체형인 애들은 그럭저럭 있었어. 돼지라느니 놀림을 받는 경우도 있었지. 그래도 요코즈나는 아니야.

하지만 요코아미는 특출하게 뚱뚱했어. 요코즈나 외의 별명이 떠오르지 않을 정도로. 초등학교 1학년 입학식 날부터 학년에서 제일 뚱뚱했고.

나, 할머니한테 살찌우라고 혼이 나서 괴로워도 요코아미처럼

---

* 일본 씨름에서 최고 씨름꾼 혹은 동류 가운데 가장 뛰어난 이

되는 건 싫다고 생각했어.

사노 너, 기억나? 요코아미는 맨날 급식을 남겼거든. 처음엔 뚱뚱한 걸 의식해서 일부러 안 먹는 건가 했어. 근데 사건이 벌어졌잖아. 2학년 때였나? 아, 3학년 때인가.

담임은 어른인 주제에 요코아미가 일부러 남긴다고 생각한 거야. 그래서 어느 날 요코아미가 급식을 전부 다 먹을 때까지 놀러 나가면 안 된다고, 다들 자리에 앉아서 기다리라고 했지 뭐야.

그날 식단은 빵이랑 나폴리탄 스파게티랑 프루트펀치. 지금 생각하면 탄수화물 파티지만 인기 메뉴였지. 그래서 그렇게 오래 안 걸리겠다 싶었는데 요코아미가 울면서 깨작깨작, 깨작깨작 먹었지. 5교시 시작종이 울리고 나서야 끝났어.

그러고 나서는…… 웩.

다음 날 요코아미의 부모님이 학교에 따지러 왔지. 담임이 잘못한 건데, 그 뒤에 요코아미한테 '뚱보' '돼지' 같은 상처 주는 말을 하지 말자는 학급회의가 열렸어. 그때 교실에 요코아미도 있었잖아. 본인을 앉혀놓고 그런 학급회의라니 지금 같으면 큰 문제가 됐을 거야.

뚱보는 안 돼. 돼지도 안 돼. 하지만 요코즈나가 안 된다는 말은 없었어. 애들이란 멍청하고 단순하고 잔혹하단 말이야.

그래도 다들 요코아미의 체중이 몇 킬로인지는 몰랐어. 로봇 애니메이션 재방송에서 로봇의 키랑 몸무게가 나오는 엔딩곡이 있었잖아? 거기에 자기 키랑 몸무게 넣어서 부르는 게 유행이었지만 요코아미는 그렇게 같이 부른 적이 없었어.

마음대로 추측을 해대더니 어떤 애가, 이름이 야에코八重子니까 80킬로라고 하면 되겠다 해서 그게 정착됐지. 뚱보=80킬로하고.

그러다 마침내 정확한 숫자가 판명될 날이 왔어.

너 신체검사 방식 기억해? 그래, 여학생, 남학생 따로 출석번호순으로 줄을 서서 양호실에 들어간 다음 다 잰 사람부터 나가는 거. 그러니까 출석번호 1번은 다들 보는 앞에서 신장이랑 체중이 불리는 거야.

신장은 키 큰 체육 선생님이 재고 체중은 양호 선생님, 담임이 기록을 했지. 기록하는 사람한테만 들리면 되는데 양호 선생님이 졸업장 수여하나 싶을 만큼 큰 소리로 알려줬잖아.

고학년이 되자 여학생들은 당연히 부끄러워했어. 출석번호가 뒤쪽인 나는 꽤 부러움을 샀지. 유키 시호 뒤에 요코아미 아에코뿐이었거든.

이 방식을 가장 다행으로 생각한 사람은 요코아미였을지도 몰라. 아무도 몸무게를 못 들으니까.

그런데 설마 그런 생각을 하는 애가 있을 줄이야.

6학년 1학기 때, 늘 그렇듯 양호실에는 나랑 요코아미만 남고 선생님이 내 키랑 몸무게를 불렀어. 145센티, 32킬로. 맞아,

나 중학교 가서 10센티가 컸어. 하지만 키는 별로 신경 안 썼어. 할머니가 아무 말 안 했으니까. 할머니도 작은 편이었고. 자기랑 닮은 점은 눈에 띄지 않았던, 아니, 눈에 거슬리지 않았던 것 아닐까?

다들 35킬로 넘게 나가건만. 나만 그보다 못 미쳐 실망하면서 양호실 문을 닫고 나오는데, 누가 체육복 자락을 잡아당기는 거야. 앗 하고 소리를 낼 뻔했지만 입 앞에 집게손가락을 세운 얼굴 두 개가 보이더라.

문 옆에 쪼그리고 앉아서 숨어 있던 건 야스다 다마미랑 야마오카 미즈에, 내 앞 번호랑 그 앞 번호야. 아마 다마미가 미즈에를 꼬드긴 것 같아. 나한테 옆에 앉으라고 손짓한 애는 다마미였거든.

뭐 하는 건지도 모르는 채 가서 앉았더니 양호실 안에서 커다란 목소리가 들려왔어.

"64킬로!"

지금 말한 거랑 말투도 비슷했던 것 같아. 육, 십사. 구구단이라도 외는 것 같은 이상한 느낌이 포인트거든.

이러려고 그랬구나 이해하는 동시에 손을 잡아끄는 다마미한테 이끌려 교실로 뛰어갔어. 그야 물론 숨어서 몸무게를 들은 걸 요코아미한테 들키지 않으려고.

"80킬로 안 됐네."

뛰면서 이렇게 말하는 다마미의 얼굴에 아쉬운 기색은 보이지 않았어. 백 퍼센트 만족한 표정이었지. 나도 비슷한 얼굴을 하고 있었을지 몰라.

아무렇게나 때려 맞힌 큰 숫자보다 어정쩡한 진짜 숫자가 더 두근거리는 게 당연하잖아. 게다가 딱 들어맞는 포인트까지 찾아냈지.

"시호 두 배야!"

엄청난 특종을 손에 쥔 기분이었지만 셋 다 교실에 돌아가자마자 퍼뜨리려고 하지는 않았어. 그냥 히죽거리기만 했을 뿐. 그래도 사흘 뒤에는 남학생도 포함해서 온 반 애들한테 다 퍼졌어. 사노 너한테도 내가 가르쳐줬지? 백 킬로 넘을 줄 알았다면서 안타까워했잖아. 너한테도 멍청하던 시절이 있었던 거지.

그 뒤로 64는 반에서 특별한 숫자가 됐어. 산수 시간에도 답이 64가 되면 웃음이 터졌고, 벌레*나 여과지**란 말에도 웃었지. 다이카 개신*** 연도 외우는 법을 큰 소리로 반복하는 애도 있었고. 그래, 로시난테, 로시니, 히로시마처럼 '로시'가 들어가는 말만 생각했잖아.

교장 선생님 이름 히로시래, 뭐 이렇게……

* 일본어로 벌레[무시]가 6을 읽은 '무', 4를 읽은 '시'와 동음이다
** 일본어로 여과지[로시]가 6을 읽은 '로', 4를 읽은 '시'와 동음이다
***645년에 중앙집권적인 정치체제를 정비하기 위해 이루어진 정치개혁

그 숫자를 설마 내가 올라간 체중계가 가리키는 날이 올 줄이야. 딱 64.0이라는 게 불길함을 가중시켜.

걱정할 정도의 몸무게는 아니라고? 뭐, 키를 생각하면 당시의 요코아미랑 같은 체형이라고는 할 수 없지만 말이야. 요코아미는 반에서 키가 제일 작아서 140센티도 안 됐을걸. 응, 키는 잘 안 들렸어.

하지만 역시 64킬로가 뚱보 인증 기준이야.

요전에 남편이랑 애가 이야기하는 걸 우연히 들었어. 아웃렛에 쇼핑을 하러 가서 집합 시간을 정한 다음에 각자 따로 움직였는데, 내가 늘 늦으니까 그때도 아직 안 온 줄 알았나 봐. 두 개 떨어진 벤치에 앉아 있었는데. 지금 체형에 맞춰서 옷을 사고 싶지 않아서 일찌감치 끝냈거든.

64킬로면 뚱뚱하다는 자각은 있어도 역시 다른 사람한테 들으면 충격이야.

"엄마가 가방 진열대 앞에 서 있는 게 가게 밖에서 보였는데 뭔가 바윗돌 같았어. 전부터 그랬나? 혹시 어디 아픈데 둘이서 나한테 비밀로 하고 있는 거 아냐?"

애 말투가 진지하니 괴롭더라고. 그래서 남편도 그런 식으로 대답했는지 몰라도.

"그건 그냥 나잇살이야. 바윗돌이라니 비유가 훌륭하네. 옛날에는 만지면 이렇게 허리가 뚝 부러질 것 같은 유리 공예 같았는데. 아, 정말이지 세월의 흐름이란 잔혹하지 뭐냐. 그 점에서 보면 2D의 여자애들은 배신을 안 하지. 앗, 내가 이런 말 한 거 엄마한테는 절대 비밀이다."

때마침 외국에서 온 단체 관광객이 지나가기에 그 틈에 섞여 일단 그 자리를 떴어. 그리고 삼십 분 뒤에 원치도 않는 옷가게 쇼핑백을 든 채 미안하다며 웃는 얼굴로 등장한 내가 기특하지 않아?

구두를 살 걸 그랬다고? 그런 문제가 아니잖아. 뭐, 확실히 구두 사이즈는 바뀌지 않더라만. 멋져, 구두는 영원한 친구인 거잖아. 너만은 배신하지 않는구나. 부츠는 아니라고? 때린 데 또 때리지 말래?

그리고 나, 지난주에 집에 갔다 왔거든.

중요한 이야기가 있으니까 너 혼자라도 올 수 없겠냐고 엄마가 그래서. 말투가 심각해서 가족 중 누가 중병 선고라도 받은 줄 알고 당장 달려갔지.

그랬더니 웬걸, 기에가 결혼을 결정했더라고. 거기서 중학교 교사를 하고 있거든. 게다가 상대 가족이랑 상견례를 한다잖아. 그런 말을 그렇게 갑자기 하면 어떡해. 예쁜 옷도 준비 못 했는데. 엄마한테 불평했더니 비행기 타고 장거리를 나서는데 그런 동네 슈퍼 가는 복장으로 올 줄은 생각도 못 했다네.

"너, 날씬할 때는 매일 어디 놀러 가는 복장이었잖니."

한숨까지 쉬더라. 나는 옛날부터 꾸미는 데에 그렇게 관심이 없어서 평범한 옷을 입었을 뿐이야. 게다가 지금보다 0이 하나 덜 붙은 싸구려 옷뿐이었고. 결국 날씬하면 뭘 입어도 꾸민 것처럼 보인다는 거지.

새 옷을 사는 것도 바보 같아서 동생한테 빌리기로 했어. 그랬더니 걔가 뭐라는 줄 알아?

"들어가려나?"

새끼 돼지 같던 애한테 그렇게 굴욕적인 말을 들을 줄이야. 무시하지 말라며 옷장을 열었더니 튜닉 원피스가 몇 벌 있더라. 이런 옷까지 안 들어갈 것처럼 보였다니, 분하기도 하고 한심하기도 하고. 물론 입었지. 어깨가 좀 빡빡했지만 신경 쓸 정도는 아니었고.

그리고 상견례 자리에 나갔어. 사노 너, '야나기 반점' 기억나? 그래, 만두가 맛있는 전형적인 중국집 느낌의 가게. 거기 아들 대에서 리뉴얼해서 '누벨시노와 야나기'라고 가게 이름까지 바꾸고 고급 중화요리점이 됐더라.

만두? 코스에 안 들어 있어서 모르겠어. 좀 먹어보고 싶기는 했는데 새우랑 게랑 전복이 든 요리가 계속 나와서 먹어치우느라 정신이 없었거든.

본인들은 긴장했지, 그쪽 부모들은 내내 떠들지, 우리 부모님은 필사적으로 맞장구치느라 바쁘지. 새 요리를 놓을 데가 없어서 가게 사람이 난처해할 정도로 다들 안 먹는 거야. 형제가 나온 건 우리 집뿐이었고, 내가 먹을 수밖에 없지 않겠어? 그런데…….

"창피해라……."

엄마가 작게 중얼거리는 소리가 들려서 쳐다봤다가 눈이 딱 마주친 거야. 내가 먹고 있는 게? 엄마 얼굴에 언젠가 본 사진 속 아이 얼굴이 겹쳐지는 바람에 어떻게 해야 할지 몰라서 젓가락을 놨어.

그걸 상대편 어머니가 보고 있었나 봐.

"미안해요, 이야기에 열중하느라고. 언니분, 사양하지 말고 많이 드세요. 귀한 몸이니까. 지금 몇 개월이에요?"

개그? 여성잡지 독자투고? 웃고 넘어갈 수밖에 없지 않겠어? 그런데 누가 입을 열었을 것 같아? 아빠야. 말수가 적어서 그날도 상대편에게 겨우 인사나 했을까 싶을 정도로 입을 열지 않던 아빠.

"지방이에요."

진지한 얼굴로. 좌중이 조용해졌지. 그랬더니 상대 아버지가 갑자기 그건 그렇고 세상 참 살벌해졌어요 하면서 다른 이야기를 꺼내더라. 아는 집 딸이 죽었다는 모양이야. 갑자기 왜 그 이야기를? 나는 어리둥절했지.

부인이 나무라는 바람에 곧장 화제를 바꿔서 우리 아빠랑 경마 이야기로 의기투합하기 망정이지. 그쪽 아버지가 왜 흉흉한 이야기를 떠올렸는지는 얼마 안 가 알게 됐어.

다음 날 당장이라도 이쪽으로 돌아오고 싶었지만 할머니 병문안을 가게 됐지 뭐야. 치매가 심해져서 시설에 들어갔거든. 엄마랑 기에도 잘 못 알아보는지, 엄마는 간병인, 기에는 자기 여동생이라고 생각한대.

"너도 못 알아보겠지만 신경 쓰지 마."

엄마가 심각한 얼굴로 말했지만 신경을 쓰는 건 고사하고 할머니한테 잊힌다고 해서 슬플 것도 없었거든. 오히려 다정하게 대할 수 있을 것 같았어. 장기는 비교적 튼튼한지 식사 제한은 없다 해서 할머니가 좋아하던 '아사히도'의 콩찹쌀떡을 사 갔지. 맞아, 상점가 2대 인기 가게. 우리 집은 '아사히도'파여서 다행이라는 생각까지 했는데…….

결론을 말하면 안 갈 걸 그랬어.

나를 봐도 아무 반응을 안 보여서 역시 못 알아보는구나 싶으면서도 말을 걸어봤거든.

"할머니, 시호예요."

그러니까 할머니 눈에 생기가 돌아오나 싶더니 나를 딱 노려보듯 하면서 이러는 거야.

"네가 시호일 리가 있나. 그 애는 모델처럼 날씬하고 예쁜 자랑스러운 손녀야. 날 속여서 돈이라도 뜯어낼 생각이면 살부터 빼고 와. 이 돼지야!"

지나친 충격을 받으면 기억이 정말 끊어지나 봐. 정신을 차려 보니 비행기를 타고 있었어. 좌석 주머니에 들어 있는 잡지를 별 생각 없이 펼쳤지. 사노 네가 나왔더라. 나를 구해줄 사람은 너밖에 없다고 생각했어. 그러니까…….

그램 단위여도 돼. 지방을 빨아내줘. 64의 저주에서 제발 나를 풀어줘.

왜 저주라고 생각하냐고? 이제 와서 그런……. 요코아미는 자기 체중이 반 전체에 알려진 걸 눈치채고 있었어. 범인이 누구라고 추측할까? 다마미랑 미즈에가 숨어 있었던 건 몰랐을 거야. 단순하게 출석 번호가 하나 앞인 나를 의심했을걸.

복수가 시작된 거야. 바보 같은 말인 줄은 알아. 하지만 오랫동안 축적된 강한 원념에는 무슨 힘이 있을 것 같은 느낌이 든단 말이야.

중화요리점에서 아는 집 딸이 죽었다고 한 거, 요코아미 딸이라나 봐. 상견례를 마치고 가는 길에 그쪽 어머니가 남편한테 거기서 요코아미 씨 이야기를 왜 꺼내냐고 하던 게 생각나서 고향에 남아 있는 동창생한테 확인해봤거든. 아니, 호리구치 말고. 다마미.

죽은 원인은 잘 모르겠지만 자살일 수도 있대. 딸이 엄청 뚱뚱했던 모양이야. 그쪽 아버지가 나를 보고 그 집 딸 이야기를 한 건 좀 그렇지만……. 뭐, 그러니까 그게 무슨 관계가 있지 않나

하고. 체형 때문에 놀림받고 있었을 거야, 분명.

요코아미가 딸을 워낙 예뻐해서 딸이 죽은 뒤로는 꽤 울적해 했대. 머리가 좀 이상해지기 직전이라는 소문도 있는 모양이야.

요코아미는 지금 인생을 뒤돌아보면서 자기를 깔보던 사람들을 원망하고 있을지도 몰라.

근데 다마미한테도 물어봤는데, 처음 '64 체육관'이라는 말을 시작한 거 사노 너지? 나나 다른 애들이 기존에 있던 말로 비웃었다면 '64 체육관'은 요코아미 맞춤 욕이잖아.

로시니가 나올 때 웃어도 요코아미는 자기 때문이라고 생각 안 해. 하지만 '64 체육관'이라는 말이 들리면? 아무리 그래도 자기 이야기라는 걸 알아채지. 체중이 들통났다는 것도 눈치채고.

내가 원한을 산 건 사노 너 때문이야.

그걸 감안해서 좀 깎아줘도 되지 않을까?

코를 조금 세우고 싶어요.

중력이 느껴지지 않게 콧대가 쭉 뻗은 느낌으로. 그리고 콧방울을 조금 축소하고. 물론 양쪽 다요.

그런데 선배는 제왕절개예요?

뭐예요, 그 놀란 얼굴은? 예쁜 얼굴 이상해지잖아요. 내가 뭐 이상한 말 했나? 설마 내가 중학교 후배인 거 몰랐어요?

매니저한테 이 병원 예약해달라고 부탁했더니 무리라면서 바로 두 손으로 엑스자를 그려 보이잖아요. 알아보지도 않고 뭐냐고 불평을 했더니 딱 사흘 전에 소속사 다른 애가 거절을 당했다 그러더라고요.

나도 여기가 인기 폭발인 건 충분히 알고 있어서 반년 기다리는 것 정도는 각오했다고요. 근데 그 뒤에 나온 말이 신경을 딱 건드리잖아요. 뭐라는 줄 알아요?

"너 같은 급은 좀⋯⋯."

그 말은 뷰티클리닉이 붐비는 거랑 상관없이 인기가 있으면 예약을 넣을 수 있다는 뜻이잖아요?

그럼, 지금 당신 머릿속에 떠오르는 얼굴은 누구냐는 거죠. 물론 이 말은 안 했지만요. 나도 프라이드는 있으니까. 하지만 매니저, 오니시라는 아줌마인데요. 이 사람이 감이 엄청 좋아요. 초능력자인가 싶을 정도로 내가 생각하는 내용을 늘 꿰뚫어 보거든요.

게다가 그런 건 보통 알아차려도 입 밖에 내지는 않잖아요. 하지만 오니시는 달라요. 대놓고 말해. 애들을 대체 몇 명이나 울렸는지. 더더욱 열 받는 건 잘나가는 애들한테는 조심한다는 거예요.

자기도 원래는 안 나가는 아이돌이었으면서. 뭘 저쪽 편을 드는 게 당연하다는 얼굴로 잘난 척인지. 뭐, 동정받는 것보단 낫지만요. 오니시가 격려를 한다는 건 필요 없으니 나가라는 말이랑 똑같으니까.

그렇게 되기 전에 이쪽에서도 손을 쓰려는 거잖아요. 게다가 나, 소속사에 비용 같은 거 대달라고 부탁하지도 않았고.

그래서 확실히 말해줬죠.

다치바나 히사노 뷰티클리닉 원장이 내 선배고 부모들끼리도 사이가 좋으니까 내 이름을 대면서 한번 물어보라고. 부모들끼리 사이가 좋다는 말도 거짓말은 아니에요. 우리 엄마 지금도 선배 어머니네 숍에 다니거든요. 그, 자원봉사 활동을 하는.

의심 가면 기사라기란 사람 아느냐고 어머니한테 물어보세요. 꽤 열성 신도니까.

맞아요, 내 이름 기사라기 아미는 본명이에요. 원래는 엄마가 아이돌을 동경했거든요. 이왕 멋있는 성을 가진 남자랑 결혼했으니 본명으로 아이돌 활약을 할 수 있는 이름을 딸한테 붙여주자고 생각했대요. 센스 있죠?

참고로 엄마 이름은 도시코예요. 결혼 전 성은 무라야마. 무라야마 도시코. 들어본 적 없어요?

모르는구나. 선배랑은 나이도 꽤 차이 나고, 그 동네 사람들 전부가 서로 아는 사이는 아니긴 하죠. 시골 사람끼리는 서로 다 안다는 식으로 물어봤네요, 미안.

엄마가 옛날에 동네에서 제일 예쁘기로 유명했다고 곧잘 자랑을 해서 어쩌면 알지도 모른다고 기대했어요.

하지만 선배에 대해선 분명 동네 사람들 모두 알 거라고 생각해요. 동네에서 제일 예쁜 정도가 아니었으니까. 일본 제일!

그런데 선배 때도 축제에서 미인대회 했어요? 미스 제1중학교를 뽑거든요. 그보다 제2중학교가 없어졌는데 여전히 제1중학교인 거 이상하지 않아요? 진짜? 선배 때는 아직 제2중학교 있었어요? 그러네, 선배는 많이 봐도 이십대 정도로 보여서 무의식중에 우리랑 가깝다고 생각해버린다니까요? 굳이 따지자면 엄마뻘인데.

칭찬이에요, 칭찬.

반은 두 반. A랑 B요. 그건 똑같아요? 다행이다. 미인대회는 없었다고요? 어, 엄마 때는 있었다고 들었는데. 엄마는 최고 기록이 학년 3위였대요. 엄마 때는 한 학년에 세 반이라 반에서는 1등이었다고 꼭 설명을 덧붙이지만요.

그렇구나, 선배 때가 마침 그런 거 그만두자고 하던 시기였군요. 알아요, 엄마한테 들은 적 있어요.

여성은 모두 아름답네 어쩌네 하면서 그런 거랑 별 인연이 없을 것 같은 아줌마들이 피켓이랑 플래카드 들고 미인대회 폐지 운동을 한 거잖아요.

말도 안 되는 소리죠.

그래서 미인대회는 부활했지만 다양한 부문이 신설된 거였나. 모두가 무슨무슨 베스트3에 들어가게끔. '편안한 타입'이나 '스포츠 만능' 같은 거라면 또 몰라도 '청소의 여왕' 같은 항목도 있었어요. 그런 데에 뽑히면 기분이 좋으려나요?

나는 삼 년 연속 '미스 제1중'에 뽑혔죠.

일단은 학교 활동에 적극적으로 참가한다든지, 상냥하다든지,

외모뿐 아니라 내면까지 포함하여 종합적으로 판단하자고 돼 있기는 한데요, 투표 결과를 보면 남학생이나 여학생이나 외모로 뽑힌 게 훤히 보여요.

아미는 성격이 별로다, 학급임원 일도 꽤 농땡이를 친다, 뭐 이런 험담이 들려와도 전혀 상처가 안 됐어요. 왜냐면 그게 바로 외모로 뽑혔단 증거잖아요? 어정쩡하게 내면을 칭찬받는 것보다 이편이 백 배 더 낫죠.

그래도 외모뿐이잖아, 이런 험담은 화나더라고요.

머리가 좋다거나 스포츠 만능 같은 재능을 외국에선 '기프트'라고 부르잖아요. 하늘이 준 선물. 얼굴이나 스타일도 기프트죠. 게다가 공부 잘하는 애가 학원에 다니고 운동 잘하는 애가 운동부 동아리 활동을 열심히 하는 것과 마찬가지로 난 내 외모를 가꾸려고 노력했다고요.

그런데 앞의 두 가지는 노력을 인정받는데, 난 기프트에만 의지한다는 듯 말하는 건 용납할 수 없었어요. 선크림도 안 바르면서 불평하지 말라 이거죠.

지금 생각하면 그냥 샘나서 하는 말이니까 웃어넘기면 됐는데, 진심으로 화나더라고요.

그만큼이나 난 예쁜 것에 열심이었다고 생각해요.

철이 들었을 무렵에는 주위에서 예쁘다, 예쁘다 띄워줬어요. 아이돌이 될 거라는 둥, 배우가 될 거라는 둥……. 그리고 그거.

제2의 다치바나 히사노, 미스 월드도 꿈이 아니다!

그런 의미에서도 히사노 선생님은 내 선배예요. 선배를 따라잡으려고 책도 많이 읽었어요. 《히사노 식 미인 스트레칭》《히사노의 미인 식사》, 그리고 세 권 정도가 더 집에 있거든요.

내가 운이 좋았던 건 엄마가 협력을 해줬다는 거?

혼자 사는 직장인 여성이면 자기 먹을 식사만 준비하면 되고 절식도 간단히 할 수 있지만 가족이 있으면 미용만을 생각한 식사는 거의 불가능하잖아요. 아버지는 뭘 먹으라고.

그 점에서 우리 아빠는 선원이라 밥을 같이 먹는 건 일 년에 몇 번뿐이었어요. 엄마는 미용을 이해하는 사람이어서 선배 책에 나온 거랑 똑같은 식단을 계속 시도한 때도 있었어요. 어쩌면 내가 아니라 엄마 자신을 위해서였을지 몰라도.

그래도 나한테 맨날 양파는 피가 맑아진다느니 토마토에는 안티에이징 효과가 있다느니 했으니까 역시 날 위해서인가? 매일 밤마다 같이 스트레칭도 하고, 둘이서 미의식이 높은 생활을 해왔다고 정리하면 되겠다.

뭐 이런 식으로 다른 사람이 내가 노력하지 않는다고 생각하는 데 화가 나기는 했지만, 그렇다고 자신을 한계까지 몰아넣으면서 열심히 했느냐고 묻는다면 그렇지도 않거든요.

딱히 그 정도까지 노력하지 않아도 기프트만으로 동네에서는 1등이었으니까. 네, 그 동네에서는요…….

그래서 선배는 제왕절개예요? 어, 또 고개를 갸웃하시네. 호칭 때문에 그런 게 아니었어요?

그렇구나, 까먹고 있었다. 선배, 아이 있죠. 그럼 자기 얘기인지 아이 얘기인지 헷갈리겠다.

내가 궁금한 건 선배가 제왕절개로 태어났느냐고요.

역시! 제왕절개였구나.

그게 무슨 상관이냐고요? 어머, 선배도 참. 진짜 몰라서 하는 말이에요?

코 모양이요.

선배 〈우리 교실〉 봤어요? 지난 분기 드라마. 그걸 안 봤다니 끝이네. 학생과 교사가 제대로 한판 붙는 문제작이라 화제가 되기도 했고, 시청률도 내내 10퍼센트 넘었는데.

선배는 진지한 뉴스 프로그램에서 논평도 하고 있으니까 교육에 대해서도 질문받고 그러지 않아요? 이런 드라마에도 안테나를 세워야죠.

과장된 설정이겠거니 얕잡아 볼지 몰라도 최악의 교사라는 게 정말로 있거든요. 드라마에서처럼 학생을 자살로 몰아넣는 그런 교사도.

뭐, 그 드라마 촬영하는 중간에 사라가 하는 말을 들었어요.

네, 고게쓰 사라. 드라마도 안 봤는데 걔는 어떻게 알아요? 뭐, 광고에도 엄청 나오고 내년 아침 드라마에도 오디션 없이 캐스

팅됐으니 모르는 게 더 이상한가.

그 드라마에 저도 나왔냐고요? 나왔어요. 그러니까 이야기하죠. 우리 매니저만큼은 아니더라도 조금은 눈치채주세요. 대사는 거의 없었지만 이름도 제대로 있는 배역이었으니까.

사라는 주연이죠. 그걸 꼭 확인해야 돼요? 순수한 어른은 동년배가 보면 귀여울지 몰라도 애들이 보면 꽤 애잔해요. 아, 지금 말은 취소예요. 미안해요.

상담이니까 선배가 알고 있는 내용도 굳이 내 입으로 이야기하게끔 유도하고 있는 거죠? 내가 내 의지로 수술을 결단하고 수술한 뒤에도 후회하지 않도록 머릿속을 정리할 수 있게 해주는 거죠?

그럼 다시, 드라마 주인공은 고게쓰 사라예요. 열네 살 때 '국민 여동생 콘테스트'에서 특별상을 받고 데뷔해서 지금은 국민 여배우 반열에 올라서려는, 나랑 동갑인 배우. 전용 대기실이 있으면서 반 전체를 통솔하는 반장 역이라며 촬영 중간에 늘 우리랑 같이 단체 대기실에 있었거든요.

방 한가운데에 있든, 구석에 있든 걔가 있는 곳이 중심처럼 보였어요. 처음에는 다들 겁먹어서 주위에 아무도 없었는데도. 하지만 금세 사라 주변에는 사람이 모이더라고요.

부잣집 딸 이미지의 미인인 데다 지금까지는 제멋대로 구는 역이 많아서 거만한 타입일 줄 알았는데 싹싹하고 상냥하다나.

같이 사진 찍자고 먼저 권하기도 하고, 그거 봤어 하면서 코딱지만 하게 나온 잡지 이야기도 하고.

나는 그 무리에 끼지 않았지만요. 얌전하고 친구가 없는 배역이었거든요. 대배우 고게쓰 사라가 휴식시간에도 역할에 몰입해 있는데 방해하면 안 되잖아요.

나는 모두랑 좀 떨어진 곳에서 잡담을 듣고 있었어요. 아니, 들렸다고 해야 하나? 시시한 이야기뿐이더라고요. 사라한테 아부하는 느낌의. 그래서 거의 흘려듣고 있었는데······.

"사라는 코가 정말 예뻐."

그 말에는 내 안테나가 반응했어요. 사라가 미인이라는 이야기는 지긋지긋할 만큼 익숙한데도 뭔가 걸리는 느낌이었거든요.

코?

그때까지 사라의 특징은 안에 우주가 펼쳐져 있는 게 아닌가 싶을 정도로 커다란 눈이라고 생각했어요. 하지만 실제로 보니까 나랑 그렇게 다르지도 않고, 같이 나오는 배우 중에 사라보다 눈이 큰 애도 있는데 왜 사라가 제일 예뻐 보일까 이상했거든요.

답이 코였어? 안테나가 쭉쭉 섰죠. 사라는 이렇게 대답하데요.

"엄마한테 감사드려야 하나. 나, 제왕절개로 태어났거든."

무슨 말인지 모르겠더라고요. 주위에 있던 애들도 어리둥절해 보였는데 한 명이 그렇구나 하면서 손뼉을 치더니 사람들한테 설명하기 시작했어요.

"산도라는 게 엄청 좁잖아? 자연분만이면 몇 시간에 걸쳐서 거기를 통과해서 나오니까 코가 눌리는 거야."

그런 일이 있을 수 있나? 사라 옆얼굴을 다시 보니까 확실히 콧대가 쭉 뻗어서 예쁜 곡선을 그리고 있더라고요. 얘는 코를 풀거나 엎드려 잔 적이 없나 싶을 정도로, 압박감은 물론 중력도 작용한 적 없는 것처럼 매끈한 선이라고 생각했어요.

그 설명에 다들 수긍했어요. 그런 이야기 들은 적 있다면서 동의하는 애도 나왔어요. 두상에도 영향이 있을지 모른다는 말도 나왔고.

사라는 포니테일로 묶고 있어서 두상도 확인할 수 있었는데, 듣고 보니까 뒤통수도 예쁜 곡선을 그리고 있더라고요.

내 뒤통수가 절벽이 되지 않도록 아기 때 도넛 모양 베개를 썼다고 엄마한테 들은 게 생각났어요. 내 두상은 엄마의 노력으로 얻은 거지만, 사라 두상은 기프트였구나 싶었죠. 물론 코도. 이게 포인트예요.

그에 비하면 내 코는……. 코가 콤플렉스였던 적은 그때까지 한 번도 없었어요. 돼지코나 주먹코도 아니고 너무 높거나 너무 낮지도 않아요. 평범한 코예요.

평범한? 그걸로 되겠어? 내가 있는 세계는 평범한 얼굴로 싸울 수 있는 곳이 아니에요. 눈도 입술도 남들보다 예뻐야만 한다는 자각이 있었는데, 왜 코에 대해서는 평범하다는 사실에 만족

하고 있었니? 이상하다는 생각 안 들고?

의식하고 나서 코를 보니 내 코는 한번 눌린 적이 있다는 걸 알 수 있겠더라고요. 사라 코가 새로 산 깃털 패딩이라면 내 코는 한 철 잘 입고 세탁소에 보냈다가 찾아온 느낌.

비유가 재미있다고요? 좀 무시하는 거 같은데. 선배니까 용서하겠지만. 진지하게 들어줘요.

이 차이는 정말 기프트일까요? 낳는 방법의 차이가 하늘에서 내려준 선물은 아니지 않아요?

게다가 사라는 거꾸로 나왔다든지 탯줄이 감겨 있었다든지 하는 사정이 있었던 것도 아닌가 봐요. 오빠가 거꾸로 나와서 제왕절개였으니까 그 뒤에도 엄마가 제왕절개했어야 했다고 그러더라고요.

그럼 아기가 거꾸로 나오거나 사정이 있지 않더라도 제왕절개로 낳아도 된다는 뜻 아니에요?

코나 두상에 영향을 준다는 걸 알았으면 엄마도 반드시 제왕절개를 택했을 거라고 생각해요. 그러면 내 코도 사라나 선배처럼 됐을 텐데.

이제 누구를 봐도 우선 코에 눈이 가요. 예쁜 코구나. 분명 제왕절개로 태어났겠네, 이런 식.

그리고 제왕절개에 대해서도 검색해봤어요. 나랑 엄마만 몰랐지, 옛날부터 유명인들 사이에서는 상식이었던 거 아닐까 싶어서요. 왜 엄마는 그 정보를 몰랐을까 하고. 그랬더니 반대로 놀라운 기사가 많이 보이더라고요.

제왕절개로 애를 낳은 사람들이 고민이 많대요.

자연분만을 할 수 없었던 걸 애석하게 여기나 봐요. 나는 왜 남들 다하는 걸 못 했을까 하면서요. 아기가 자기 아이처럼 여겨지지 않아서 고민하는 사람까지 있더라고요.

왜지? 나 같으면 엄청 감사했을 텐데 하고 머릿속에 물음표밖에 없었지만 게시물을 읽다 보니 어쩐지 이해가 되더라고요.

내 배 아파서 낳은 자식이라는 말이 너무 많이 쓰이기 때문 아닐까요? 난 엄마한테 그런 말을 들어본 적 없지만 드라마나 영화에 많이 나오잖아요.

내 배 아파서 낳은 자식한테 이런 지독한 꼴을 당하다니. 내 배 아파서 낳은 자식을 위해서라면 뭐든 할 수 있다. 내 배 아파서 낳은 자식이 설마 바꿔치기 당했을 줄이야…….

그 외에도 여자가 남자보다 강한 건 출산의 아픔을 견딜 수 있게 만들어졌기 때문이라는 둥. 아픔을 극복한 뒤의 기쁨이 어쩌고저쩌고.

나는 아픈 거 싫어하니까 애 못 낳는 거 아니야? 그런 생각이 들어서 무통분만을 검색했더니 무통분만을 선택한 사람 중에도 후회하는 사람이 적지 않다는 기사도 보이더라고요.

아픔을 겪는다는 게 그렇게까지 중요한 거예요, 선배?

오, 선배는 무통분만했구나. 그러면 애 코 모양은 괜찮아요? 그보다 선배도 제왕절개랑 코 모양의 관계에 대해 몰랐다는 증거군요. 그럼 엄마가 모르는 것도 이상하지 않네.

그래서, 무통분만한 거 후회해요?

중요한 건 내가 아픔을 극복하는 게 아니라 아이를 무사히 낳는 거라고요? 그렇죠. 의사 선생님이 말하니까 설득력 있네요.

아이가 성장함에 따라 출산의 아픔 이상으로 극복해야만 하는 일들이 어쩔 수 없이 생긴다. 한 번의 아픔에 사로잡혀 있을 상황이 아니다. 그렇군요. 메모해서 잘 보이는 데 붙여둬도 될 만큼 묵직한 말이네요.

땀 흘린 뒤에 영광이 있다는 둥, 이 나라 사람들은 결과보다 과정을 너무 중시해요. 특히 힘든 과정을. 뭐, 나도 아까는 노력이 중요하다 같은 말을 했지만요.

그러고 보니까 사라도 아침 드라마 주연은 오디션으로 따내고 싶었다느니 어쩌니 했어요. 휴식시간에.

사라가 노력형이라는 걸 다들 아니까 새삼스럽게 오디션할 필요는 없다고 판단한 거야. 그렇게 변호해주는 애도 있었지만 애초에 동료인 같은 배우한테 그런 말을 하는 사라는 뭔가 싶어요.

아침 드라마 오디션에 참가하는 애도 개중에는 있었을 거거든요. 질투하는 것 같을까 봐 이 이상 말은 안 하겠지만.

요는 결과가 다란 이야기죠.

이렇게 간단한 사실에 나는 줄곧 도달하지 못하고 있었던 거예요.

나는 성형에 대해서 굳이 따지자면 반대파였어요. 주위에서도 꽤 예스러운 구석이 있다고들 해요. 이 말은 칭찬으로 받아들이지만요. 신중한 스타일이라는 말도 들어요. 하지만 그런 사고방식까지 시골 출신이라서 그렇다는 식으로 취급하는 건 용납 못 해요.

확실히 도쿄에 와서 우선 사람이 많은 데에 놀랐어요. 평일 대낮인데 역에 왜 이렇게 사람이 많아? 축제라도 있나? 뭐, 이러면서요.

성형한 사람을 열 명 데리고 오라는 미션을 받아도 그 동네에선 무리지만 여기서는 어렵지 않죠. 요전에 같이 출연한 애들만으로도 채울 수 있을지 몰라요. 뭐, 붙잡고 물어봐도 다들 인정하지 않겠지만.

그보다 더 확실한 방법도 있어요. 여기에 오면 돼요. 예약을 못 할 정도로 성형하고 싶은 사람들이 모여드니까.

시골에도 매일 쌍꺼풀 테이프 붙이고 오는 애들 정도는 있었잖아요. 그런 애들 보면 왜 굳이 가짜 쌍꺼풀을 만들고 싶어하나 신기했거든요. 금방 들통나는 데다, 그걸 각오하고 붙인다고 딱히 예뻐지는 것도 아니고.

노력은 필요하죠. 하지만 기프트라는 밑바탕이 없는 곳에 노력을 쌓아봤자 의미가 없다고 생각했어요. 내가 매일 몇 시간씩 공부한들 도쿄대에는 못 갈 테고, 몇 시간씩 계속 달린들 올림픽에 못 나가는 거랑 마찬가지로.

뭐, 선배처럼 온갖 기프트를 다 받은 사람도 있지만요.

도달할 수도 없는 목적지를 필사적으로 지향하는 거, 시간 낭비잖아요. 인생 한 번뿐인데. 게다가 할머니 될 때까지 살아있다는 보장도 없고.

얼마 전까지는 인생 길다고 생각했어요. 태어나서 지금까지도 꽤 길게 느껴졌는데, 아직 평균수명 사분의 일도 못 왔나 싶고. 상상만 해도 힘들어서 한 십 년 지나면 살아가는 데 지쳐서 자살할지도 모르겠다고 생각한 적도 있어요. 십 년도 길어 하면서.

죽음을 이해하지 못했던 거죠. 그런데 반년 전에 중학교 때 동급생이 자살해서 처음으로 살아있는 것이 당연한 일이 아니라는 사실을 깨달았어요. 드라마에서도 같은 반 애가 죽는 장면이 있었는데, 진짜인 것처럼 연기한다고 했어도 마음 한구석에서는 만들어진 이야기라고 생각했단 증거예요.

난치병에 걸리지 않았어도 내일 죽을 수도 있어요. 자기 자신이 싫어져서 죽음을 선택하는 경우도 있고요. 아니, 자기 자신을 소중히 여기지 않으면, 사랑하지 않으면 살아갈 수 없을지도 몰라요.

나는 나 자신을 있는 힘껏 좋아하자고 결의했어요.

나한테서 가장 좋아하는 건 얼굴이에요. 그런데 기프트가 아닌 부위가 있어요. 아니, 코도 분명 기프트였을 텐데 엄마가 낳는 방식을 잘못 선택한 거예요.

이제 와서 그걸 탓할 생각은 없어요. 왜냐면 되돌릴 수단이 있으니까.

난 코를 고치는 게 아니에요. 엄마 배 속에서 원래 있던 상태로 되돌릴 뿐이지.

그러면 나는 또다시 제일 예쁜 애가 될 수 있어요. 아침 드라마 주연도 꿈이 아니에요. 그러니까 부탁이에요, 선배. 선배나 사라 같은 코로 만들어줘요.

어? 선배, 듣고 있어요?

시선이 먼 곳을 향하는 것 같은데 내가 뭐 이상한 말 했나? 혹시 선배랑 사라 코는 전혀 다르니까 어느 한쪽을 고르지 않으면 곤란한 거예요?

그게 아니라고요. 그럼…… 뭐예요?

자살한 동급생 이름이 요코아미냐고요? 뭐예요, 그 마이애미 같이 요상한 이름은. 아미는 나랑 같지만요. 요코라는 성에 이름이 아미? 요코아미가 성이에요?

아닌데. 요코아미 아니에요.

엄마 결혼 전 성일 수도 있다고요? 그럴 순 있겠죠.

그보다 요코아미라는 성은 혹시 요코즈나라고 써서 그렇게 읽는 거예요?

진짜? 즈나랑 아미랑 한자가 달랐구나. 와, 그렇게 쓰는 거군요. 뭐, 실눈으로 보면 요코즈나네. 웃기다.

하지만 그게 어쩌면 정말로 걔네 엄마 쪽 성이었을지도 몰라요. 외모가 그런 느낌이었거든요. 이름이 곧 그 실체이다, 그런 말 있지 않나? 그래도 요코즈나까지는 아닌가? 요코즈나 아래인 오제키? 그 밑은 뭐더라? 세키와케? 맞아요, 그 정도로 뚱뚱했어요.

굳이 따지자면 딸 쪽이 요코즈나랄까? 만일 걔 이름이 요코아미였다면 다들 요코즈나라 불렀을걸요. 아니면 오야카타. 이건 은퇴한 선수를 부르는 말이던가? 그럼 역시 요코즈나. 줄여서 요코, 귀엽네요.

상처요? 설마. 그런 타입 아니었어요.

난 걔랑 중학교 올라가서 만났어요.

시골 공립이기는 해도 중학교는 반 넘게 모르는 애들이니까 입학식 때는 줄곧 주위를 두리번거렸죠. 물론 눈에 들어오는 건 예쁜 애들이었어요.

못생긴 애들한테는 관심 없어요.

못생긴 애들 놀리는 여자애들이 곧잘 있잖아요. 그런 애들은 대체로 자기가 예쁜 줄 아는데 내가 보기에는 어정쩡한 못난이예요. 정말로 예쁜 애들은 주위를 후려치지 않아도 인정받으니까 여유가 있거든요. 하지만 예쁘지 않은데 그렇게 여겨지고 싶은 애들이 제멋대로 반에서 5등 같은 의자를 만들어서 필사적으로 의자 뺏기 게임을 하려고 들죠.

난 의자랑 한 몸이죠. 선배도 그런 경험 있잖아요.

게다가 5등이 뭐냐 싶지 않아요? 1등은 분모가 늘어도 1등일 가능성이 있죠. 선배 경우는 일본 대표니까 분모가 1억 2천만이겠네요. 아니, 반은 남자인가? 할머니랑 어린애들도 있으니까 그것도 빼면…… 아무튼 엄청난 숫자의 정점에 섰던 거잖아요.

근데 한 반에 많아봤자 마흔 명, 이것도 반은 남학생이니까 스무 명 중에 5등, 백 명 중에서 25등이란 거 아니에요. 내가 머리는 나쁘지만 이런 계산은 빨라요. 뭐, 그건 됐고, 25등을 상위권이라고는 못 하죠. 일반인 영역이잖아요.

2등도 마찬가지예요. 그러니까 난 1등에만 관심 있어요.

그런 느낌으로 새 동급생들을 보고 있는데 나보다 더 위라는 생각이 드는 애는 없더라고요. 그런 가운데 무심코 다시 본 애가 걔예요.

어쨌든 크거든요. 위로나 옆으로나.

선생님인가? 3학년? 뭐? 1학년? 깜짝 놀랐죠. 초등학교 때도 살찐 애들이나 키 큰 애들은 있었지만 그런 레벨은 본 적이 없어요. 그야말로 요코즈나였죠. 성이 요코아미였으면 분명 임팩트가 엄청났을 거예요.

네, 위로도요. 걔는 같은 학년 여학생 중에서 키가 제일 컸어요. 나도 큰 편이어서 그때는 분명 반에서 뒤에서 세 번째였는데, 걔랑은 10센티 정도 차이 났던 것 같아요. 너무 많이 불렀나? 아무튼 그 정도 느낌이었어요.

헐, 엄마는 작았군요. 아빠요? 모르죠. 원래 그렇잖아요. 어지간히 근처에 살거나 집에 놀러 갈 정도로 사이가 좋지 않고서야 학부모 참관수업이나 운동회에 와도 누가 누구 아빠인지는 모르고, 관심도 없죠. 엄청 잘생겼음 또 몰라도.

그런 의미에서는 엄마도 마찬가지예요. 하지만 다들 걔 엄마는 알았어요. 뚱뚱하기도 했고, 사이가 좋은지 걔가 엄마만 보면 늘 손을 흔들었으니까.

확실히 키는 작았어요. 이러면서 걔네 엄마가 요코아미 씨인 것처럼 단정 짓고 있는데 그래도 되나? 하지만 선배가 그 동네에서 일어난 자살 소식을 듣고 물어본 거라면 틀림없을 거예요.

집단 괴롭힘을 암시하는 유서가 있거나 범죄가 의심되지 않는 한 지방에서 일어난 자살 같은 건 인터넷 뉴스에도 안 올라오잖아요.

나는 중학교를 졸업하자마자 도쿄에 나와 있지만 그쪽 정보가 지금도 꽤 들어오거든요. 비슷한 뉴스는 들은 적 없고요.

근데 이 자살, 나도 이상하다고 생각해요. 나도라고 해버렸네. 선배가 어떻게 생각하는지 모르는데.

이상하다고요? 그럼 다행이에요. 그렇지 않다면 바쁜데 잡담할 리 없겠죠.

그보다 화제가 바뀌었다는 건 내 수술은 수락한 거라고 받아들여도 되는 거겠죠? 그럼 안심하고 이야기해야지.

자살 소식을 처음 접한 건 거기에 있는 동급생한테서 온 단체 연락을 통해서였어요.

마음대로 내 팬클럽을 만들어서 거기 그룹에서 내 방송 출연 정보 같은 걸 돌리는데 왠지 몰라도 나한테도 온다니까요. 뭐, 동창회는 둘째치고 평범한 술자리 공지까지 오니까 마음 같아서는 그룹 이름을 변경해줬으면 싶지만요.

아미아미 클럽. 이름 촌스럽죠. 그런 거 하지 말라고 부탁했다가 거만해졌다고 되레 불쾌해하면서 뒤에서 이상한 정보 흘리거나 하면 곤란하니까 놔두고 있어요.

선배는 괜찮아요? 정말로 사이가 좋았던 애들은 좀 거리를 두고 응원해주는데 너 누구니 싶은 애들이 꼭 친한 친구인 척 허물없는 메시지를 보내거나 염치없는 부탁하고 그러지 않아요? 성형 비용을 깎아달라는 둥.

그렇게 웃는 거 보니까 그런 적 있나 보네요.

나는 지난번에 사라 사인 받아달라는 부탁을 받았는데 심지어 열 장이라고 해서 폭발할 뻔했어요. 뭐, 같이 출연하는 사람들끼리 그런 부탁하는 건 소속사에서 금지하고 있다 어쩌고 적당한 이유를 붙여서 거절했지만요.

자칭 구 남친이 열 명이 넘는다고요? 뭔지 알아요 그거.

난 파악하고 있는 건 세 명이에요. 그중 하나랑은 정말로 일주일쯤 사귀었으니까 포함시키면 안 될 수도 있겠지만요. 역시 선배. 뭐, 선배는 고등학교도 그쪽이었으니까. 아마 선배가 모를 뿐이지 더 있을걸요?

누군지 말은 안 하겠지만 내 동급생 아빠가 선배를 찬 걸로 알거든요. 말하라고요? 그건 좀…….. 걔도 일단 내 팬클럽 멤버라서요. 따질 때 따지더라도 나한테 들었다는 말은 하지 않겠다고 약속해줄래요?

그럼 가르쳐줄게요. 호리구치란 애예요.

앗, 선배, 지금 좀 동요했죠? 고속으로 세 번 눈 깜빡이는 서저 캐치했어요. 그러고 보니 선배는 속눈썹도 기네요. 그거 연장한 거예요? 천연이구나. 공작이 날갯짓하는 거 같아요. 네? 공작 날개는 다르다고요? 그럼 불사조. 악마 같은 검은 날개를 펄럭거리는 애.

상상의 새요? 에이, 뭐든 상관없어요. 이미지, 이미지.

근데 좋겠다. 나도 짧은 편은 아닌데 어정쩡하게 길어서 연장하면 외려 부자연스러울까 봐 그냥 놔두고 있거든요. 혹시 이것도 제왕절개랑 관계있고 그런가?

아무래도 그건 아닌가? 그래서, 뭐더라? 맞다, 호리구치 아빠.

사귄 건 아니라고요? 응, 믿을게요. 왜냐면 호리구치 개, 얼굴은 그럭저럭 깔끔하지만 작잖아요. 네, 학년에서 제일. 개 아빠도 그랬어요? 그럴 줄 알았어. 역시 유전이군요.

맞다, 재미있는 이야기 생각났어요.

선배 때는 체육대회 때 이인삼각 릴레이 안 했어요? 여자 남자 짝지어서 트랙 한 바퀴 도는 거. 했구나.

거기에 호리구치가 나갔는데 짝이 개였지 뭐예요. 보통은 키 순서대로 하잖아요. 되도록이면 다리 길이가 맞게끔. 좋아하는 애가 있거나 하면 미세하게 조정을 하기는 하지만요. 그런데 우리 반은 뽑기였는지 어땠는지 몰라도, 기적의 커플이 나와버린 거예요.

게다가 최종 주자. 호리구치가 발은 빨랐거든요. 와, 그것도 아빠랑 똑같구나.

여섯 반 중에서 2등으로 배턴을 받아서 둘이 필사적으로 달렸죠. 하지만 역시 사이즈가 너무 달라서인지 넘어진 거예요. 거기다 그 거구가 호리구치를 깔아뭉갠 것처럼 돼서 안됐지만 장내가 웃음바다가 됐어요.

방송반에서도 "힘내요" 어쩌고 실황중계를 하는데 웃음을 못 참겠는지 "히힘내효효효" 이런 식이 되고.

여자애는 금방 일어났지만 호리구치는 무릎을 싸안고 주저앉아 있었어요. 웃음소리가 잦아들 정도로 아파 보였죠. 그동안 다른 팀들한테 속속 추월당해서 꼴찌가 되었는데…… 순간 개가 글쎄 호리구치 옆구리를 한 손으로 끌어안고 일으켜 세웠어요.

그 상태에서, 물론 다리를 묶은 채로 호리구치를 끼고 마구 달렸죠. 눈 깜짝할 사이에 다시 2등까지 올라가서 응원석에서는 둘을 응원하는 구호가 터져 나오기 시작했어요.

결과는 근소한 차이로 2등. 3미터만 더 있었으면 앞질렀을지도 몰라요. 하지만 주인공은 개였어요. 정말 멋있었거든요. 내가 호리구치고 개가 남자애였으면 반했을 거라고 생각해요. 그도 그럴 게, 트랙 약 반 바퀴를 도는 내내 거의 끌어안겨 있었거든요. 게다가 앞에 있는 애들을 쭉쭉 앞질러서 1등을 바싹 추격하다니 두근두근할 수밖에 없잖아요.

뚱뚱한 사람도 괜찮냐고요? 선배, 의외로 돌직구네요.

텔레비전에 나올 때는 점잔을 빼지만 의외로 독설가라든지 그래요? 만일 원래 그쪽이면 당장 방향 전환하는 편이 좋겠어요. 분명 반응 좋을 테니까. 괜찮아요, 미인의 독설은 좀처럼 논란이 안 되거든요. 뭔가 좋다. 선배한테 친근감이 막 샘솟네.

계속 긴장하고 있었거든요. 정말이에요, 정말.

나도 솔직히 뚱뚱한 사람은 사양할래요. 하지만 출렁 살이 아니라 럭비 선수 같은 타입이면 괜찮을지도. 아니, 오히려 더 좋나? 어떤 공격이 와도 벽이 돼서 날 지켜줄 것 같은 사람이라면.

개 키랑 몸무게요? 정확히는 모르겠는데 165센티에 80킬로 정도 아니었을까?

파리컬렉션 모델을 동경하던 애가 개 키 하나만큼은 갖고 싶다는 말을 했었고 몸무게는…… 본인한테 들은 것 같아요.

그런 걸 숨기는 애가 아니거든요. 밝고, 뚱보라고 놀림받아도 허허 웃는 애였어요. 나라면 못 참았겠지만. 처음 자기소개할 때 자기 입으로 뚱뚱하다고도 했고요. 아마 이런 식으로 말했을걸요.

"저한테는 날개가 있다는 설정이지만 무거워서 날지를 못합니다. 그러니까 그냥 돼지예요. 저를 돼지라고 부르는 사람한테는 반짝반짝 광선을 쏴서 친구 돼지로 만들어줄 테니까 조심하세요. 좋아하는 건 엄마가 만들어주는 과자예요."

반응이 제일 좋았죠. 나, 내 소개는 기억 안 나는데 개 자기소개는 기억해요. 그때까지 뚱뚱한 애들은 음침하다고 생각해서 이런 타입도 있구나 감동했던 것 같아요. 기특하네 하고.

근데 개가 눈에 띈 건 밝은 성격 말고 역시 운동신경이 좋아서가 아닌가 싶어요. 학교에서는 역시 재미있는 애랑 운동 잘하는 애가 주목을 받잖아요?

게다가 개 경우는 반전 매력도 있고.

1학기 첫 체육 수업 때 체력이랑 운동능력 측정 같은 걸 내내 하잖아요. 난 이래 보여도 운동치여서 그 시간이 진짜 싫었어요.

같은 초등학교 출신들은 내가 달리기가 느린 걸 알고 있으니까 상관없지만 반 이상은 모르잖아요.

게다가 나는 인기가 있으니까 더더욱 눈에 띄죠. 어, 저렇게 다리가 긴데 달리기는 느려? 이러면서 실망할지도 모르고.

특히 50미터 달리기는 대체로 둘씩 뛰니까 가능한 한 느린 애랑 같이 뛰게 해달라고 빌었어요.

출석번호순으로 하면 개랑 짝이었어요. 땡잡았다 싶었죠. 나랑 비슷하거나 더 느리지 않을까 하고요. 그때까지 뚱뚱한데 발이 빠른 애는 본 적이 없었거든요.

그런데 준비 땅 하는 신호랑 동시에 옆으로 개 넓은 등판이 보이더니 순식간에 쭉쭉 멀어져가더라고요. 빨라요, 빨라.

반 여자애들 중에서 개만 7초대였어요. 오히려 그 덕분에 내가 느린 게 눈에 띄지 않았으니 역시 운이 좋았던 것 같아요.

달리기뿐만 아니라 다른 종목도 거의 반 여학생들 중에서 개가 톱이었어요. 공 던지기는 딱 봐도 잘할 것 같지만, 곧추뛰기? 운동신경이 좋다는 걸 알고는 있어도 뚱뚱한데 그렇게 높이 뛰다니, 역시 예상 밖이어서 깜짝 놀랐죠. 왜냐하면 뛰었다 한들 발목 삘 것 같잖아요.

그런데 평범하게 착지를 하지 뭐예요. 쿵 하는 큰 소리도 안 내고.

뭐가 날지 못하는 돼지람. 쟤 등에 정말 날개 달린 거 아냐 하고 난 살짝 질투했어요.

어? 지금 나 질투라 그랬어요? 그럼 잊고 있었을 뿐이지 그런 시골에 있었을 때도 내 안에 질투란 감정이 있었군요. 도쿄에 와서 발동한 게 아니었구나.

뭐, 분야가 다르니까 순간적인 질투가 있었다고는 해도 경쟁하려는 생각은 없죠.

그렇다고 같이 어울려 다닐 만큼 사이가 좋지는 않았어요. 그러니까 걔 깊숙한 부분까지는 몰라요.

선배한테 이야기하는 것도 반경 3미터쯤 떨어져서 봤을 때 눈에 들어온 모습이에요. 둘이서 이야기를 하거나 둘이서만 뭘 한 적은……. 맞아, 있었다. 왜 잊고 있었지? 진짜 즐거웠는데. 반이 달라져서인가?

2학년 때 나랑 걔랑 학교 축제 준비위원을 같이 했어요. 선배 때랑 똑같은지 몰라도 2학년 여학생들은 과자 바자회 담당이었거든요. 와, 똑같구나.

이런 거 요즘도 여학생 남학생으로 나누잖아요. 과자 굽는 걸 좋아하는 남학생도 있을 텐데. 남학생들은 뭘 했더라? 아, 귀신의 집. 여학생이 없으니 매년 좀비의 집이 돼버려요.

뭐, 그래서 위원회 때 전년도 레시피를 학생회에서 받았는데, 작년에 먹어봤을 때 맛이 없었다고 걔가 그러더라고요. 이런 건 캐릭터랑 딱 맞죠. 난 먹지도 않았고 축제 때 파는 과자가 뭐 그렇지 생각했으니까 작년 레시피를 안 쓰는 건 귀찮게 느껴졌어요.

하지만 걔는 내 반응은 무시하고 자기한테 맡기라고 하데요.

그날은 돌아갔죠. 집에 있는 과자 굽기 책이라도 복사해 올 건가 했어요.

그런데 주말 지나고 월요일에 걔가 레시피랑 같이 귀여운 종이가방을 들고 학교에 온 거예요.

시골 공립이면서 그 학교, 꽤 교칙이 엄격했잖아요. 과자는 가지고 오면 안 된다는 둥. 도시락은 가져가야 하는데 달콤한 빵은 금지라니 완전 이상하죠. 주의만 주는 게 아니라 압수했고요.

그래서 이건 축제를 위한 거라며 댄스부 교실에서 둘이서만 살짝 종이가방을 열어보기로 했어요.

댄스부요? 나는 아니에요. 걔예요.

나 춤 잘 못 추는 거 몰라요? 선배, 정말 그 드라마 한 화도 안 봤군요. 엔딩이 반 전원이 춤추는 거예요. 요즘은 어디 한 곳에 댄스를 넣는 게 당연한 분위기거든요. 주제가 심각해도요.

그게 또 어찌나 어려운지. 시청자들이 댄스 영상을 인터넷에 업로드하도록 하는 게 목적이라면 좀 더 간단한 안무로 짜면 될 텐데, 굳이 어렵게 만든다고 할까.

뭐, 멋있긴 해요. 잘 추면요.

그래서 걔가 가져온 종이가방. 안에 든 건 도넛이었어요. 초콜릿이나 아몬드 토핑이 아니라 평범하게 설탕만 뿌려놓은 도넛.

선배라면 어떤 생각이 들었겠어요? 나도 마찬가지였어요. 이게 뭐야. 실망했죠.

그쪽은 내 반응을 이미 예상했던 것 같아요. 속는 셈치고 먹어 보라면서 손에 하나 쥐여주더라고요. 됐다고 돌려주려 해도 손이 잡혀 있으니까 무리였죠. 그쪽 악력이 세니까. 하는 수 없이 도넛에 얼굴을 가져가서 한입 베어 물었어요.

바삭, 촉촉, 이에요. 식었는데 바깥은 바삭하고 속은 촉촉한 게……. 웃지 마세요. 이것 말고는 표현할 방법이 없으니까. 선배가 먹어도 똑같이 말할걸요.

애초에 선배는 수제 도넛 같은 걸 먹어본 적 있어요? 앗, 지금 질문 취소. 선배 집에서 엄마들이 과자 굽던 거 깜빡했어요.

선배는 그 과자 먹어본 적 없다고요? 먹었으면 좀 더 살이 쪘겠죠.

나도 과자를 별로 안 먹는 편이어서 다른 과자랑 비교해서 말할 수는 없지만 그 도넛, 정말 맛있었어요. 안이 노르스름해요. 달걀이랑 버터 색. 평범한 백설탕을 안 쓰고 꿀이랑 입자가 고운 고급 설탕을 써서 은은하게 달다고 해야 하나……? 따뜻한 맛이에요. 응, 이게 딱 맞는 표현이다.

걔 주먹보다 더 컸는데 눈 깜빡할 사이에 전부 다 먹어버렸어요. 정말로 맛있어서 어디 책에 나온 레시피냐고 물어봤더니 웬걸, 손으로 쓴 레시피를 꺼내는 거 있죠.

"우리 엄마표야."

엄청 자랑스러워 보였어요.

"대단하다! 천재네."

이 말밖에 할 수 없었죠. 지금 와서 생각하면 어른한테 천재라니. 하지만 걔도 똑같이 따라했으니까 뭐 상관없나.

"응, 우리 엄마는 과자 굽기 천재야."

요코아미 씨가 그랬어요?

뭐가 '헷'이에요. 선배, 요코아미 씨 딸한테 관심이 있는 거 아니에요? 그 요코아미 씨라고요. 머릿속에 그 사람 모습 제대로 떠올리고 있어요?

걔가 요코아미 씨랑은 다르군요. 요코아미 씨는 얌전하고 뭐랄까, 보통 상상하는 뚱뚱한 사람 느낌이구나. 나도 걔를 만나지 않았더라면 뚱뚱한 사람은 다 그렇다고 생각했을 것 같아요. 나쁘게 말하면 주눅든 타입.

모녀지간인데……. 뭐, 확실히 참관수업에도 까불거리는 건 늘 걔였고 엄마는 구석에서 좀 부끄러운 듯 손을 흔들었던 것도 같네요. 평범한 뚱보.

아이 참, 선배한테 막말이 옮았잖아요.

요리는 잘할 것 같았다고요? 그렇죠? 요코아미 도넛을 상상해 봐요.

마가린이 아니라 버터인 데다 꿀이랑 고급 설탕을 쓰니까 예산 초과로 학생회에서 기각할 수도 있겠다고 걱정했는데, 그것도 걔 엄마가 싸게 살 수 있는 경로를 알아봐줘서 만들 수 있게 됐어요.

병원에서 영양관리사 일을 했나 보더라고요. 그때는 그만둔 뒤였지만 재료상에 잘 부탁해주기로 했어요.

곰돌이 푸도 놀랄 만큼 큰 꿀단지가 열 개나 배달된 거 있죠.

대량의 도넛을 방과 후나 가정 수업 시간에 반별로 만들어야 하니까 다른 애들한테 가르쳐줄 수 있게끔 우선 내가 개랑 둘이 연습을 하기로 했어요.

반죽을 치대는 게 큰일이었죠. 개 반죽은 점점 노르스름한 덩어리가 돼가는데 내 건 끝까지 안 뭉쳐지더라고요. 그랬더니 개가 뭐라는 줄 알아요?

"부럽지, 뚱뚱해서?"

내가 고개를 끄덕였던가? 아무래도 진 것 같은 기분에 화르르 불이 붙은 덕분인지 어쨌든 필사적으로 치댔더니 부드러운 노란 덩어리가 됐어요.

"참 잘했습니다. 백 점."

이러면서 칭찬을 하지 뭐예요. 선생님이냐고.

그다음에는 반죽을 밀대로 편 다음에 도넛 틀을 찍어요. 그게 재밌죠. 그냥 동그라미면 금방 싫증 날 것 같은데 이중 동그라미면 기분이 업돼요. 왜일까?

가운데 부분요? 역시 그게 신경 쓰이죠. 미니 카스테라 같은 걸 만드나 하고. 나도 물어보려고 했어요. 그런데 그전에 개가 글쎄, 가운데 부분을 전부 모아서 남은 바깥 부분 반죽이랑 같이 치대기 시작했어요. 그러고는 또 밀어서 틀을 찍고 가운데를 모으고, 그걸 반복. 평범한 도넛만 딱딱 만들어지더라고요.

하지만 맨 마지막에 딱 두 개, 이제 모아도 도넛 한 개가 안 될 것 같은 크기의 작은 동그라미가 남았어요.

그랬더니 걔가 그 작은 동그라미를 먼저 기름 속에 넣는 거예요. 깨끗한 기름 속에 납작하고 작은 동그란 반죽이 가라앉더니 보글보글 거품을 뿜으며 동글동글하게 부풀어서 떠올랐어요.

"예쁘고 예쁜 여우 색깔. 본 적이 없음 노란 치즈 고양이 색깔. 야옹야옹."

이상한 얼굴 하지 마세요. 내가 만든 거 아니에요. 걔가 불렀다고요. 뭐, 나도 곧장 따라 불렀지만. 아니, 고양이는 안 키운댔어요.

치즈 고양이 색깔로 튀겨진 작은 동그라미를 트레이로 건지더니 먹자면서 한 손으로 트레이를 내밀데요. 그러고는 자기가 먼저 다른 쪽 손으로 앗 뜨거 하면서 한 개 집어서 입에 넣었어요. 나도 따라서 하나 남은 걸 입에 넣었죠. 갓 튀긴 도넛, 도넛의 한가운데.

앗 뜨거, 바삭, 촉촉, 츄르르 그리고 폭신.

츄르르는 버터요. 설탕은 안 뿌렸고요. 그래도 달콤했어요.

"도넛은 한가운데에 맛있는 성분이 모이거든. 그걸 합치고 또 합치기를 계속해서 마지막에 남는, 맛있는 성분이 꽉 찬 도넛 한 가운데 부분은 만든 사람에게 주는 상이래."

정말로 상 같은 맛이었어요. 금세 다 없어져버렸지만.

그러고는 둘이서 열심히 도넛을 튀겼는데 그 작업이 전혀 힘들지 않았어요. 먼저 상을 받았기 때문이겠죠.

치즈 고양이 색깔, 야옹야옹. 몇십 번쯤 불렀을까?

그때 걔 옆얼굴, 콧대가 쭉 뻗어서 예쁘다고 생각했는데…….

어? 또 이상한 표정. 그거, 선배가 생각하는 이미지랑 어긋난다는 신호죠? 혹시 선배 머릿속에서는 걔가 엄마랑 다르다는 걸 알고 나서도 요코아미 씨 중학교 때 모습으로 재현되고 있는 거 아니에요?

그럼 그 표정도 이해가 가죠. 둘 다 뚱뚱해서 딱 모녀지간이라는 이미지가 강했지만, 잘 떠올려보면 얼굴은 전혀 안 닮았어요. 엄마는 밋밋하다고 해야 하나, 헤이안 시대 귀족 같은 느낌이었는데 걔는 동그란 얼굴에 이목구비가 뚜렷했거든요.

그리스 조각 같은 느낌. 눈도 커서 얘가 살을 빼면 엄청 미인이 될지도 모르겠다고 상상한 적도 있을걸요?

질투? 그때는 안 했다고 생각해요. 살을 빼면 그렇다는 거잖아요. 주위에 다이어트하는 애들도 있었고 나도 1킬로 찌면 초조해서 하루 단식을 하고 그랬지만, 얘는 다이어트 안 하겠거니…….
왜 그렇게 단정했을까?

본인이 뚱뚱한 걸 전혀 신경 쓰지 않는 것처럼 보였거든요. 걔는 엄마가 구워준 맛있는 과자를 먹고 살이 쪘어요. 행복해 보였죠. 그래서 뚱뚱해서 부럽지 하고 걔가 물어봤을 때 묘하게 거슬렸던 것 같아요.

부럽냐니, 자기가 뭐라고?

꼭 그래서는 아니지만 걔가 자살했다는 걸 알았을 때 난 안 울었어요.

도넛을 같이 만들었다고 해서 그 뒤로 특별히 사이가 좋았던 것도 아니고, 3학년 때도 다른 반이었던 데다 이번에는 위원회도 같이 안 해서 제대로 이야기를 나눠본 건 그 축제 때가 마지막이었거든요. 그래도 엄청 농도 짙은 시간이었다고 생각해요.

도넛은 세 개 오백 엔, 중학생한테는 좀 비싼 가격이라 처음에는 잘 안 팔렸어요. 부모님들도 어, 올해는 쿠키가 아니네, 그러고. 도넛=기름이라는 부정적 이미지가 강했나 봐요.

하지만 사서 점심시간에 먹어본 애들이 진짜 맛있다면서 법석을 떨어서. 네, 맞아요, 판매는 아침부터 하지만 먹어도 되는 건 점심시간 때뿐이라 시간차를 두고 입소문이 났죠. 오후에는 줄까지 서서 십 분 만에 완판.

둘이서 하이파이브를 했다가 뒤로 넘어갈 뻔했어요.

이튿날은 첫날에 의리로 샀더니 너무 맛있어서 오늘은 이거 사려고 왔다고 하는 부모님도 있고 해서 오전 중에 전부 다 팔렸고요. 레시피를 원하는 사람도 있어서 어쩔까 망설였더니 마침 축제에 온 개 엄마가 괜찮대요.

그래서 원래 있던 레시피에 이렇게 써넣어 복사를 했죠.

'반짝반짝 도넛'.

작명 센스가 촌스럽다고요? 기라吉良 모녀에 대한 존경을 담뿍 담은 건데*.

말 안 했던가요? 걔 이름은 기라 유우有羽예요. 날개羽가 있는有 반짝반짝 광선.

저기요, 선배님? 왜 그래요? 듣고 있어요?

그 레시피는 계속 이어져 내려와서 우리 학교 명물이 됐다나 봐요. 하지만 역시 올해 축제에서는 안 만들었다고 하네요.

기라 유우가 엄청나게 많은 도넛에 둘러싸여서 죽었다는 뉴스를 다들 알거든요. 시골에 사는 뚱뚱한 여자애의 자살 같은 건 전국 뉴스는 고사하고 지방 뉴스에서도 다루지 않지만 소문은 도니까요.

시체 주위에 도넛이 백 개 넘게 뿌려져 있었다는 말도 안 되는 내용도 있더라고요. 도넛 개수가 걔 몸무게가 최고점을 찍었을 때랑 똑같다는 둥.

근데 뭐 때문인지 개 엄마의 저주라고 하는 사람도 있어요. 개

---

* 일본어 반짝반짝[기라키라]과 기라의 발음이 같다

93

는 수면제를 엄청 먹고 죽었는데 도넛이 다잉 메시지다, 엄마를 고발하고 있다 등등. 유서가 없었으니 도넛이 유서라도 되는 것마냥.

이상해요, 그런 거. 말도 안 되잖아요.

나는 걔가 엄마랑은 관계없는 일로 무슨 고민이 있었던 게 아닐까 싶어요. 도넛을 만들면 기운이 나지 않을까 하고 열심히 만들어본 거죠. 반죽을 많이 치대다 보니 지쳤는데 잠이 들지 않아 수면제를 너무 많이 먹은 거예요.

모처럼 만든 도넛을 먹지도 않고.

그런데 나는, 나만큼은, 그게 안됐다거나 불쌍하다고는 생각 안 해요. 걔는 분명 도넛 한가운데는 먹었을 테니까.

가장 맛있는 건 다른 사람은 모르는 도넛 한가운데. 하지만 그걸 아는 사람은 도넛을 만든 적 있는 사람뿐이죠.

걔의 진짜 기분 같은 건 분명 아무도 모를 거예요. 있는데 안 보이는 게 아니라 도려냈으니까.

아아, 그때 그 도넛 또 먹고 싶다…….

이상하네. 왜 이제 와서 눈물이 나지? 안 돼, 콧물까지.

선배, 티슈 좀 쓸게요. 어, 거기 책상 근처에는 가지 말라고요. 왜요, 왜……. 아, 파일 더미가 무너지네. 그렇구나. 미안해요.

안 주워도 된다니 그럴 수는 없죠. 나 때문이니까 잘 주워서…….

이 사진, 사라네? 아직 데뷔 전 같은데……. 어, 어, 코? 제왕절개 아니었어요? 이쪽 애는 엄청 예쁘네…….

파기해야 되는 파일이군요. 어른들만의 비밀. 물론 말 안 하죠. 아무한테도 말 안 해요.

말은 안 하겠지만……. 선배, 이 파일은 어떤 의미에서 도넛 한가운데를 모은 거네요. 맛있어 보이지는 않지만. 나도 판매를 시작하자마자 완판되는, 모든 사람에게 사랑받는 도넛으로 만들어주세요.

표현이 기가 막힌가요?

꼭 닮은 부모 자식

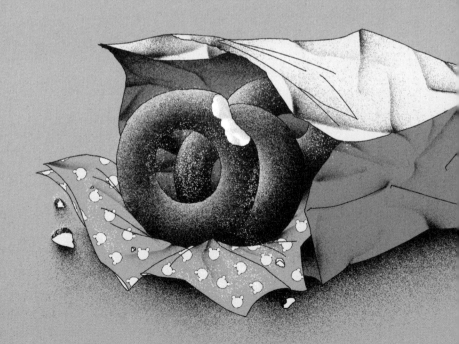

어, 왔다, 왔다, '호리구치 특제 탕수육'. 여기 점장이 야구부 후배야. 네 살 아래니까 히사노는 모를 수도 있겠지만.

그래? 모르는구나. 옛날부터 멋 부리는 놈이어서 이런 건 어디서 사나 싶은, 나 같으면 부끄러워서 못 입을 것 같은 옷을 이런 시골에서 당당하게 입고 다니네 싶더니, 고등학교 졸업하자마자 도쿄로 나가버렸지. 보나마나 패션 전문학교라도 다니겠지 했는데, 역시 마을에서 제일 인기 있는 중화반점 아들답게 조리사 전문학교에 가서 졸업한 뒤에는 유명한 가게에서 배웠다더라고.

뭐, 옛날에 유행한 〈요리의 신〉이라는 텔레비전 방송에 나온 프랑스 요리의 신이었던 사람이 하는 데라나. 히사노 넌 가본 적 있지 않아?

그래, 그 오블리주 어쩌고란 곳 맞을걸. 역시 유명인은 다르네. 그러게 말이야, 프랑스 요리라니.

그래서 주인장이 아파서 당분간 가게를 쉰다고 들었을 때도 그놈이 돌아올 거라고는 생각도 못 했어. 맛있는 만두랑은 평생 인연이 끊기겠구나 얼마나 실망스러운지 처음으로 좀 더 큰 동네에 살 걸 그랬다 싶었지.

아니, 정말 처음이야. 도시에 나간 너희는 이 동네에 사는 모든 사람이 이곳을 뜨고 싶어한다고 착각할지 몰라도 나는 전혀 그렇게 생각한 적 없어. 센 척하는 게 아니라.

도시를 모르는 것도 아니야. 뭐, 도쿄랑은 인연이 없어도 나고야에는 친척이 있어서 여름방학 때마다 놀러 가기도 했고, 왜, 너한테도 푸딩 사다줬잖아. 줄 때는 흐물흐물해져 있었지만.

전문학교도 나고야였어. 아, 알려나? 아니다, 내가 어디 학교에 갔는지는 관심이 없나? 별 상관은 없지만.

그래서 일단은 이 동네를 떠났는데, 입학하고 한 달 지나니까 여기는 아니다 싶더라고. 주위에 사람이 늘어나면 나하고 마음이 맞는 놈을 만날 수 있지 않을까 기대했는데 그렇지도 않고 말이지.

뭐랄까, 전체적으로 얄팍한 느낌. 역시 술 마시면서 밤새 흉금을 터놓고 이야기할 수 있는 건 같은 공기를 마시며 성장한 놈들이구나 하는 인식이 생겼지.

그보다 먹자. 아까운 탕수육 다 식겠다.

메뉴가 잘못 나온 거 아니냐고? 아니, 맞아. 소스는 좀 있다 나오거든. 일단은 바삭하게 튀긴 고기를 그 종지에 든 소금에 찍어 먹다가 마무리로 뜨끈뜨끈한 소스를 붓고……. 너 이렇게 먹어본 적 없어?

나도 처음에는 야나기 오리지널인가, 꽤 기발하다며 감탄했는데, 본인은 천연덕스러운 얼굴로 고기랑 소스가 다른 그릇에 나오는 스타일은 드물지도 않다고 하더라고. 도시에서는 이쪽이 유행인 거 아니야?

외국에서 한 번 본 적이 있다고? 대단하네, 야나기. 도쿄를 따라한 게 아니라 해외에서 유행하는 걸 도쿄보다 먼저 도입한 건가. 과연 '누벨시노아'라는 이상한 이름으로 바꾼 보람 있네.

그 녀석 돌아오고 바로 이 가게 리뉴얼 공사가 시작됐어. 기름기 번질번질하던 식당이 새하얀 상자 같은 건물로 바뀌었을 때만 해도 나나 동네 주민들이 다닐 만한 가게가 아니겠다 싶어서 쓸쓸했는데, 오프닝 파티인지 뭔지 초대를 받아 가봤더니 친숙한 요리가 주욱 늘어서 있는 데다 최첨단 요리까지 있잖아, 그저 감동이지.

금의환향이라는 건 야나기 같은 녀석을 보고 하는 말 아닐까 싶더라고. 뭐, 히사노 너처럼 도쿄에서 활약하는 것도 훌륭하다고 생각은 하지만. 근데 너도 외국에서 먹어본 적 있으면 메뉴가 잘못 나온 거 아니냐고 말할 건 없잖아. 혹시 여기 시골 레벨에 일부러 맞춰준 거냐?

그렇게 실례되는 행동은 안 한다고? 뭐, 지금 한 말은 사과하지. 네가 생각한 그대로 말하는 녀석이었기는 하지. 좀 지나치게 해맑은 구석이 있었지만. 그래, 그 점은 지금도 똑같이 남아 있구나.

이거 닭튀김이라고? 대단하네, 히사노. 먹기도 전에 돼지고기가 아니라 닭고기란 걸 눈치챘어? 역시 의사, 만만치 않아.

뭐? 누가 봐도 안다고? 뭐, 너도 주부니까. 모르는 건 우리 야구 팀 놈들 정도인가.

내 아내? 아니, 그 뭐냐, 애가 막 집 나가서 살기 시작한 것도 있고 부부끼리 외식은 좀체 안 하잖아. 기본적으로 이 가게 비싸기도 하고. 나한테는 지인 할인을 해주지만 그래서 외려 자주 올 수 없다고 해야 하나, 사람이 염치가 있어야 하잖아.

아아, 애? 아들 하나. 도쿄에 있는 대학에 갔어. 운동 특기생으로 들어가서 장학금도 받는데, 그래도 돈이 얼마나 드는지. 방세가 여기 집 한 채 빌릴 돈이야. 거기다 할머니 삼 주기 제사 때 맞춰 오라고 했더니 교통비를 청구하는 거 있지. 후회해도 늦었어.

봐, 외식할 처지가 아니지?

게다가 외식하면 재료를 고르거나 칼로리 조절을 하기가 어렵잖아.

이게 닭고기라는 건 알아도 그래도 어느 부위인지까지는 모르겠지?

가슴살, 정답. 튀김옷을 입혀놨는데 알다니 대단한데?

내 체형을 보고 그렇지 않을까 싶었다고? 뭐야, 긴팔 옷 입어도 근육운동 하는 티가 났나. 역시 의사네.

오오, 소스도 나왔어. 일단 먹자. '호리구치 특제 탕수육', 간단히 말해 닭가슴살 탕수육이야.

탕수기 아니냐고? 그게 말이지, 그 이름으로는 또 전혀 다른 요리가 나오거든. 특제 간장 소스를 뿌린 깔끔한 놈이. 중화요리가 심오해.

사양하지 말고 소스 많이 부어. 나는 조금만 있으면 되거든. 가능하면 오이랑 파인애플은 전부 가져가고. 이 부분이 누벨이란 말이지. 오이는 좋아하지만 볶아서 케첩에 버무릴 필요까지는 없는 거 아닌가 싶잖아.

잠깐만, 너도 탕수육 파인애플은 싫어했지. 감자 샐러드에 든 사과나 반찬에 통조림 귤 같은 과일 넣는 거 반대파였잖아, 우리. 아니, 우리라는 건 딱히 깊은 의미는 아니고.

오오, 맛있냐? 대충 케첩이라고 했지만 케첩이랑은 맛이 다르지? 역시 요리의 신 밑에서 수업받은 보람이 있단 말이야. 아, 나는 소금이랑 좀 더 먹다가. 파키스탄 암염이래. 개발도상국인데 핵도 있고 알 수 없는 나라지만 이 소금은 맛있어.

닭튀김을 주문하는 게 낫지 않냐고? 그러면 몸 만드는 데 필요한 영양소를 균형 있게 섭취하지 못하잖아.

벌크업에 필요한 건 PFC 밸런스라 불리는 단백질이랑 지질, 탄수화물만이 아니거든. 비타민도 중요하다고 요코아미도 그랬어. 단백질, 탄수화물, 비타민이 2대 1대 1이 되는 게 딱 좋다더라고.

그래서 단 식초로 만든 소스랑 채소가 필요해.

야나기한테 내가 좋아하는 탕수육을 벌크업용으로 만들어달라고 부탁했거든. 어쩌면 오이는 그걸 위해서 넣은 옵션 같은 거고 다른 손님한테 나가는 탕수육에는 안 들어 있을지도 모르지. 히사노 네가 보기에는 어때? 다른 데서 오이가 든 탕수육 같은 거 먹어본 적 있어?

꽤 있다고? 뭐야, 그런 거였어? 그보다 뭐야, 그 심드렁한 대꾸는? 그렇구나, 벌크업. 너 옛날부터 모르는 말 나오면 거기서 대화를 멈추곤 했지.

벌크업이란 건 간단히 말해서 근육을 키우는 거야. 근육운동을 하면 근섬유에 손상이 가거든. 몸은 그걸 회복하려고 하지. 이때 양질의 단백질을 섭취하면 근육이 원래보다 커져. 그걸 반복하는 거지.

탄수화물이 필요하면 이따가 나올 볶음밥이면 되지 않나 싶지? 아아, 말 안 했나? 오늘은 주방장 추천 코스 시켰거든. 탕수육은 내 전용 옵션 같은 거고, 이다음에 해파리랑 해산물 달걀흰자 볶음 같은 게 나오다가 마지막으로 볶음밥이나 계란덮밥 중에서 고르게 돼 있지.

걱정하지 마, 죄다 불단에 올리는 공물인가 싶을 정도밖에 안 주니까. 그런데 그릇은 또 크단 말이야.

그래도 힘든 근육운동 뒤에는 체내 글리코겐이 감소하니까 당분을 재빨리 보충하는 편이 좋아. 여기 오는 건 대체로 야구 아니면 근육운동을 한 뒤라서 탕수육은 그 연장이고, 점잖은 디너는 이제부터 시작이지.

참, 다음 잔은 뭐로 할래? 묻지도 않고 습관처럼 하이볼을 시켰는데 안 맞춰줘도 돼. 나는 근육운동 시작한 뒤로 맥주를 안 마시기로 했을 뿐이니까, 맥주든 소흥주든 마시고 싶은 걸로 시켜. 야구팀에 와인 잘 아는 놈이 있는데, 그놈 말로는 일본에서는 구하기 힘든 와인도 있다더라.

그보다 히사노 너 술을 마셨나? 아아, 하이볼 마시고 있는 걸 보면 괜찮은 건가. 뭐랄까 아무렇지 않게 건배하기는 했는데 우리 만나는 게 몇 년 만이냐? 고등학교 졸업하고 처음 아닌가? 둘이서 밥 먹는 건…….

그러고 보니까 하이볼. 너, 탄산 먹을 수 있게 됐구나? 그게 언제더라? 히사노 네가 우리 집에 왔던 게. 맞다, 텔레비전 녹화가 제대로 안 돼서 토요일 수업 끝나고 우리 집에서 보기로 했지.

우아, 토요일 수업이 뭐야. 완전 주오일제가 아니라니, 어느 시대 이야기냐며 요즘 애들이 들으면 웃겠다.

이야, 단숨에 아저씨가 된 기분이야. 뭐, 그땐 그래서 학교 끝나고 집에 가는 길에 점심 사는 즐거움도 있었지만. 컵 볶음국수를 먹어본 적이 없대서 놀랐지. 당시에 나는 세계에서 제일 맛있는 음식이라고 믿었는데. 게다가 집에 도착해서 우선 콜라부터 한잔 줬더니 탄산음료 마시는 것도 처음이래지. 갑자기 서민 집에 데려온 게 부끄러워지더라고.

히사노 너는 미인이었지만 성격은 시원시원했잖아. 뇌랑 입이 바로 이어져 있다고 해야 하나? 내가 옛날에는 키가 작았잖아. 그래도 곰곰이 되돌아보면 대놓고 땅꼬마라고 한 건 너뿐이었어.

시호랑 헷갈린 거 아니냐고? 아니, 너 맞아. 너는 그냥 본 대로, 아무렇지도 않은 얼굴로 호리구치는 땅꼬마네라고 했지. 시호가 옆에서 배를 잡고 웃으니까 부아가 나서 시호한테 화를 냈고.

응, 백 퍼센트 확실해. 나 기억력 좋거든. 그보다 너나 시호처럼 밖으로 나간 녀석들한테는 이 마을에서 일어난 일은 먼 과거의 추억이잖아? 하지만 여기 있는 나한테는 연속적인 사건이거든.

그러니까 어린 시절 일이나 이 마을에서 있었던 일은 내 기억이 더 맞아. 그럼 질문. 컵 볶음국수를 먹으면서 우리 집에서 본 텔레비전 방송은?

〈터미네이터〉, 정답. 뭐야, 기억하고 있었어? 뭐, 너는 머리가 좋으니까. 정확하게 말하면 〈골든 영화 극장〉 시간에 대체 몇 번을 틀어주는 건가 싶을 정도로 자주 방영된, 중간에 광고가 마구 들어가는 더빙판. 뭐 이런 보충설명은 필요 없나?

초등학생 때부터 최소 세 번은 봤을 텐데, 앞 방송이 끝나고 채널을 그대로 뒀다가 또 하네? 하면서 그냥 보기 시작했지. 그러다 결국 씻으러 가는 것도 미루고 끝까지 봐버렸지.

뭘까, 특별히 자각도 없이 좋아하는 그 느낌은.

심지어 다음 날 〈터미네이터〉 봤냐고 학교에서 물어보고 다니질 않나. 딴 애들도 질려서 다른 채널 봤을 줄 알았더니 의외로 봤다, 봤다 하면서 다들 신이 나서는. 거기다 놓친 놈은 아쉬워해요. 그래서 마침 우리 집은 영화 마니아인 형이 녹화를 떠놨으니 필요하면 빌려준다고 했더니 나도 보고 싶다며 네가 끼어들었잖아.

게다가 집 비디오가 고장 났다며 우리 집에서 봐도 되냐 그랬지. 그때 아무렇지 않게 괜찮다고 대답한 건 너여서였겠지. 다른 여학생이었으면 날 좋아하나, 무슨 꿍꿍이가 있나 억측을 했겠지만 너니까 그냥 진짜 〈터미네이터〉가 보고 싶나 보다 했지.

가족들 다 나갔을 시간이고 마침 잘 됐네 하고 점심거리를 사서 집에 들였는데, 부잣집 딸 같은 네 발언 때문에 단숨에 내가 당치도 않은 짓을 하고 있는 것 같은 기분이 들었어. 솔직히 그때만큼은 〈터미네이터〉 볼 정신이 아니었어.

뭐, 그래서 그 뒤로 영화를 보러 다니고 그랬지만……. 영화관도 멀었지. 비디오 대여점이 생긴 건 고등학교 졸업한 뒤였고. 설에 나고야에서 왔더니 밤에 아버지가 좋은 데 데려가준다며 히죽거리더라고. 그래서 좀 그렇고 그런 가게를 상상했는데 웬걸, 어머니까지 차에 타서 뭐지 싶었지. 그러더니만 해안가 길에 새로 생긴 비디오 가게에 가지 뭐야.

알아? 옆이 서점이고 주차장이 휑뎅그렁하게 넓은.

그래, 강강술래도 할 수 있을 것 같은 곳.

조명도 쓸데없이 밝고 나도 대단하다며 흥분했지만. 뭐, 그다음 해에는 똑같은 느낌으로 새로 오픈한 편의점에 데려갔고. 뭐라고 해야 하나, 쩨쩨한 시골의 전형 같은 이야기지.

그 비디오 대여점이랑 서점은 작년에 문 닫았어. 그래도 쇠퇴했단 느낌은 없어. 인터넷이 있으니까. 텔레비전 녹화도 필요 없을 정도야. 참, 히사노 너, 기사라기 아미란 애 아냐? 아이돌이라 해야 하나, 배우라 해야 하나. 내 아들이랑 같은 학년이었는데.

허, 아는구나. 너도 그렇고 아미도 그렇고 이 동네에는 유명인이 많아. 뭐, 두 사람뿐인가? 그중 한쪽이 아버지랑 동창이고 다른 한쪽이 아들이랑 동창이란 것도 대단하지 않냐?

요코아미? 그러게, 그 집도 그랬……지.

"식사?"

히사노, 볶음밥이랑 계란덮밥 중에 뭐 할래? 나는 단백질 보충

타이밍이라 계란덮밥 먹을 건데. 어, 면도 있냐? 해산물 넣은 빨간 국물 국수랑 소고기 넣은 짜장면 스타일 면 요리? 둘 다 맛있겠네.

하지만 역시 나는 계란덮밥으로 할게. 밀가루는 피해야 하거든. 왜, 외국 정상급 선수도 글루텐 끊은 다음에 퍼포먼스가 올라갔다고 하잖아. 탄수화물을 섭취하려면 역시 쌀이지. 가능하면 현미가 좋지만 야나기 녀석도 그건 특별 메뉴로 안 해준단 말이야. 뭐, 이 집 백미는 계약을 따내기가 꽤 어려운 농가에 특별히 주문했다나 어쨌다나. 우리 집 쌀이랑은 맛이 전혀 다르다는 걸 나도 알 수 있을 정도로 맛있기는 하지만.

국수로 할 거야? 쌀 이야기 듣고도? 그런 흔들리지 않는 점이 전혀 변하지 않아서 좋네.

그야 당연히 좋지. 나이가 들면 인간은 누구나 변하잖아. 계속 똑같은 곳에 있어도. 하물며 도시에 나간 놈들은 마치 딴사람이 되는 게 아닌가 싶기도 하고.

부모 세대가 흔히 하는 말처럼 정이 없어진다느니 계산적인 인간이 된다느니 그런 식으로 생각하지는 않지만, 약삭빨라지는 것 같기는 해. 이러니저러니 해도 자기를 모르는 놈들한테 둘러싸여서 생활할 수 있으니까 컨트롤만 잘하면 되고 싶은 자기가 될 수 있잖아.

옛날 일은 두고 가는 거지.

히사노, 지금 키 몇이야? 170센티? 그럼 딱 나랑 같네.

봐, 놀라잖아. 가게 앞에서 만나서 나란히 이 자리까지 걸어왔지만 네 마음속에선 내가 고등학교 때 키였단 뜻이지. 그 뒤로 13센티나 컸는데.

대부분의 동급생에게 호리구치 겐타는 여전히 땅꼬마야.

그와 마찬가지로 너한테 요코아미 야에코는 여전히 뚱보지?

뭐, 너는 살 빠진 요코아미를 본 적 없으니까. 나만 해도 살 빠진 요코아미를 봐놓고도 가끔 뚱뚱한 옛날 모습이 먼저 머릿속에 떠오를 때가 있는걸.

아마 요코아미를 아는 대부분의 사람들이 그럴 거야. 그러니까 나쁜 소문이 흡사 진실인 양 엄청난 속도로 퍼지는 거겠지.

너한테는 요코아미가 어떤 이미지냐? 뚱보 빼고 세 개를 꼽아본다면?

천성이 어둡다, 피해의식이 강하다, 비뚤어졌다. 응, 나도 옛날에는 똑같은 이미지였어.

그런 느낌이라고 해야 하나, 이런저런 일이 있었잖아.

책상을 탕 두드리거나 넘어뜨리면서 자리에서 일어나서는 지금 나 비웃었지 하고 울면서 소리 지른다든지. 수업중이든 급식 시간이든 가리지 않았지. 그 탓에 아무도 소곤거리지도 못하고 막 생각난 농담도 못 했잖아. 쉬는 시간에 전날 본 개그 프로그램 이야기도 못 했고.

피해망상이라고 하면 그뿐이지만 따지고 보면 피해망상이 아니었지. 요코아미 몸무게를 가지고 반 애들이 비웃던 시기가 있었으니까. 64킬로였나? 마구잡이로 '무시'나 '로시'가 들어가는 말을 찾아내기도 하고.

나도 그런 거에는 제일 먼저 동참하는 타입이었지만 몸을 놀리는 이야기에는 동조 못 하겠더라. 언제 내 키 작은 걸 놀릴지 알 게 뭐야. 나랑 관계없는 이야기까지 나를 보고 하는 말처럼 들리는 기분도 그 무렵 잘 알고 있었고.

나랑은 전혀 상관없는데도 작다고 하는 소리가 들리면 내 험담인 것 같은 기분이 들어서 시끄러워, 속닥거리지 좀 마 하면서 여자애들한테 시비를 걸 때도 있었어.

그래도 나는 발이 빠른 거랑 재미있다는 것 때문에 살아남은 거겠지. 요코아미는 학교 축제 때 반 애들이 전부 무대에서 춤추기로 했을 때도 자기는 절대 안 추겠다며 연습도 안 하려고 하고, 음악 시간 노래 시험 때조차 애들 앞에서는 안 부르려고 했으니까.

이유를 물어보면……. 기억나?

그래, 어차피 다들 웃을 거잖아! 그러면서 마구 화내고. 그런 일이 계속되니까 있던 동정심도 싹 사라져버리고 거꾸로 부아가 치밀더라.

네가 뚱뚱한 건 네 탓인데 왜 우리한테 화풀이냐고. 키 작은 건 유전이니까 어쩔 수 없지. 그래도 나는 매일 우유를 1리터씩 마셨고 뼈째 먹는 생선도 챙겨 먹었어. 할머니 댁 창고에 옛날에 사둔 철봉 기구가 있다는 걸 안 다음에는 그걸 받아서 매일 매달렸어.

그에 비하면 살 빼는 건 일도 아니잖아. 그래서 나는 요코아미에 대한 인상이 뚱보라기보다 음침하다는 느낌이었어. 실제로 초등학교, 중학교 같이 다녔지만 웃는 걸 한 번도 못 봤고.

그래서 깜짝 놀랐지, 성인식 때.

시민회관에서 성인식 행사를 하면 대충 동네별로 자리가 배정되잖아. 다 아는 얼굴일 텐데 누군지 모르겠는 애가 하나 있어서 옆에 있던 놈한테 슬쩍 물어봤어. 그랬더니 그놈도 고개를 갸우뚱하네.

뭐, 무슨 상관이냐며 그러고 있었는데 그쪽에서 "호리구치, 오랜만이야" 하면서 말을 걸데. 웃는 얼굴로. 게다가 내가 못 알아본다는 것도 눈치채고 있었나 봐. "요코아미 아에코야. 기억해?" 하면서 친근하게 인사하는데 이쪽은 어리둥절할 수밖에 없잖아.

듣고 보니까 확실히 요코아미 얼굴이었어. 전통 예복을 입었지만 그렇게 화장이 진하지도 않았고. 하지만 뚱뚱하지 않은 요코아미를 요코아미로 인식할 수 있는 놈은 없었을 거야. 그 증거로 우리 동네 자리만 이상하게 술렁거린다고 해야 하나, 시끄러웠어.

정확히 말하면 날씬한 건 아니야. 만일 히사노 네가 그 체형이었으면 살쪘다는 소리를 들을걸. 뭐라고 하지? 표준체형? 하지만 요코아미가 표준이면 확 빠졌다고 할 수 있지 않아?

더구나 웃는 얼굴이었어. 그래서 인상도 좀 달라졌는지 몰라. 눈도 여전히 작고, 예뻐진 건 아닌데 대하기 편해진 느낌이랄까.

또 뭐가 놀라웠냐면, 밤에 중학교 동창들끼리 노래방에 가기로 했는데 요코아미도 온 거야. 게다가 노래도 같이 불렀는데 또 꽤 잘하더라고.

요코 너 노래 잘했구나 정도야 그렇다 처도, 살 어떻게 뺐냐고 친한 척 무례하게 말하는 다마미 같은 애들한테도 싫은 얼굴 한 번 안 하고, 우리한테도 아무렇지 않게 근황을 전하더란 말이지.

고베에 있는 단과대학에서 영양관리사 공부를 한다고. 살이 빠진 건 식품을 올바르게 섭취하는 법을 배우고 있기 때문일까 그러대.

그래, 맞다, 노래방 때는 평상복으로 갈아입고 모였는데 요코아미가 꽤 화려한 꽃무늬 원피스를 입고 왔거든. 근데 그렇게 이상하지 않다고 해야 하나, 어울린다고 해야 하나, 다른 여학생들도 요코아미한테 세련돼졌다고 했어. 화장도 잘하고 왔더라고.

자기는 노래방에 가거나 꾸미는 게 부끄럽고 비웃음 살 것 같다고 생각했는데, 힘이 되어주는 친한 언니가 있대. 그 사람이 패션 관계 일을 해서 이래저래 잘 챙겨준다나.

내 생각인데 애들이 대학에 들어가면 지갑 사정에 정말 타격이 크잖아. 하지만 고향으로 돌아오든 나가서 취직을 하든 인생을 리셋하는 시간은 필요하지 않을까? 지금까지의 자기를 모르는 놈들이랑 같이 있으면 되고 싶은 자기가 될 수 있고, 그러기 위해 조금 노력하려는 생각도 들 테고. 또 그게 부끄럽지도 않고.

내 경우로 말하면 남들 앞에서 우유를 마셔도 키 크려고 그러냐고 물어보는 사람도 없었고, 애초에 고등학교 졸업하고 만난 놈들이라 땅꼬마 취급도 안 받았거든. 큰 키는 아니었어도.

그렇다고 시골에 돌아오면 다시 놀림받는 것도 아냐. 새로운 이미지가 잘 덧씌어 있으니까. 가장 질 나쁜 건 나갔을 때 기억 그대로 시간을 멈춰버리고 벌써 몇 년이 지났는데도 옛날 인상을 고스란히 가지고 대하는 놈이야. 특히 주위에서 우쭈쭈 맞춰주던 놈들은 새 이미지를 받아들이려고 하지 않거든…….

요코아미에 대해서 음침하고 피해의식이 강한 데다 성격이 비뚤어졌다고 기자들한테 태연한 얼굴로 떠들어.

시골 마을에서 일어난 흔한 자살 이야기로 정리가 됐는데 이상한 소문이 퍼지는 바람에 결국 주간지에서까지 취재를 왔어. 조용히 내버려두면 좋을걸.

그래서 히사노 네가 날 불러낸 진짜 이유는 뭔데?

강연회가 있다는 건 알아. 아내 친구들이 같이 가자고 했다더라고. 결국 몇 명이 티켓을 사러 갔더니 첫날에 매진됐다나.

아아, 됐어, 됐어. 본인은 오히려 안심한 것 같으니까. 옛날에는 열성적인 팬이라 네가 나오는 방송을 녹화하고 책도 사고 그랬어. 내가 동급생이란 걸 알고는 그것만으로도 부럽다느니 했는데, 최근에 어떤 엄마한테 나랑 네가 사귀었단 이야기를 들었다는 거야. 왜 말 안 해줬냐, 나를 바보 취급하냐며 어찌나 화를 내던지.

그 뒤로는 걸핏하면 어차피 나는 못생겼으니까, 어디 여의사 선생님처럼 똑똑하지 않으니까 같은 말을 꺼내는데, 뭐라고 해야 하나……. 트집도 이런 생트집이 없어.

사귀었다고 한들 시골 사는 순박한 고등학생들이 뭘 했겠냐고. 키스 한 번 했을 뿐이잖아. 뭐, 그건 덮어두고 손 한 번 못 잡은 걸로 해두었지만. 게다가 교제 기간? 그것도 〈터미네이터〉 본 날부터 세어봤자 석 달도 안 되지 않아?

게다가 나, 차였잖아. 아직도 수수께끼지만.

내 어디가 좋냐고 물어서 솔직히 "얼굴"이라고 대답했는데 돌아온 건 "닥쳐 땅꼬마야". 게다가 화낼 틈도 안 주고 달아나더니 그 뒤로는 무시. 대화는커녕 눈조차 안 맞춰줬지.

그런데 이십 년도 넘게 지나서 갑자기 좀 만날 수 없겠냐고 한들. 게다가 집 전화라니, 얼마나 위험한 수단인 건지. 요코아미 일로 좀, 이라고 하니까 나도 어슬렁어슬렁 기어 나왔지만, 너랑 요코아미는 옛날 동창이라는 것 말고는 접점도 없잖아.

있다면 나한테 물어볼 것도 없을 테고.

너 요즘 뉴스 프로그램에서 논평도 하지 않아? 그런 방송에서 화제로 삼거나 책이라도 쓸 생각이면 이 이상 너랑 할 이야기 없다.

……

그런 거라면 이야기할게. 미안하네, 확인도 제대로 안 해보고 아무렇게나 말해서.

성인식 이후에 요코아미랑 다시 만난 건 육칠 년 전이었던가? 야간 외래에 요코아미가 애를 데리고 왔어. 열이 난다면서.

응? 말 안 했나? 나 지금 현립 병원에서 간호사로 근무하거든.

고등학교 졸업한 직후에 앞으로는 컴퓨터를 못 다루면 이야기가 안 되는 시대가 올 거라고 생각해서 정보산업 계열 전문학교에 갔는데, 이쪽에 돌아와서 취직하고 일 년도 안 돼서 속도위반으로 결혼했거든. 전문학교 시절에 아르바이트하던 데서 만난 애야. 그쪽도 일 그만두고 시골로 온 거라 아는 사람 하나 없는 곳에서 육아도 힘들잖아. 나 혼자 일해서 가족을 먹여 살릴 수 있을지 불안해지더라고.

이직을 한다 한들 컴퓨터 좀 다루는 정도로 이 시골에 내 수요가 있을까 싶고. 주변에는 죄다 고령자뿐이겠다, 필요한 건 의료가 아닐까 싶데. 너도 그런 말 했잖아.

여름방학 때 둘이서 여행이라도 가보고 싶은데 고등학생이라서 안 되겠지 했는데, 너희 엄마 자원봉사 단체에서 주최하는 해외 시찰을 도와주는 조건으로 같이 갔잖아.

캄보디아였지? 시설에 분유를 배달하기만 하면 되는 역할인데 눈앞의 광경에 너랑 나랑 둘 다 충격받아서 그 일조차 만족스럽게 못 해내고.

너한테 볼품없는 모습을 보였다고 낙담했지만, 뭐, 그건 피차일반인가 스스로 위로하고 있었더니 네가 밤하늘을 보러 가자고 그랬지.

거기서 의사가 되겠다고 선언했지.

그때 너, 정말 멋있었어. 다른 애들이 다들 부러워해도 나는 네가 미인이라는 데에 관심이 없었거든. 옛날부터 익숙하게 봐서 감동을 못 느꼈나 봐. 하지만 그날 밤에 결의를 표하는 네 얼굴은 정말로 예뻐서 아아, 나는 이 얼굴이 정말 좋아 생각했어.

그래서 '얼굴'이라고 했냐고? 맞아. 네가 설명할 시간을 주지 않았잖아. 뭐, 나도 이제 아저씨가 다 되어 낯 두껍게 이런 이야기 할 수 있게 됐지만.

나는 옛날부터 남자치고는 말이 많은 편이었지만 말이 부족했던 경우는 그때 말고도 많이 있었지 않나 싶다.

아무튼 그래서 정말로 의대에 붙은 네가 대단하기는 한데, 그 뒤로 왜 미용성형 같은 걸 하고 있냐? 캄보디아랑은 관계없지 않아?

뭐, 네 사정은 됐어. 관심도 없고. 말마따나 옛날이랑 똑같다고 생각하지는 않으니까.

그때 본 광경이랑 겹쳐질 정도로 이 동네가 기운 건 아니지만, 아무것도 없는 상태에 익숙해진 곳이라 해도 의료는 반드시 필요하다는 생각에 가족들한테 애걸해서 간호학교에 가기로 했어.

그래서, 요코아미 말인데, 그 녀석 그때 여기로 막 돌아왔을 때였거든. 주치의도 딱히 없어서 불안하고 걱정됐는데 아는 사람을 만나서 다행이라고 울면서 기뻐하잖아. 그래서 나도 또 곤란한 일이 생기면 뭐든지 상담하라고 전화번호를 주고받았는데 그 뒤로는 연락이 없었어.

그런데 생각보다 금방 만나게 됐지. 애 초등학교 6학년 학부모회 임원을 같이 하게 돼서.

어설픈 소문을 듣는 것보다 내가 먼저 이야기하는 편이 나을 것 같아서 하는 말인데…….

요코아미, 그때는 성이 기라로 바뀌어 있었는데 그 녀석이랑 유우는 핏줄로 이어진 모녀는 아니야. 벌써 알고 있나?

기사화되지는 않았다고? 뭐, 정보를 흘리는 게 요코아미랑 그렇게 친하지도 않은 놈들이라는 증거지.

하지만 극비인 것도 아냐. 나는 요코아미한테 직접 들었으니까. 심각한 분위기도 전혀 아니었고.

히사노 넌 애가 지금 몇 살인데? 다섯 살이면 아직 초등학교도 안 들어갔겠네. 뭐, 네 애가 다닐 정도로 고급스러운 초등학교면 학부모가 횡단보도에서 깃발 들고 지키고 서 있을 일은 없겠지만.

아직도 그런 거 하냐고? 당연하지. 학급 비상연락망도 아직 전화로 돌리는데. 참고로 메일을 돌리자고 학교에 제안한 건 나야.

요코아미랑 같은 날 당번이 된 적이 있었거든. 7시부터 시작이긴 한데 그 시간에 등교하는 애는 드무니까 둘이 서서 이야기를 하게 됐지. 다른 임원들은 우리보다 다 나이가 많다는 이야기를 하다가 요코아미 너도 결혼 빨리 했네, 혹시 속도위반이냐 이렇게 물었거든…….

맞아, 성인식 때 인상 그대로. 그런 걸 물어볼 수 있는 분위기의 요코아미였어. 아니, 더 밝아졌더라고. 캬하하 하고 소리 내어 웃는 요코아미라니, 성인식 때도 봤지만 상상 못 했지.

게다가 체중이, 뭐랄까 다시 통통한 상태로 돌아왔어. 살을 빼서 밝아졌다거나 하는 단순한 일이 아니었던 거지. 그보다 역시 주위 환경 아닌가? 친절한 사람들에 둘러싸여 있다거나 사랑받고 있다거나……. 아니, 그럴까?

미안, 미안, 내 머릿속에서만 이야기가 진행됐어.

결혼은 이 년 전에 했다는 거야. 요코아미는 초혼인데 상대가 애가 있었던 모양이더라고. 남편은 일류 기업에 다니는 사람인데, 이건 요코아미가 자랑삼아 말한 게 아니야. 회사 이름도 말 안 하고 이상하게 겸손을 떨어서 시골 놈들이 시기할 것 같은 대기업이라서 비밀로 하나 물었더니 미안한 얼굴로 고개만 끄덕였어.

남편이 오 년 동안 해외 근무를 갔대. 미국이었나? 그 타이밍에 요코아미 엄마도 입원을 해서 이쪽으로 오게 됐다고.

뭐, 이 년이 지났다고는 해도 남편도 없이 혈육도 아닌 애랑 같이 지내기 힘들지 않냐 물었더니 유우는 정말로 착한 애라면서 좋은 얼굴로 웃더라.

학부모회 활동도 열심히 했어. 엄마 아빠랑 함께하는 요리 교실 강사로 입후보해서 몸의 성장과 영양에 대한 이야기도 해주고, 햄버그스테이크랑 쿠키를 다 같이 즐겁게 만들기도 했어. 유우도 원래 이 동네 아이였던 것처럼 잘 적응한 데다 성격도 활발하고 씩씩해. 우리 아들이 쥐어박혀서 운 적도 있어. 그때는 두 손 들었지.

엉엉 울면서 집에 오잖아. 그래서 키 작다고 애를 얕잡아 보나 싶어서 한마디 해주려고 누가 그랬냐고 물었는데 애가 통 대답을 안 해. 그냥 혼자 울고 말 거냐고 다그쳤더니 유우가 그랬대. 게다가 자기 잘못이래.

유우는 엄마랑 안 닮았다고 했다더라. 뭐, 아들은 친모녀지간이 아닌 걸 모르니까. 그렇다고 해서 사실은 이렇다고 내가 가르쳐줘도 되는 건지도 모르겠고, 하지만 적당히 넘어가기도 이상하잖아. 그래서 말했지.

남의 외모에 대해 입에 담는 거 아니다. 설사 칭찬이라 해도. 아버지는 예쁜 여자애 얼굴 칭찬했다가 차였다.

좋은 예가 있어서 다행이었다는 이야기야. 요코아미한테는 아들이 버릇없는 말을 해서 미안하다고 학부모회 때 직접 사과했는데, 그때도 신경 안 쓴다며 웃고 말더라.

애초에 유우는 아빠를 닮기도 했고 여자애들은 원래 그런 건데 호리구치 너희 부자가 너무 빼닮은 거야. 뭐 이랬던가.

게다가 화해의 표시라며 수제 도넛까지 주더라고. 내 몫까지 챙겨줬는데 아내가 이 인분을 먹어버리는 바람에 먹어보지는 못했지. 상당히 맛있었던 모양이야.

아아, 뭐…… 도넛은 됐고.

그런 식으로 요코아미랑 느긋하게 이야기했던 건 그 일 년뿐이었지만 애들 중학교 체육대회 같은 데서 마주치면 손도 흔들어주고, 동급생 누가 결혼했다는 둥 세상 돌아가는 이야기도 나눴지. 그래, 근육운동 식단도 배웠네.

정말 밝고 상냥하고 곰살궂은 좋은 엄마라는 느낌이었어. 그 뒤로 삼사 년 지나기는 했지만 그새 사람이 그렇게 확 변하지는 않잖아?

그런데 왜 애를 학대한 부모처럼 돼버렸을까?

이런 건 인터넷에 차고 넘칠 정도로 올라오잖아.

뭐, 더 자세한 건 모레 아들한테 물어봐. 나는 유우에 대해서는 잘 모르니까.

아니, 여기는 내가 계산할게. 뭐야, 선물까지 챙겨 왔어? 고맙기는 하지만 너랑 만난 거 들키고 싶지 않아서……. 야나기 줘도 되냐?

그 녀석 아내가 네 팬인 모양이더라고. 우연히 식사하러 와서 주고 갔다고 하면 좋아할 거야. 어쩌면 야나기도 사인받을 책 한 권쯤 준비하고 있을지도 모르지.

나는 네 책 한 권도 읽은 적 없지만.

✦

아버지랑…… 정말 아는 사이셨네요.

주문요? 물만 있으면 돼요. 아아, 안 되는구나…….

이런…… 아줌마들이 오는 카페에는 처음이라서요……. 죄송해요, 선생님은 아줌마가 아니지만. 주문은 선생님이랑 똑같은 걸로 해주시면 돼요.

카페라테……. 역시 다른 걸로 할게요. 커피요.

아니, 우유를 싫어하거나 못 마시는 건 아니에요. 배탈 난 적도 없고.

그냥……. 일본인은 원래 우유를 마시지 않았기 때문에 서양인들처럼 우유 영양소를 빨아들일 수 있는 몸이 아니라는 이야기를 들은 적이 있어서요. 마셔도 소용없는 걸 몸 안에 넣을 필요는 없지 않을까 하고요.

더 빨리 알았으면 어릴 때부터 그렇게 했을 텐데. 키 크려고 한참 열심히 마셨거든요.

처음 만났는데 이런 셀프디스는 좀 곤란하시겠네요.

아무튼 제 몸에 우유가 효과 없다는 건 일목요연해요.

두유로 바꿀 수 있다고요? 그럼 두유라테로 할까? 케이크? 메뉴요? 감사합니다. 처음부터 이걸 볼걸. 음, 밀가루는 좀…….

아니, 알러지는 아니고요. 그냥 지금 글루텐프리 생활을 하고 있어서. 과일 올라간 이 푸딩으로 할게요. 이것도 우유가 들어있기는 하지만 계란이랑 설탕은 필요하니까. 거기다 비타민까지, 역시 이게 좋겠다.

근육운동이요? 간단히 말하면 그런데, 아버지처럼 갑자기 시작한 건 아니고요. 고등학교 때 역도부였어요. 대학 간 뒤에 허리를 다쳐서 당분간 쉬고 있지만요. 이놈들 내버려두면 금방 지방으로 바뀌거든요.

그 말도 맞기는 하네요. 그래, 역시 푸딩 말고 제대로 된 케이크로 하자. 칼로리 높아 보이는 걸로. 좋아, 몽블랑. 노란색이 아닌 몽블랑은 처음 보기도 하고. 분명 진짜 밤으로 만들었겠지.

선생님은 가토쇼콜라군요. 그것도 버리기 힘드네. 그보다 선생님도 케이크 드시네요. 효소 음료랑 스무디만 먹고 살 것 같은 이미지인데. 혹시 무리해서 맞춰주시는 거 아니에요?

헐, 평소에도 드시는군요. 뭐, 선생님 경우에는 살찌면 자기 병원에서 지방흡입 하면 되니까.

그래, 진짜 미용외과 의사면 알 수도 있겠다. 선생님, 기사라기 아미라는 애 알아요? 저랑 같은 반이었는데 아이돌이에요. 뭐, 인기가 별로 없어서 모를 수도 있지만…….

아세요? 걔 최근에 코 성형하지 않았어요? 동창들 사이에서 살짝 화제거든요. 용감한 누군가가 직접 물었더니 엎드려서 자는 걸 관둬서 그렇다고 했다는데, 그런 걸로 코 모양이 바뀌냐는 거죠. 인터넷에 소문이 돌지 않나 찾아봤더니 관련 기사는 거의 전무하고.

좋은 의미에서나 나쁜 의미에서나 주목받지 못한다는 건가.

본인이 그렇다고 하면 그런 거 아니냐고요? 선생님도 철저하지 못하네. 의외로 선생님이 수술해서 비밀로 해야만 한다든지?

근데 콧대가 조금 선다고 해서 인기가 생기는 것도 아닌가. 애초에 기사라기 경우에는 성형을 하려면 먼저 얼굴 크기부터 해야 할 테고. 아, 텔레비전에는 좀 더 크게 나온다고 하던데 선생님을 보니까 진짜였구나 실감이 되네요. 선생님 얼굴 내 손바닥만 하니까. 그런데 눈은 텔레비전에서 볼 때보다 크고.

이렇게 예쁘신 분이 아버지랑…….

죄송해요. 아버지한테 다른 사람의 외모에 대해서는 이야기하지 말라고 옛날에 많이 혼났는데. 예쁘다고 해도 안 된다던 그거, 선생님 이야기죠?

믿기지가 않는데 정말 아버지랑 사귀었어요? 본인한테 확인하지 못한다는 걸 이용해서 아버지가 거짓말한 거라든지 단순한 짝사랑이었다든지? 하지만 다른 아줌마한테서도 그런 말을 듣기는 했는데.

게다가 그 일로 우리 집 분위기가 묘하게 이상해졌기도 하고요. 선생님한테 이런 말 하기 좀 그렇지만요. 내가 도쿄로 나가고 나서 부부끼리 대화는 하는지.

시골 사람들이 마음대로 소문을 만들어낸 거라면 선생님한테도 민폐니 딱 잘라 부정해주세요. 아버지랑 어머니한테도 잘 전할 테니까.

아니, 굳이 선생님한테 말해달라고 하는 것도 좀. 직접 만나보니 우리 집에서 이야기가 멋대로 커졌을 뿐이란 걸 알겠고.

무슨 말이냐고요? 부모님 치부를 드러내는 것 같지만, 어머니는 곧잘 어차피 나는 그 사람 대신이잖아, 이런 말을 하거든요. 근데 카테고리가 완전 다른 사람이에요. 사진 보실래요?

못생긴 건 아니고 옛날에는 더 귀여웠다고는 하는데 미인 타입은 아니죠. 숲속 아기 다람쥐 느낌. 성격도 선생님처럼 심야 토론 방송에서 자기 의견을 흔들림 없이 말할 수 있는 똑 부러지는 타입은 아니고요. 굳이 따지자면 덜렁거린다고 해야 하나, 나사 하나 빠진 타입? 카레 만든다며 기껏 고기를 사러 가놓고는 결국 넣는 걸 잊어버린다든지, 치과에 갔다가 거기 슬리퍼를 신고 돌아온다든지.

뭐, 그런 면이 편해서 좋은데 아버지는…….

듣고 보니 확실히 선생님을 의식하고 있었구나 짐작 가는 부분도 있어서요. 저한테 들었다고 절대 말 안 하실 거죠?

몇 년 전에 집 방문하는 텔레비전 방송에 선생님 집이 나왔잖아요. 운동기구가 늘어선 체육관 같은 방에서 선생님 남편분이 근육운동을 하고 있었고. 분명 남편 최초 공개라고 했던 것 같은데. 표현이 이상하지만 의사인데도 근육이 장난 아니더라고요.

남편이 몸 만드는 걸 어떻게 생각하느냐고 물었더니 선생님이 웃으면서 대답했죠.

아널드 슈워제네거를 좋아한다고.

그 직후부터 아버지도 헬스클럽에 다니기 시작했어요. 제가 더 탄탄해지게끔 아버지가 신경 쓰겠다면서 영양소에 대해서도 알아보고 그러기는 했는데, 그건 자기 자신을 위해서였던 거 아닌지?

물론 반쯤은 자기 자신을 위한 거라고 인정했어요. 간호사는 체력이 필요하다면서. 간호사 한 게 하루이틀도 아니면서 갑자기? 그때는 별로 깊이 생각하지 않았는데, 힌트를 얻고 나니 묘하게 수긍이 간다고 해야 하나.

어머니도 언짢을 만하네, 뭐 이런.

우연의 일치 아니냐고요? 아니, 그 방송 본 건 확실해요. 본인은 안 들킨 줄 아는데 선생님이 나오는 방송, 선생님이 낸 책, 아버지가 전부 체크하거든요. 녹화하거나 책을 사는 건 어머니를 생각해서라 하지만.

뭐, 자칭 선생님의 구 남친 이야기는 그 외에도 많이 들어봤으니까 우리 집에서만 거창하게 받아들일 필요는 없지만요.

제가 역도부에 들어간 이유요? 들어 올리고 싶은 여자애가 있어서……. 아니다, 선생님은 이 이야기를 들으러 왔지.

기라 유우를 들어 올리고 싶었어요.

선생님한테 설명할 것까지도 없이 제가 중학교 때는 지금보다 키도 더 작고 체중도 가벼웠거든요. 발은 빨라서 내 몸을 그렇게까지 콤플렉스로 느낀 적은 없었지만, 체육대회에서 사건이 벌어져서……. 아니, 사건이라고 할 정도는……. 이런 식으로 오해가 생기는구나.

하지만 당시 저한테는 대사건이었어요. 발 빠른 사람끼리 묶는다고 체형이 전혀 다른데 유우랑 이인삼각 릴레이에 나가게 돼서, 아나나 다를까 반 바퀴도 돌기 전에 넘어져버렸거든요. 그것만으로도 창피한데 제가 유우한테 안겨서 골인을 해가지고…….

무릎이 깨지기는 했지만 못 달릴 정도로 아프지는 않았는데. 제가 키가 컸으면 유우도 끌어안고 갈 생각은 안 했을 테고요.

게다가 주위에서는 엄청난 박수갈채. 전교생한테 주목받는 기분이 들어서…… 정말 한심했어요. 유우가 순간적으로 싫어질 뻔했는데 퇴장용 문을 나오자마자 울면서 사과를 하는 거예요.

자기가 뚱뚱해서 미안하다면서.

한심한 기분은 가중됐지만 유우에 대한 원망은 싹 사라지고…… 원망은커녕 날 다시 보게 하고 싶다, 멋있는 부분을 보여주고 싶다, 그런 의욕이 치솟아서…….

지금 같으면 단순히 좋아하게 됐구나 알겠지만, 그런 감정이랑은 솔직하게 마주할 수 없는 시기여서 그런 거 아니라는 위로의 말도 못 하고 멍청한 소리를 해버렸어요.

도넛으로 봐줄게 하고. 이웃 동네에 도넛 가게가 생겨서 그걸 노렸죠.

그런데 주말 지나서 유우가 엄마가 만든 도넛을 가지고 온 거예요. 비싸 보이는 케이크 먹으면서 말하려니 이상한데 정말로 맛있었어요…….

기운이 난다고 해야 하나. 솔직한 마음이 든다고 해야 하나.

다음에 똑같은 일이 생기면 내가 유우를 안고 달리자.

이렇게 가슴속으로 맹세했죠. 그런 상황이 두 번이나 생길 턱이 없는데. 남중생은 멍청하단 말이죠. 물론 우유도 마셨고요. 하지만 집에서 팔굽혀펴기나 스쿼트 같은 맨손운동을 할 때는 별 효과를 못 봤어요. 당연하지만.

초조하지 않았어요. 유우랑은 성적이 비슷해서 고등학교도 같이 갈 거라고 여유를 부렸을 정도예요. 게다가 아마 가겠지 싶던 고등학교에 역도부가 있었거든요. 전국대회에 나갔다는 신문기사도 종종 봤기 때문에 거기서부터가 실전이라고 생각했고, 실제로 같은 고등학교에 입학했어요.

벤치프레스 목표가 유우의 체중이었는데 유우가 점점 커지더라고요. 여름방학 개학했을 때는 100킬로 넘지 않았나? 그래도 달리기는 빨라서 고등학교 때부터 알게 된 애들은 놀랐죠.

어쩐지 유우가 칭찬을 받으면 내가 칭찬받는 것처럼 기뻤어요. 다만 반이 다르다 보니 이야기를 나누기는커녕 얼굴 보는 일도 거의 없어서 좀 쓸쓸했죠.

2학년 때도 다른 반이었어요. 실망하고 있는데 유우가 댄스부를 그만두었다고……. 유우, 중학교 고등학교 다 댄스부였거든요. 아무튼 그런 소문이 퍼졌어요. 선배들이 역도부에 스카우트하겠다며 같은 중학교였던 저한테 좀 물어봐줄 수 없겠냐고 하더라고요.

그야 맡겨만 달라 싶었죠. 유우가 나보다 더 빨리 무거운 바벨을 들어 올릴 것 같아서 조금 망설여졌지만, 같은 동아리 활동을 하면 유우를 들어 올릴 기회가 있을지도 모른다, 뭐 이런.

하지만 거절당했어요. 무릎을 다쳤대요. 댄스부를 그만둔 것도 그 때문이었나 봐요.

살이 너무 많이 쪘나 봐, 그래요. 밝게 말했지만 뭔가 애쓰고 있다는 느낌이 오더라고요. 그 순간, 제가 뭘 했을 것 같아요?

정답! 뭐, 상상할 수 있을 법한 일이지만 실행에 옮긴 건 지금도 꿈이 아니었나 싶고⋯⋯. 그때 그렇게 하면 좋았을 텐데 하는 후회가 기억을 바꿔 쓴 것 아닐까 하고요. 애니메이션을 너무 많이 봤나?

저는 유우를 안아 들었어요. 공주님처럼요. 그리고 말했죠.

뭐야, 그렇게 무겁지 않잖아.

유우가⋯⋯. 질색을 하더라고요. 빙글 돌아서 뛰어내리더니 엄청난 속도로 달아났어요. 무릎이 아픈 게 맞나 싶을 정도로. 어떤 표정이었는지는 모를 정도로요. 저도 어안이 벙벙했죠.

그 뒤로는 그쪽에서 피한 건지 이쪽에서 피한 건지. 그러니까 유우가 여름방학 끝난 뒤부터 학교를 안 나오게 된 것도 몰랐고, 자퇴했다는 소식을 들었을 때는 이미 유우가 이곳을 떠난 뒤였어요.

단 하나 다행이라고 생각한 건 소문으로 들은 자퇴 이유예요. 집단 괴롭힘이나 마음의 병 같은 괴로운 사정이 아니라 아버지가 귀국해서 원래 살던 도쿄로 돌아갔다고 들었거든요. 무릎 수술을 받기도 그쪽이 낫고.

고등학교야 무릎 낫고 방송통신학교 같은 데 다시 들어가면 되고, 대학에서 딱 마주치면 좋겠다는 태평한 상상을 했죠.

부모님한테 무릎을 꿇고 도쿄로 대학을 보내달라고 빌었어요. 고교 대항 경기에서 2등을 한 덕분에 도쿄에 있는 대학에서 스카우트 제의가 오기도 해서 꽤 쉽게 허락을 받았지만요.

그것도 의외로 선생님 덕분일 수도 있겠네요. 절 만나러 왔다가 혹시 선생님이랑 딱 마주칠 수도 있다고 아버지가 기대한 건 아닌지.

그런 규모의 도시가 아닌데. 하지만 모르면 기대를 해버리죠. 그리고 뜻밖에 기적이 일어나기도 하고요.

유우를 만났어요.

뉴욕에서 인기 있는 도넛 가게 도쿄 1호점이 오픈하는 날이었으니 기적이라고까지는 할 수 없을지 몰라도……. 선생님, 왜 그래요? 갑자기 벌떡 일어나고.

언제냐고요? 입학하고 얼마 안 된 4월 셋째 주 금요일……. 이걸 묻는 게 아니겠죠, 유우가 죽기 석 달 전이에요. 진정하세요. 차근차근 이야기할 테니까. 물 좀 달라고 할까요? 저는 마시고 싶네요.

향수병이었나, 글루텐을 끊고 있었는데 아침 정보 프로그램에서 소개하는 걸 보니까 도넛이 몹시 먹고 싶더라고요. 물론 유우 어머니가 만든 것과는 다르겠지만 마침 오후 강의도 휴강이어서 가보기로 했죠.

시골 동창들한테 자랑하고 싶은 마음도 있었고요.

줄이 엄청났어요. 평일이니까 그렇게 붐비지는 않겠지 했던 저 자신이 우스울 정도로요. 뭐, 드로인이라도 하면서 기다리면 되겠거니 했어요. 복근운동이에요.

숨을 들이쉬었다 딱 멈추는 순간에 유우 같아 보이는 애가 눈앞을 지나가더라고요.

같아 보인다는 말이 이상하죠. 하지만 그렇게 느꼈어요. 제 기억 속 유우랑은 확연히 달랐으니까. 가장 큰 도넛 상자를 들고 있지 않았다면 그대로 보냈을지도 몰라요.

도넛을 저렇게 많이 사는 걸 보면 유우다 싶어서 이름을 불렀어요. 아니면 사과하면 되니까. 하지만 역시 유우였어요.

오랜만이라거나 잘 지내냐고 하면 될 걸 순간적으로 나온 말은 "왜 학교를……"이었어요.

왜 학교를 그만둘 때 말해주지 않은 거야?

저는 역시 그걸 줄곧 신경 쓰고 있었나 봐요. 그런데 중간에 말을 멈춘 이유는 유우가 명백히 그때의 상황을 반기지 않았기 때문이에요. 엄청 난처한 얼굴이더라고요. 네가 들어 올려서라고 하면 어떡하지, 도망가고 싶더라고요. 그랬더니 유우가 이러데요. 아주 조그만 목소리로.

"선생님이……. 아니, 무릎 수술 때문에."

유우한테 질문이 제대로 전달되지 않은 거죠. 학교를 왜 그만두었냐고 물었다고 착각한 것 같아요. 그게 아니라고 말할 틈도 없었어요. 유우가 또 뛰어서 도망가버렸으니까.

그 뒤에 이상하다는 걸 깨달았죠.

'선생님이'라고 하지 않았나? 무슨 뜻이지 하고.

근데 깊이 생각하지 않기로 했어요. 이미 지나간 일이야. 겉보기조차 내가 알던 유우가 아니었어. 어쩌면 옛날에 알던 사람은 아무도 만나고 싶지 않을지도 몰라.

그런 모습을 한 유우를 안아 올리고 싶다는 생각도 들지 않았어요.

결국 도넛도 사지 않고 집으로 돌아가서 서글픈 마음으로 단백질 음료를 마시면서 유우에 대한 마음도 봉인했죠.

그때 그렇게 폼 잡지 말고 유우를 쫓아갈 걸 그랬어요. 달려가면 따라잡을 수 있었는데. 안아 올리지는 않더라도 팔만 붙잡았다면, 지금의 나는 유우가 뿌리치더라도 버틸 수 있었을 텐데요.

그러고는 유우가 기분 나빠 하는 건 각오하고 물어볼 걸 그랬어요.

왜 그렇게 슬픈 얼굴을 하고 있는지. '선생님이'라는 건 무슨 말인지. 내가 뭐 해줄 수 있는 일은 없는지.

그리고 유우가 죽었어요. 게다가 이 동네에서. 옛날에 살던 집에서.

역시 뭐라도 할 수 있었던 것 아닌가.

그런 후회가 있는데도 유우 죽음의 진상에 대해 매스컴 보도나 동급생들 소문 이상으로는 파고들 용기가 생기지 않았어요.

나한테 조금이라도 원인이 있다면…….

그래서 선생님이 유우에 대해 알고 싶어한다고 아버지가 그랬을 때는 좀 두려웠어요. 하지만 다 이야기하니까 어쩐지 기분이 가벼워진 것도 같네요. 자연스럽게 유도당한 건가? 선생님은 미용외과 의사가 아니라 정신과 의사가 더 어울리는 거 아니에요?

그러고 보니 선생님도 선생님이네. 농담이에요.

유우 담임선생님 이름이요? 중고등학교면 돼요? 중1 때 기에 선생님은 언니분이 아버지랑 동창이랬으니 선생님도 아실 것 같은데……. 혹시 더 물어볼 게 있으면 아버지 통하지 말고 메신저로 직접 연락주세요.

제 이름이요? 별 성에 밤 야자를 써서 세이야라고 해요. 애니메이션에 나오는 이름 같죠? 키 작은 것보다 이게 더 싫었던 때도 있었을 정도예요. 그래도 아버지 인생 최고의 경치인지 뭔지가 유래라는 것 같으니.

설마 선생님이랑 관계가……. 에이, 아니겠지.

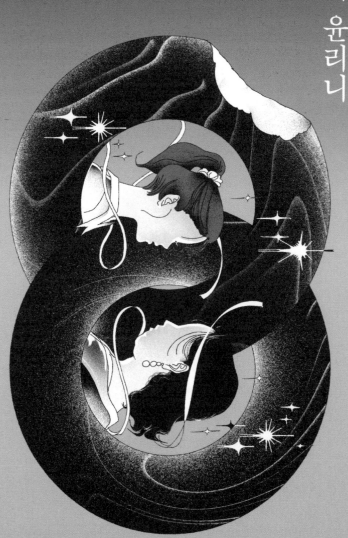

도덕이니 윤리니

4
장

기다렸지, 사노 언니. 이렇게 불러도 되나? 다치바나 선생님?
히사노 씨?

사노 언니라 불러도 된다는 거네. '사노'라는 애칭은 내가 시
작했다고? 전혀 기억 안 나는데 그랬던가?

이사노, 리사노 하는 식으로 어릴 때 나는 '히' 발음을 잘 못해
서 첫 글자를 얼버무리면서 '사노'를 강조하는 것처럼 불렀더니
언니가 '사노'라고 하는 게 사이좋아 보인다고. 자기도 그렇게
부르고 싶다고 했다고. 그런 사정이 있었구나.

바쁜데 미안하다고? 정말 바쁘니까 좀 그렇긴 해. 그런데 자
리, 저 안쪽이 비었는데 안 옮길래?

응, 역시 이쪽이 더 좋아.

눈부시냐고? 그것도 있는데 사노 언니랑 같이 있는 걸 아는 사람, 특히 학부모가 보는 게 싫어서.

왜? 당연히 성가셔질 테니까 그렇지. 아는 사이라 알리고 싶지 않거든. 사노 언니의 그런 점이 좀 싫었어, 옛날부터.

나를 싫어하는 사람은 없다. 내가 불러내면 다들 좋아하며 나온다. 나랑 아는 사이인 걸 자랑스럽게 여긴다. 나랑 조금이라도 인연이 있는 사람이면 분명 그렇지 않은 사람한테 자랑하고 있을 거다.

그런 사람이 있는 건 맞지. 게다가 꽤 많이. 그리고 사노 언니 앞에서 그렇게 행동하는 사람이 있는 것도 확실하고. 하지만 마음속 깊은 곳에서 무조건 사노 언니의 활약을 기뻐하는 사람은 언니가 상상하는 만큼은 없을걸, 분명.

그렇게 비극의 주인공 같은 얼굴 하니까 좀 싫다. 불러낸 사람은 언니잖아. 귀중한 일요일 낮인데. 우리 언니도 참, 왜 마음대로 남의 전화번호를 가르쳐주나 몰라. 딴 세상으로 가버렸으면서 아직도 시골 동창들이랑 연락해?

언니 만났다고? 믿을 수가 없네. 그 몸으로 옛날에 알던 사람, 그것도 사노 언니랑 만날 생각을 하다니. 사노 언니, 우리 언니한테 '돼지 같다' 그런 말 했어? 옛날에 나한테 한 것처럼.

뜻밖이네. 사노 언니도 조금은 나아졌구나. 하긴 말 못 하겠지. 미스 월드 일본 대표 출신에 미용외과 의사인 다치바나 히사노 선생님이 돼지라고 불렀다면서 인터넷에 올리기라도 하면 어떻게 될지. 댓글 터질걸.

나도 사노 언니 같은 유명인은 아니지만 중학교 교사라서 무심코 말 잘못하면 안 되거든.

4교시 수업중에 도시락을 까먹은 남학생이 있었어. 테니스부 학생인데 얼굴도 귀엽고 성격도 밝아서 반에서 인기 있는 애야. A라고 부를게. 책상에 교과서랑 연습장을 세워서 벽 같은 걸 만들어봤자 교탁에서는 훤히 보이잖아. 그래서 그 애한테 주의를 좀 줬지.

추잡하게 식탐 좀 부리지 말라고.

그랬더니 그 애도 "들켰네" 하고 웃으면서 머리를 긁적이더니 도시락을 치우더라. 주위 애들도 "당연히 들키지. 냄새도 나는데" 하며 웃어서 그 자리는 온화한 느낌으로 일단락됐어.

그랬는데, 방과 후에 그 애 담임이랑 학년주임한테 불려가서 무슨 말을 들은 줄 알아?

수업중에 다른 애들 앞에서 A한테 추잡하다고 했다면서요.

점심시간에 본인이 비통한 얼굴로 호소했다는 거야. 울면서.

처음에는 영문을 모르겠더라. 조금 생각하다가 아 그 일인가 싶어서 도시락을 몰래 먹고 있기에 추잡하게 식탐 좀 부리지 말라고 했다고 해명했지만 아웃이었어.

이러나저러나 요즘 애들은 '추잡하다' 같은 말에 과민반응한다는 건 언니도 알지? 그래서 '상처받았다' 호소를 하면 설사 수업중에 도시락을 먹고 있었다고 해도 이쪽에서 사과하지 않으면 안 돼.

이런 말도 안 되는 룰이 어디 있어?

사과했지. 그날 방과 후에 주임이랑 담임이 A가 동아리 활동을 하는 테니스코트로 끌고 갔어. 나이 지긋한 남자랑 젊은 남자 둘 사이에 끼어 있으니 형사한테 연행되는 기분이더라. 절대로 안 울려고 눈물은 꾹 참았지만.

옛날에는 금세 훌쩍훌쩍 울었는데 많이 컸지, 나도?

A는 난처하게 됐다는 얼굴로 주위를 둘러보더니 순간 기분 나쁘게 씩 웃더니 내 쪽으로 오더라. 그 애 진짜 얼굴이지.

사정? 성격 나쁜 애들이 전부 본인 의사와 무관하게 그렇게 될 수밖에 없었던 환경에 있었던 건 아니야. 이런 타입은 추궁을 당하면 작은 에피소드를 만 배 정도로 부풀려서 부모나 교사나 마음에 안 드는 애를 악인으로 만들고 자기는 나쁘지 않다고 주장하겠지만.

그런 이야기를 들을 필요가 있어? 그렇다고 뒤틀린 성격을 고쳐주겠다 생각하면 큰일 나. 애 어른 불문하고 상대하면 할수록 상대를 불행으로 몰아넣는 사람, 심지어 거기서 기쁨을 느끼는 사람이 상당한 비율로 존재하거든.

잽싸게 끝내는 편이 좋아.

"수업중에 도시락 먹는 걸 보고 추잡하게 식탐 좀 부리지 말라고 해서 정말로 미안하다!"

테니스코트 정도가 아니라 온 운동장에 다 들릴 만한 목소리로 사과해줬어. 예능 프로그램 설정처럼.

A? 얼빠진 얼굴을 하더라. 아마 계획이랑 어긋났던 거겠지. 내가 울면서 사과하면 잘 안 들린다고 몇 번씩 되풀이하게 하면서 즐길 예정이었지 않을까? 그런데 오히려 자기가 애들 앞에서 얼굴을 팔게 됐으니 이상한 웃음을 흘릴 밖에.

선생님이 반성하고 계신다면 뭐 괜찮아요 그러더라.

반성할 사람이 누군데 그래.

바보라고? 그런 말 하지 마, 사노 언니. '바보' 같은 말 했다가는 큰일 나. 어디서 누가 귀를 쫑긋하고 듣고 있을지 모르니까.

사노 언니는 멀리 있는 카페로 불러냈다고 생각하고 있을지 몰라도 자동차 사회인 시골에서는 아직 영역 안이야. 변장을 한다고 한 모양인데, 그 스카프 엄청 눈에 띄고. 푸는 편이 나아.

내가? 안 매. 사노 언니는 내추럴 패션인데, 나만 힘 빡 주고 나온 것 같잖아. 가방에 넣어놔.

필요 없어, 언니가 쓰던 거. 아니, 누가 쓰던 물건이든. 세상 동생들은 다 그렇다고. 어쨌든 요즘 세상은 일어난 사건이나 피해의 크기랑 상관없이 실언한 쪽이 지는 거야.

가족이 살해당한 사람이 "범인을 죽여버리고 싶다"고 하면 그 사람을 비난하는 세상이라고. 알잖아, 사노 언니도. 뉴스에서 논평도 할 정도니까.

내 경우에는 상대의 실언으로 쌍방이 벌을 받게 된 측면이 있지만.

'추잡하게'라고 말한 걸 사과한 건데 A 개는……. 이것도 다르게 부르고 싶지만 사노 언니가 이 카페로 정하는 바람에 이래저래 참아야 된다고. 별실이 있는 데로 하면 좋았을걸.

흑당 호지차 라테가 먹고 싶었다고? 그런 건 이런 시골에서는 드물지만 도쿄에는 얼마든지 있잖아.

아아, 그래? 붐이 끝났다? 그럼 이쪽에 아직 있어서 다행이었네. 난 흑당인지 호지차인지 붐이 일어난 것도 몰랐으니까 평범하게 커피를 시켜버렸어. 한마디 귀띔해주지 그랬어.

추가 주문? 됐어.

흑당이니까 괜찮다고? 무슨 말이 하고 싶은데? 나는 딱히 다이어트한다고 단걸 피하는 게 아니거든. 커피에 크림만 넣는 것도 그냥 그렇게 마시는 게 좋아서 그런 거야.

맛보겠냐고? 아니, 이제 됐어. 다음에 와서 시키면 되니까 흑당 호지차 라테 이야기는 이제 그만하자.

계속 이야기할게. 이쪽에서는 추잡하다는 표현 쓴 걸 사과한 건데 그쪽 머릿속에서는 수업중에 도시락을 까먹어도 괜찮다고 해석됐나 봐. 정말 바…… 상식이 없는 불쌍한 도련님이지 뭐야.

이렇게 말하는 게 더 실례라고? 알 게 뭐야. 어쨌든 A가 또 도시락을 꺼내놓은 거야. 게다가 벽도 안 치고 당당하게. 그래서 이번에는 말을 잘 골라서 해줬지.

"지금은 수업중이야. 도시락을 먹는 시간이 아니고. 다만 무슨 일이 있어도 지금 먹지 않으면 건강에 지장이 생긴다면 양호실에 가져가서 먹으렴."

A는 외려 자기가 더 성을 내더라. 어휘가 빈약하니까 말로 대꾸를 못 하니 뚜껑이 열린 거야.

첫마디가 "뭐?"야. 큰 목소리로 위협하듯이. 그런 거 하나도 안 무섭거든. "뭐?"를 그 뒤로 두 번 계속해도 내가 꺾이지 않으니까 이번에는 협박을 하데.

"당신 반성 안 한 거야? 추접하다고 한 거 인터넷에 올릴 수도 있는데. 그러면 잘리는 거 아니야?"

나는 잠깐 입을 다물고 있었어. 대꾸할 말을 못 찾아서가 아니야. "바보 아냐?" 하고 목구멍까지 치밀어 오른 분노가 입 밖으로 튀어나오지 않게 필사적으로 참은 거지.

그럴 때 사노 언니는 어떻게 해? 흔히 머릿속에서 숫자를 센다고 하잖아. 우리 언니는 좀 특이해서 슈베르트의 〈마왕〉이 머릿속에서 흐른데. 중학교 음악 수업에서 한 번 들었을 뿐인데 그런 때가 되면 단단단, 단단단 하고 삼연타 전주가 흘러나온단다.

그래, 그래. 아버지, 아버지 하는. 오, 사노 언니도 아는구나. 동창이니까. 나도 들어본 것 같기는 한데 별로 인상에 안 남아서. 사노 언니네 학년은 어지간히 큰 소리로 틀어줬나 봐. 어쨌든 우리 언니는 그 곡을 속으로 끝까지 재생하면 대부분의 일은 참을 수 있다고 해야 하나, 그 자리를 원만하게 넘길 수 있나 봐. 그래서, 사노 언니는?

떠오르는 게 없다고? 〈마왕〉도 안 흐르고. 그렇겠지. 사노 언니는 살면서 심술궂은 짓을 당하거나 그런 말을 듣는 일이 별로 없었겠지. 있어도 그 자리에서 똑소리 나게 대꾸하고. 그러다 상황이 나빠지면 눈썹을 파르르 떨며 재주 좋게 눈물이라도 흘리면서 나는 참 불쌍해요 하는 얼굴을 하면 주위 사람들이 전부 편을 들어줄 테니까.

근거? 나한테 새끼 돼지라고 했다가 주위에서 뭐라고 하면 늘 그랬잖아.

그때는 미안했다? 필요 없어, 그런 시공을 초월한 사과. 그때 미안하게 생각하던 마음이 어느 별을 경유해서 지금 도착한 게 아니라, 지금 내가 비난하니까 그리고 자기가 용건이 있으니까 그냥 사과한 것일 뿐이잖아.

필요 없어, 필요 없어, 그런 미안은. 절대 안 받아들일 거야.

나는 어떻게 참느냐고? 순식간에 화제를 전환하다니, 내가 아는 사노 언니여서 어떤 의미에선 정겹다. 응, 만나길 잘했어. 인간이 그렇게 간단히 변하는 게 아니라는 사실을 증명해주는 셈이니까.

나는 미야자와 겐지의 시 〈비에도 지지 않고〉를 머릿속에서 암송해. 언니랑 같은 유형인 셈이지.

맞아, 내 담당 교과는 국어야. 하지만 교사가 되기 전부터 마음을 진정시키고 싶을 때면 〈비에도 지지 않고〉가 머릿속에서 빙글빙글 돌았어. 아마 고등학교 때 선생님이 암송하라고 시켜서겠지.

사노 언니 때는 안 했어?

수업에서는 다뤘지만 암송은 안 했다고? 그럼 교사의 스타일 문제겠네. 나도 내 수업에서 《쓰레즈레구사》* 서문을 학생들에게 암기시켰는데, 그게 고통스럽다느니 강압이라느니 요구에 응하지 않을 자유 어쩌고 하면서 학생이랑 학부모들이 민원을 넣더라고. 냉큼 관뒀지.

뇌에 단시간에 많은 정보를 집어넣을 수 있는 건 십대 때 정도인데 텅텅 빈 채로 성인이 되면 막상 필요할 때 뭐가 자기를 도와줄까?

뭐랄까, 교사가 된 지 십오 년이지만 매해 조금씩 익숙해지나 하면 그렇지도 않고 오히려 해마다 학생들이랑 대화가 잘 되지 않는다는 느낌이랄까. 다른 선생님한테 상담해봤더니 학생들이

---

* 1300년대에 쓰인 일본의 수필문학

랑 나이 차가 많아지니 당연한 일이라고 대수롭지 않다는 투로 말하던데, 정말 이유가 그것뿐일까?

사노 언니네 손님, 환자라고 하나? 그중에 십대 애들도 있지 않아? 그런 거 안 느껴? 뭐, 아무리 그래도 중학생은 그리 많지 않겠지만.

느낀다고? 어떤 식으로?

개성을 얻으러 오는 것 같다? 알 것 같아, 무슨 말인지.

집단에서 일탈하거나 눈에 띄어서 공격당하는 게 무서우니 목소리 큰 사람이나 다수결에서 다수 쪽 의견에 영합하는 한편, 머릿속에서는 자기다움이나 자기한테만 해주는 칭찬, 평가를 바라지.

칭찬받고 싶어하거나 뭔가 튀고 싶어하는 건 우리 어릴 때랑 똑같을지 몰라. 그런데 우리 때는 대다수가 좀 더 맹렬하게 스스로를 어필했잖아.

아침에 혼자 학교 운동장을 달리기도 하고, 쉬는 시간에 좋아하는 작가의 책에 빠져들기도 하고, 선생님 흉내를 괜히 열심히 내보기도 하고. 밴드를 결성한다든지 축제 때나 소풍 버스 같은 데서 사람들 앞에서 노래도 부르고. 필통이나 책받침에 좋아하는 아이돌이나 운동선수 스티커도 붙여보고.

사노 언니 같은 경우는 초등학생일 때도 머리 모양 망가진다면서 노란 학교 모자를 늘 목에 걸고 있었지. 그것도 어엿한 개성이잖아.

그러니까 옛날 동창들은 그렇게 사이가 좋지 않았어도 같은 반이 된 적이 있는 애면 ○○를 좋아하던 애, ○○를 잘하던 애, 이렇게 생각이 나잖아? 발이 빨랐던 애나 머리가 좋았던 애도.

하지만 요즘 애들은 그런 걸 알기가 힘들어. 본인이 어필하지도 않거니와 학교가, 아니, 세상이 경쟁하는 걸 좋게 생각하지도 않아서 등수 같은 것도 공표하면 안 되거든.

연극은 안 됨, 합창은 됨. 단, 독창은 안 됨. 이런 식이야.

그런데 교사는 학생 하나하나의 개성을 찾아내서 그걸 길러주는 보좌 역할을 요구받는 거야.

어필은 하지 않는다. 남들이랑 비교하지 않았으면 한다. 하지만 개성은 눈치채 달라.

어쩌란 말이냐 이거지. 결국 학교뿐 아니라 세상 전반이 어필하지 않아도 알 수 있는 걸로 사람을 판단하게 돼.

그래, 외모. 미인이냐, 아니냐. 잘생겼냐, 못생겼냐. 키가 크냐, 작냐. 날씬하냐, 뚱뚱하냐.

있는 그대로가 개성이 되면 또 몰라도 홑꺼풀은 애교가 없다는 둥, 못생긴 애들은 성격이 나쁘다는 둥, 뭐, 이건 반대 경우도 있을 수 있지만, 외모로 성격까지 단정 짓는 경우가 있잖아?

쌍꺼풀 해주세요 하면서 사노 언니 병원 같은 데로 몰려갈 만도 하다는 이야기지.

그러니까 개성을 얻으러 오는 것 같다는 언니 의견에는 격하게 찬성해. 한마디로 표현하면 이런 거구나, 눈이 번쩍 뜨이는 기분이야. 어쩌면 언니 의견에 진심으로 공감한 건 태어나서 처음일지도 모르겠다.

저녁 뉴스는 거의 볼 시간이 없지만 밤에 하는 토론 방송? 그건 주제가 교육 관련인 회는 녹화라도 해서 보려고 하거든. 그 방송은 현직 교사나 교육 평론가, 전 문부과학성* 공무원, 유명 학원의 카리스마 강사, 대안학교 이사장 같은 교육 관계자 천지인데 어떻게 그런 데 사노 언니가 끼어 있어?

교칙을 다룬 회에 게스트로 나갔을 때 반응이 좋아서? "쌍꺼풀을 만듦으로써 긍정적인 기분으로 학교를 다닐 수 있다면 교칙으로 금지해서는 안 된다" 어쩌고 하던 회 말이지. 시력 나쁜 학생이 안과 가는 걸 금지할 거냐면서.

그 방송, 그 뒤에 바로 광고 나오고 그다음에 다른 교칙으로 옮겨가지 않았어? 그러니까 사노 언니가 멋진 이야기로 매듭지은 것 같은 분위기가 됐지만, '시력이 나쁘다'를 성형 경우로 치면 '외모가 나쁘다'가 되잖아. 그게 동등하게 취급해도 되는 문제야?

시력이 나쁜 건 일상생활에 지장을 주지만 외모가 나쁜 건 어

* 우리나라의 문화관광부 및 교육부에 해당하는 행정부

떤 지장을 주는데? 가령 인간관계 형성에 지장이 생긴다는 문제가 있다 치면, 그걸 개선해야만 하는 게 외모 나쁜 사람 쪽이야?

물론 사람을 겉보기로 판단하지 말자는 도덕 교육을 몇십 년, 몇백 년 계속해도 가치관이라는 건 그리 쉽게 바뀌지 않아. 변화가 있다면 미인이나 핸섬가이의 정의 정도이고. 아, 요즘은 핸섬가이라고 안 하지. 꽃미남? 미녀랑 미남을 부르는 말도 바뀌네. 하지만 못생긴 사람의 정의는 어떤 시대나 매한가지잖아.

세상은 안 변해. 인생, 하물며 인격 형성이나 인간관계 확립에 다대한 영향을 미치는 학창 시절은 길지 않고. 그러니 재빨리 성형을 하는 편이 낫다.

이 흐름이 옳아? 그래도 아직 시력이 나쁜 사람이랑 마찬가지라고 생각해?

아니, 대답 안 해도 돼. 배리어프리 이야기를 꺼내면 논점이 바뀌어버리니까. 사노 언니는 화제를 자기가 유리한 쪽으로 돌리는 거 잘하잖아.

뭐, 이런 느낌으로 매회 텔레비전 앞에서 사노 언니 의견에 반발했거든. 물론 인터넷상에 쓰지는 않았지만.

신임 교사가 트위터에 학생 험담을 썼다가 발각돼서 해고를 당하는 시대니까.

절대 안 들킨다면 뭘 쓰겠냐? 음······.

달리기 경주를 금지하라, 성적을 공개하지 마라, 학예회는 모두가 주연이 되게 하라. 이런 민원을 넣는 놈들은 "아이들이 모두 두건 쓰고 신체 라인을 알 수 없는 옷을 입고 학교생활을 하게 하라!"라는 제안도 해보시지.

이런 거?

수업중에 도시락 까먹던 애 이야기? 그 바보는 이제 됐어. 앗, 바보라고 해버렸네. 뭐, 상관없나. 누가 고발하면 사노 언니랑 오랑우탄 이야기를 하고 있었다고 대답해야겠다. 보르네오섬이었던가? 거기서 동물 보호 활동에도 참가했다고 했지?

그건 다른 사람? 아, 그 모델. 그럼 그 사람이랑 착각한 걸로 할게. 실제로 그렇고.

딴 데로 너무 새는 바람에 원래 하려던 이야기를 잊었네. 수업중에 또 도시락을 먹기에 이번에는 신중하게 지적했더니 되레 화를 냈다. 맞아, 나는 입을 다물고 있었어. 좋아, 되감기 끝.

상대방이 입을 닫으면 제멋대로 승리 선언을 하는 사람이 있잖아? 바 아니, 그 애 A였지, 개도 나를 꺾었다고 착각한 모양이야. 그래서 헐거워진 머리랑 입에서 흘러나온 게 이런 최악의 발언이었지.

"꼴좋다, 뚱보야!"

"추잡하다는 말에 사과를 요구했으니 뚱보란 말에도 사과할 거지?"

나는 차분하게 이렇게 말했어. 뚱보 생활 몇 년째라 생각해?

그렇게 간단히 뚜껑 열리지 않거든. 그랬더니 여전히 헐거운 상태였는지 적반하장 반론이 술술 나오네.

"뭐? 나는 추잡하지 않은데 추잡하다는 말을 들었잖아. 그런데 당신이 뚱뚱한 건 사실이잖아. 사실을 말하는 게 무슨 잘못인데? 사과? 언론 탄압이야? 이번에야말로 인터넷에 퍼뜨릴 거야. 무릎 꿇고 빌어도 용서 안 해!"

어휘가 빈곤한 애들이 꼭 '언론 탄압' 같은 극단적인 단어는 알더라고. 그리고 가진 패가 적으니까 금방 써버린단 말이지. '재판' 같은 거도.

동료 여교사 중에 스트레스 때문에 오른쪽 귀 옆에 동전만 한 원형탈모가 생긴 사람이 있어. 나는 배가 아파지는 타입이라고 했더니 스트레스 증상은 꼭 한 사람 앞에 하나씩만 있는 것은 아니래. 오히려 단계적으로는 대부분의 사람이 같은 증상을 밟아가기 마련이고, 복통은 아직 초기 단계라고 충고해주더라고.

그때는 그때 나름의 고민도 있고 해서, 아니아니 괜찮을 거야 생각했지만 그 대목에서는 드디어 탈모가 오겠구나 확신이 들더라. 탈모가 될 정도라면 교사 잘리는 편이 낫겠네 싶기도 하고. 탈모도 오고 잘리기도 하는 건 최악인데 하는 생각도 들고.

이제 미야자와 겐지도 안 떠올라. 사고가 폭주해.

애초에 나는 왜 이런 바보들만 모인 데서 열심인 거지? 언니는 장녀면서 도쿄에 나가버리다니, 무슨 생각이야? 차라리 여기서 쓰러져버리면 어떻게 수습이 될 것 같은데 나는 생각보다 튼튼한 사람이구나. 그래, 어릴 때부터 소식인데 뚱뚱했던 건 몸이 이런 미래를 예견했기 때문인지도 몰라.

내가 반론을 하지 않으니까 상대방은 더 우쭐해지지.

"무슨 말이라도 해보지 그래, 뚱보. 꿀꿀, 이라든지."

이제 누가 웃고 있고, 누가 저 말은 너무 심하다는 얼굴인지, 그것도 모르겠더라. 눈앞이 새하얘졌어.

그랬는데 구세주가 나타났지.

자, 거기까지. 이렇게 말하면서 들어온 사람은 야구부 지도교사인 사회 선생이었어. 과목이랑 담당 학년이 달라서 별로 이야기 나눈 적은 없는데, 테니스코트에서 내가 사과하는 걸 보고 신경을 쓰고 있었대.

A 반응? 인기 많고 상쾌한 미남 선생님한테는 아무 말도 못 하더라. 장난 좀 친 거예요 하면서 이상하게 웃지를 않나. 남녀차별인지 외모차별인지 이제 모르겠어.

반 애들, 특히 여학생들이 "저도 심하다고 생각했어요" 하면서 미남 선생님 편에 가세하기 시작하고. 그러면 좀 빨리 도와주지!

미남 선생님도 타이밍이 늦었다고? 그건 본인도 나중에 사과했는데, 미안하다고 생각하면서도 발뺌할 수 없는 상황이 될 때까지 복도에서 기다렸대. 하지만 나는 구해준 것만으로도 기뻤고, 거기다가…….

혹시 결혼 상대냐고? 혹시 아니고 맞아. 언니가 내 결혼 이야기까지 했나 보네. '추잡한 식탐 소동'이라고 나랑 그이는 부르는데, 불과 얼마 전처럼 이야기했지만 작년 일이야.

내가 먼저 고백한 거 아니다? 어쩌고 있는지 보러 온 것도 전부터 내가 괜찮은 사람 같아서 마음에 두고 있었기 때문이래.

알아, 사노 언니가 무슨 생각하는지. 눈에 전부 쓰여 있거든. 그러니까 말하지 마. 사노 언니한테 들으면 정말로 상처받으니까 직접 말할게.

왜 그런 미남이 날, 맞지? 게다가 내 쪽이 세 살 연상이고. 학교에 더 젊고 예쁜 선생님들도 있는데. 학생들이 그렇게 수군거리는 소리도 몇 번이나 들었어. 어쩌면 수군거린 게 아니라 나 들으라고 당당하게 말한 건지 몰라도.

만일 우리 집에 그럭저럭 재산이 있었으면 분명 속고 있는 거라고 의심해서 그이랑 거리를 둘 뻔했어. 실제로 아버지한테 물어보기까지 했잖아. 나나 언니한테 숨기고 있는 재산이 있지 않냐고.

아니, 없다니까. 사노 언니네 집이 아니거든. 아예 없다고 했으면 속 시원했을 텐데, 꿍쳐놓은 50만 엔 있다고 털어놓으면서 엄마한테는 말하지 말라며 비는 시늉까지 하는 바람에 서글퍼졌을 정도야.

그래도 그이를 못 믿겠어서 내 어디가 좋은지 과감하게 물어봤어.

자, 뭐라고 했을까?

……사노 언니? ……사노 언니? 뭘 진지하게 입 다물고 있어.

〈마왕〉이 흐르기 시작했다고? 정말 매너 없어, 사노 언니는. 적당히 뭐라고 둘러대면 되잖아. 소박하다든지 안정감 있다든지 같이 있으면 편안하다든지.

그이가 이렇게 말했다고!

그래서 ……고 예뻐졌구나? 미안, 잘 안 들렸어. 살도 빠지고 라고 한 거야?

정답? 이건 이제 퀴즈가 아니거든. 사노 언니랑 전에 언제 만났는지조차 잊어버렸지만, 남자친구가 생겨서 혹은 결혼을 앞두어서 살이 빠진 건 아니야. 아까도 말했는데 내 교사 생활은 복통과의 싸움 같은 거였어. 이제 와서 말하기도 뭣하지만 적성이 아닌 것 같아. 어릴 때는 사람들 앞에서 말하는 게 힘들어서 수업 시간에 책도 간신히 읽었을 정도인데.

왜 선생님이 됐느냐고? 집에서 나가고 싶어서? 그런 장애물은 보통 위의 형제한테 더 높을 텐데 우리 집은 언니가 도쿄로 진학하는 동시에 고향에는 돌아오지 않겠다고 선언을 해버렸거든. 내 차례가 되니까 부모님이 경계하더라고. 대학 가고 싶은 이유를 잘 설명하지 않으면 허락을 받을 수 없을 상황이 돼서 교사가 되고 싶다고 해버렸지.

나도 할 수 있을 것 같으면서도 4년제 대학을 졸업하지 않으면 얻을 수 없는 직업이 달리 생각이 안 났거든. 중학교 교원은 단과대를 졸업해도 할 수 있지만 말이야. 거기에 대해선 나도 부모님도 몰랐으니까 마침 잘됐지.

언니처럼 도망가는 건 나한테는 무리야. 할머니 몸도 약해졌고. 언니한테 한 번 '배신자'라고 한 적이 있어. 그런데 언니는 "고향에서 취직한다고 말한 적, 한 번도 없어" 하면서 뻔뻔하게 나오더라. "너는 할머니한테 예쁨받았으니까 모시는 것도 힘들지 않잖아" 이런 말도 했어.

뭔가 자매끼리 기억이 합치하지 않는 부분이 있단 말이지. 나만 편애받았다고 생각하지 않는데. 언니는 옛날부터 너무 뾰족해. 그걸 할머니가 나무라면 뚱보가 질투한다면서 정색하고 맞서고.

가정 내 체형차별이야. 다소 편애가 있었다 해도 내가 뚱뚱했던 거랑은 무관하다고 생각해.

하지만 지금 와서 생각해보면 다 잘된 것 같아.

…….

사노 언니, 지금 누구 이름 꺼냈어?

기라 유우에 대해 물어보려고 나를 불러낸 거야? 학교 일로 물어보고 싶은 게 있다고 그랬지?

나는 내년 창립 팔십 주년 기념 강연회 때문일 줄 알았는데.

학생이랑 학부모한테 '강연회에 와주기를 바라는 졸업생' 앙케트를 했더니 80퍼센트 정도가 사노 언니 이름을 썼다고 요전에 회의에서 들었거든.

게다가 우리 언니…….

별거 아니야. 사노 언니가 이쪽에 와 있을 때 언니네 집에서 하는 숍에 신부 관리 프로그램을 신청하면 사노 언니가 해줄지도 모른다고. 혹시 언니가 이미 부탁을 했나 싶었지……. 조금이라도 그런 기대를 한 내가 바보였네.

별 상관은 없지만. 신부 피부 관리는 피로연하는 호텔 미용실에서 삼 회 무료로 받을 수 있게 돼 있고. 내가 성형을 하고 싶은 것도 아니니 그쪽이 더 낫지.

이제 가도 돼?

부탁이니까 이야기를 들어달라니. 고개는 숙이고 있지만 그거 늘 쓰는 작전이잖아.

그럼 나도 고개 숙일게. 부탁이니까 내가 어떤 기분일지 상상해보길 바라.

나는 뜨거운 뜻을 품고 교사가 된 게 아니야. 뚱뚱한 것도 놀림받는 요인 중 하나이기는 하지만, 아마 학생들도 그런 부분을 간파하고 있어서 다른 선생님들보다 바보들이 달려드는 일도 많았을 거라고 생각해.

하지만 내 나름대로는 열심히 아이들이랑 마주하고 있다고.

살 빠진 이야기를 계속하자면 나 대학 졸업 때는 80킬로였어. 그런데 지금은 60킬로까지 빠졌어. 십오 년 만에 20킬로가 빠지기까지 여러 일이 있었거든.

눈살은 왜 찌푸리고 그래. 60킬로가 이상해? 그야 사노 언니가 보기에는 60킬로도 뚱보겠지만. 우리 언니를 만나봤으면, 서른 살 넘고도 살이 계속 빠지는 것 자체가 내 매일이 얼마나 고된지를 증명한다고 생각하지 않아?

경찰에 불려간 적도 있고 가출한 애를 데리러 비행기 타고 오사카까지 간 적도 있어. 집단 괴롭힘 문제도 있었지. 학부모가 말도 안 되는 민원을 넣는 건 일상다반사였고. 소송을 들먹거리니까 교장이 타협해서 잘못하지도 않았는데 학부모랑 학생 앞에서 무릎 꿇어야 했던 적도 있어.

애가 교실에서 칼을 휘둘러서 끝이 U자로 된 방범용 막대기로 벽에 누른 적이 있거든. 그랬더니 나는 폭력 교사고 개가 가지고 있던 칼은 연필 깎는 칼이 되더라.

울고 또 우는 사이에 눈물도 말라버렸어.

하지만 교사가 돼서 제일 괴로웠던 일이 뭐냐고 묻는다면 이런 일들은 생각도 안 날 거야.

기라 유우가 죽은 사건.

나보다 젊은 사람이 죽는 게 그렇게 슬픈 일이라는 걸 겪어보기 전에는 몰랐어. 우리 학교에서는 일 년에 몇 번 생명에 대한 특별 수업을 하거든. 외부에서 심리 상담 선생님을 모셔 와서 강연을 듣기도 하고, 그 뒤에 각 반에서 이야기를 나누면서 나도 내 의견을 말하기도 하니까 죽음이나 생명의 무게와 잘 마주하고 있는 줄 알았는데.

유우가 죽었다는 사실을 정면으로 받아들일 수가 없어. 만약 병이나 사고였다면 마주할 수 있었을지도 몰라. 그런데 자살이라니.

중학교 졸업한 지 삼 년하고 조금 더 지난 뒤지만, 어쩌면 중학교 때 있었던 일 중에 놓친 게 있었을지도 모른다고 생각할 때도 있고.

하지만 아무리 되돌아봐도 유우에 관해서는 즐거운 일밖에 안 떠올라. 그런 내가 한심하기도 하고 유우가 없다는 사실이 역시 슬퍼서 그 애 자살 이야기는 가볍게 하고 싶지 않아.

애초에 사노 언니한테 이야기할 이유도 없잖아.

만난 적 있어? 아는 사이야? 뭐, 사노 언니도 이 마을 출신이고 본가도 여기니까. 친한 사이였다면 미안해.

자살에 대한 게 아니라 평범한 추억담이어도 된다고? 그럼, 그 이야기를 하면 되려나?

그 전에 나, 흑당 호지차 라테 추가할게. 사노 언니도 같은 거 시킬래?

그럼 주문할게.

……뭐? 뭐라 말하지 않았어? 역시 다른 걸로 할래? 그린티 라테라든지.

기사라기 아미? 아아, 아미. 드라마에 간간이 나오기는 하지만, 사노 언니, 그 애가 이 마을 출신인 거 아는구나. 아니지, 지금 딱 연결됐어. 그 애 최근에 얼굴이 달라졌단 말이야. 코를 했나 싶었는데 언니가 수술해줬어?

아니라고? 성깔 있어 보이는 얼굴을 덜떨어진 듯한 코가 중화해줬는데, 뭐, 아무래도 상관없나.

싫어했냐고? 그런 질문을 이렇게 직접적으로 받다니 나 교사 실격이네. 근데 사노 언니 앞에서 그럴듯하게 꾸며봤자 소용없으니까 솔직하게 대답할게. 완전 싫어.

그래, 마침 이야기하려던 유우 에피소드에 아미도 중요인물로 등장하는데 사노 언니한테 자세히 설명할 수고를 덜었네. B라고 부르지 않아도 되고.

두 사람 담임을 맡은 건 1학년 때인데 2학년 때는 유우는 다른 반이고 아미가 내 반이었어. 축제 때 있었던 일인데…….

미인대회? 아아, 그 코너도 있기는 한데 내가 하려는 이야기는 그게 아니야. 그보다 역시 사노 언니, 아미랑 만난 적 있지? 우리가 다니던 때는 그런 이벤트 없었잖아. 아니면 사노 언니 때는 있었어?

없었지? 우리 언니한테 그런 이야기는 들은 적 없는걸. 아니,

자기가 상을 받고 말고가 아니라 어차피 삼 년 연속 사노 언니가 뽑힐 게 빤한데 해봤자 의미가 없지 않느냐고 불만을 터뜨렸을 거라서.

뭐, 의사한테는 비밀 보장 의무가 있으니까. 맞다, 사노 언니, 교사한테도 비밀 보장 의무가 있다? 그러니까 비밀 이야기는 안 할게. 나중에 기대했던 거랑 다르다고 불평하지 마.

축제에 미인대회는 없었는데 연극은 있었잖아?

그래, 2학년이 반별로 발표하는 그거. 한 반에 이십 분씩. 첫째 날 1학년 합창이랑 둘째 날 2학년 연극이 축제 메인이벤트 같은 거잖아. 사노 언니는 공주님 역이라도 했어?

조명 담당? 오, 의외네. 작품은?

그런 드라마 있었지. 남편이 엄청난 오이디푸스콤플렉스인. 그 당시에 중학생이었다고 나이 들통나겠다. 사노 언니라면 주인공인 불쌍한 아내 역에 뽑혔을 것 같은데.

오이디푸스콤플렉스 남편을 담임인 남자 선생이? 시어머니랑 아내도 인기 있는 남자애들이 했구나. 대체로 그렇게 되지. 여장은 필수고. 웃기는 게 제일 중요하니까. 나 때도 그랬어. 나는 각본 담당으로 임명됐지.

또 그렇게 뜻밖이라는 얼굴을 하네. 더 수수한 역할 맡았을 줄 알았어? 확실히 옛날에는 말도 못해서 사노 언니든 우리 언니든 늘 말로는 못 이겼지만. 예쁜 애가 말을 못하면 그냥 얌전하고 귀여운 애라며 인기 있는데, 뚱뚱하고 말을 못하는 애는 천성이 어두운 게 된단 말이지. 요즘 애들은 천성이 어둡다고 하지 않고 그늘진 캐릭터라 부르는 모양이야.

나는 우선 천성이 어둡다고 여겨지기는 싫어서 열심히 재미있는 이야기를 하려고 노력은 했거든. 그리고 독서감상문이나 글짓기로 이따금 상을 타기도 해서 뽑힌 것 아닌가 싶어.

인기 형사 드라마를 패러디한 건데 멋있는 형사 둘은 여학생이 하고 머리가 긴 미인 형사를 담임인 남자 선생님이 했지. 그런 걸 재미있어하는 선생님도 있지만 담임은 모범생 타입이었어. 그러다 보니 익숙지 않은 걸 필사적으로 하는 모습이 웃겼지만, 지금 와서 생각해보면 미안한 마음이 들지.

역시 인간은 자기가 그 입장이 되어보지 않으면 모르는 법이야.

아미 담임을 맡은 해에 우리 반이 상연한 건 〈미남과 야수?〉였어. 끝에 물음표가 붙은.

맞아, 〈미녀와 야수〉 패러디. 아미랑 걔 친위대가 연출하고 배역이랑 스태프 전부 그 아이들, 아미가 정한 아미 극장이지. 물론 나도 출연당했어. 담임이 나가야 한다는 규칙도 없고 실제로 안 나간 반도 있었는데. 그런 역 거절했으면 좋았을걸.

정답이야. 나는 야수 역이었어. 물음표가 붙은. 차라리 평범한 야수 역을 맡고 싶었어.

아미가 미남? 아니야. 미남 역은 가냘픈 남자애. 아미가 맡은 역은 미식가 공주님이야. 점점 그림이 보이지? 줄거리는 이래.

옛날 어느 곳에 미식가 공주님이 살았습니다. 산속에 있는 공주의 성에서는 매일 밤 전세계의 맛있는 음식을 모은 파티가 열렸어요.

어느 날 밤 노파가 찾아왔어요. 노파는 배가 고파서 남은 음식이라도 좋으니 뭔가 베풀어달라고 공주님에게 부탁했지요. 하지만 욕심쟁이 공주님은 "당신 같은 사람한테 음식을 베풀 바에는 내가 전부 먹는 게 나아"라며 거절했습니다. 화가 난 노파는 "그러면 정말로 전부 먹어치운 모습으로 만들어주지"라고 공주에게 마법을 걸었어요. 공주의 모습은 순식간에 돼지처럼 변해버렸지요.

그게 나야. 옷은 아미랑 사이즈만 다른 똑같은 드레스. 머리에 쓰는 장식이나 분장도 전혀 없이. 첫 대사는 "어머나, 어떡하지? 이런 돼지 같은 모습이 되다니 살 수가 없어"였어.

어, 사노 언니, 안 웃네? 좋아할 것 같은 이야기잖아.

도가 지나쳐? 사노 언니가 그런 말을 해도 설득력 없지만, 맞지.

주의를 주지 않았냐고? 대본을 읽었을 때는 부아가 났지만 축제용 패러디를 가지고 일일이 화를 내기도 좀⋯⋯. 물론 다른 학생들에 대해서도 무례한 대사나 설정이 있었다면 단단히 주의를 줬겠지. 하지만 그런 건 없었으니 뭐 됐다 싶었거든. 우리 때도 그랬고, 교사로 부임한 뒤에도 애들은 아무렇지 않게 선생님들

대머리나 키 작은 걸 놀림거리 삼았으니까. 어른스럽지 않지 않나 싶고.

다음에 어떻게 되냐고? 마녀가 놔두고 간 노란 장미 꽃잎이 전부 떨어지기 전까지 10킬로를 빼지 않으면 그 뒤로는 아무리 노력해도 평생 뚱뚱하다는 설정이야.

성의 하인들도 돼지로 변했는데, 공주님이 살을 빼지 않으면 평생 돼지로 살아야 돼. 여기서 돼지 역을 하는 애들이 전부 뚱뚱한 애들이었으면 주의를 줬겠지만, 정반대야. 돼지귀 머리띠랑 돼지코 마스크를 해도 귀여워 보이는, 인기 있는 날씬한 애들이었어. 큰일 났다 꿀꿀, 공주님 힘내요 꿀꿀, 하면 환성이 터지는. 하지만 공주님은 될 대로 되라고 먹기만 해.

거기에 어느 날 길 잃은 미남이 찾아와. 그 사람은 실은 댄서인데 그를 보고 사랑에 빠진 공주님이 하인들의 도움을 받아 댄스 특별 훈련을 하게 돼.

마이클 잭슨? 올드하다, 언니. 일본 아티스트들 중에도 칼군무 추는 그룹 많잖아. 게다가 요즘 애들은 조금만 연습해도 금방 잘 추거든.

뭐, 내가 춤을 잘 출 필요는 없었던 것 같아. 아미가 "선생님은 적당히만 하시면 돼요" 그러더라고. 그편이 웃기기도 할 테고. 하지만 제대로 하고 싶었어. 멋있는 장면이 하나 정도는 있어도 되지 않을까 싶어서 몰래 연습하기로 했지.

그리고 이건 정말로 어른스럽지 않다고 해야 하나, 교사가 이런 생각을 하면 실격일지 모르지만, 아미가 춤을 못 췄어. 아미는 반의 인기인들이 총동원된 하인 역에 더 어울렸을 것 같은데 굳이 공주 역을 고른 이유도 그 사실을 들키지 않기 위해서였을 테지. 뭐, 얼굴도 자신 있었겠지만.

그래서 다시 보게 해주고 싶더라고.

설마, 집에서는 연습 안 했지. 사노 언니, 중학교 때 옥상에 올라간 적 있어? 나는 교사가 돼서 순찰 돌다가 처음 올라가봤는데 계단 각 층 층계참마다 거울이 설치돼 있잖아? 구석 쪽에 흰 페인트 같은 걸로 "복장을 바로 하자"라고 적혀 있는 오래된 거울. 그게 옥상 문 옆에도 있어.

옥상은 문이 닫혀 있으니까 아무도 안 올라오고, 오히려 올라가는 걸 누가 보면 집단 괴롭힘이나 흡연을 의심받으니까 기본적으로는 아무도 접근하지 않거든. 방과 후에도 그렇다고 단언할 수는 없지만 아침부터 올라오는 유별난 애들은 없어. 절호의 연습 장소라 생각했지.

근데 이틀째에 손님이 오더라고. 그게 기라 유우야.

댄스 연습이라는 목적까지 똑같았어. 댄스부 연습만으로는 어딘가 부족해서 꽤 오래전부터 하고 있었던 모양이더라.

게다가 내가 춤추는 걸 한동안 보고 있었다는 거야. 전혀 눈치 못 챘어. "나도 할 수 있으니까 같이 춰요"라는 말을 거절하지 않은 이유는 유우라면 내가 아무리 꼴사나운 춤을 추어도 비웃거나 다른 애들한테 소문내지 않으리라는 걸 믿을 수 있었기 때문이야.

휴대전화 작은 화면을 보면서 추는 것보다 유우랑 마주 보고 추는 편이 잘 춰지는 것 같았어. 게다가 유우는 나한테 시범을 보여주려고 좌우 반대로 추기도 하고 조언도 하면서 사흘이나 같이 춰줬어.

물론 교실에서 반 애들이랑 맞춰볼 때는 못 추는 척했지.

그리고 디데이…….

어땠냐고? 그야 반응 터졌지. 웃음바다. 우승도 했고 MVP도 받았어.

내 기분? 아아, 그야 갈가리 찢겼지. 글자를 눈으로 읽는 거랑 소리 내서 읽는 거랑은 전혀 달라. 자기 자신에게 욕을 퍼부으며 실실 웃고 있는, 슬프고 어찌할 도리 없이 비참한 기분이었어.

댄스? 제대로 춘 것 같기는 한데 거의 기억에 없어. 극 중반쯤부터 머리가 새하얘지더니 서 있는 것조차 힘들었고, 마지막에 암전된 가운데 아미랑 교대하고 무대 뒤로 들어오자마자 구토가 치밀어서 직원 화장실로 달려갔거든.

아니, 토는 안 했어. 헛구역질만 나고. 대신 눈물이 펑펑 나오더라.

화장실에서 나와 세면대에서 얼굴을 보니까 눈이 새빨갛게 부었네. 이래서는 체육관으로 돌아갈 수도 없고, 교무실에도 대기하는 선생님들이 몇 명 있어서 들어갈 수가 없어. 이럴 때 미술이나 가정 과목이면 전용 교실이 있어서 좋을 텐데 생각했지만 우선 옥상 앞 층계참으로 가기로 했지.

바로 후회했어. 전신이 비치는 거울에 종잇장 같은 드레스를 입은 볼품없는 내 모습이 비치고 있었거든. 도망갈까 했어. 하지만 거기에 구세주가 나타났지.

남자친구? 아니야. 그때는 아직 우리 학교에 없었어.

기라 유우.

이거 같이 먹어요. 그러면서 비닐봉투에 든 도넛을 내밀더라고. 두 개가 들어 있더라. 축제 때 팔려고 담당 학생들이 만든 건 줄은 알았어. 평판이 엄청 좋아서 다 팔렸다는 것도.

그래서 "모처럼 샀는데 내가 먹어도 돼?"라고 물었어. 그랬더니 "선생님 몰라요? 이거, 우리 엄마 레시피로 만든 거예요" 하면서 유우가 자랑스러운 얼굴을 하더라. 사양하지 않고 먹기로 했지.

식었는데도 씹는 순간 바삭하면서도 안은 촉촉하고 맛있었어. 살면서 먹은 가장 맛있는 도넛이었어. 한입 먹을 때마다 어깨 힘이 빠지면서 머릿속이 풀어지는 것 같았어.

그래서 생각이 난 거야. 축제 아직 안 끝났다는 거. 물론 유우한테 말했어. 그랬더니 "미인대회 결과 발표 같은 건 나랑 관계

없는걸요" 하면서 웃더라. 하지만 다양한 부문이 있으니까 유우라면 어딘가에 뽑히지 않았을까 싶었어.

댄스 부문 같은 거 없었냐고 물어봤지. 그랬더니 유우가 이렇게 대답했어.

"아마 없었던 것 같아요. 하지만 있었으면 선생님이 뽑히지 않을까요? 멋있었거든요. 함성도 컸고 내 주위 애들은 다들 대단하다고 외치던데요."

유우는 이 말을 해주려고 일부러 온 거구나 싶었어. 그다음 말도. 유우는 자기 도넛을 아직 먹지 않고 한가운데에 난 동그란 구멍 속을 들여다보듯 하며 이렇게 말했어.

"선생님, 저는 뚱뚱한 건 행복한 일이라고 생각해요. ……농담이지만."

그러고는 도넛을 세 입 만에 먹고 일어났지.

"역시 '스포츠 만능' 부문 같은 데 뽑혔을지도 모르니까 가볼게요."

나는 손을 흔들어 배웅했어. 고맙다는 말 같은 건 안 했고. 유우가 그걸 바라지 않는다는 생각이 들었거든.

"'최고의 요리' 부문 아니야?"

"그럴 수도요."

씩 웃는가 싶더니 엄청난 속도로 계단을 뛰어 내려가더라. 결국 '꽃미남 여학생'에서 1등을 했던가? 이상한 부문이지만 유우가 없다면서 술렁거리고 있던 참에 뛰어서 등장한 다음 텀블링까지 했다니까 뭐, 비꼬는 게 아니라 정말로 멋있는 '꽃미남 여학생'으로 뽑혔을 거야.

나한테도 구세주, 특별한 아이였어. 그 애처럼 되고 싶다고 생각했고. 나보다 어린 사람, 그것도 학생에게 동경과 존경의 마음을 품은 건 처음이야.

이게 다야. 유우에 대해서는 이 이상 아무 이야기도 하지 않을 거야.

맛있는 도넛을 만드는 엄마? 사노 언니, 역시 매스컴 취재에라도 응할 예정인 거 아냐? 사노 언니가 그쪽 편이라면 나는 사노 언니를 진심으로 패줄 거야. 교사 잘려도 상관없어.

그놈들 거짓말밖에 안 쓰니까. 이쪽이 아무리 정성껏 마음을 담아 이야기해도 자기들이 바라는 스토리에 맞지 않으면 전부 패스. 그뿐이야? 이런 해석도 가능하겠네요 하면서 정반대되는 이야기까지 쓰니까. 아니라고 분명히 대답했는데도 뭔가를 숨기듯이 부정했다 이렇게 쓰고.

그놈들이 쓰는 기사 따위는 반응을 노리는 낚시질이야. 축제용 패러디 그 이하지.

자, 어느 쪽이야, 사노 언니는? 확실히 말해봐.

매스컴은 관계없다? 동창? ……혹시 요코아미 씨? 그랬구나. 매스컴 문제로 어수선할 때 언니가 전화했더라고.

"너, 요코아미 딸 담임이었다면서? 요코아미랑도 만난 적 있어?"

무슨 이야기를 하고 싶은지 영문을 알 수 없었던 데다 이쪽은 그럴 상황이 아니어서 만난 적이 있을지는 몰라도 기억이 안 난다고 대충 대답하고 끊었거든.

유우 어머니 이야기였구나. 그럼 그 타이밍에 전화가 걸려 와도 이상하지 않네. 그리고 사노 언니한테 내 연락처 가르쳐준 것도, 피부 관리가 어쩌고 하면서 적극적으로 나랑 사노 언니가 만나게 한 것도 전부 이해됐어.

어린 시절 요코아미 언니는 어렴풋이 기억나. 이야기를 나눈 적은 없지만 어떻게 생긴 사람이었는지 정도는. 언니가 "요코아미가 요코즈나면 기에 너는 고무스비*네" 어쩌고 하면서 곧잘 놀렸고.

그랬구나, 언니들 동창이었구나. 어차피 사노 언니가 뚱보니 돼지니 하면 우리 언니가 신나서 같이 놀리고, 정신이 들고 보면 우리 언니가 제일 나쁜 사람 되어 있었던 것 아냐?

전화로 물어봤을 때 정말 눈치 못 챘냐고? 자기한테 불리한 거 물어본다고 다른 질문으로 돌리지 마. 눈치챌 리가 없잖아. 유우 어머니 기라 씨랑은 한 손으로 셀 수 있을 만큼밖에 안 만

---

* 스모 선수의 계급 중 하나로 요코즈나부터 헤아려 4위에 해당한다

났지만 이미지가 전혀 다르니까.

요코아미 언니는 어둡고 음침한 데다 수수한 뚱보라는 인상이었지만 기라 씨는 쾌활하고 스타일 좋고 다정해 보일 뿐 아니라 뚱뚱하다기보다는 통통한 느낌이었거든.

아, 근데…….

그렇게 득달같이 기다렸다는 듯한 얼굴 하지 말아줄래. 유우 자살이랑 관계있는 이야기 아니야.

별거 아니지만 유우가 1학년 체육대회 때 같이 이인삼각을 한 남자애한테 부상을 입힌 적이 있었어. 부상이라기보다는 가벼운 타박상이랑 찰과상이었던 데다 유우가 확실히 사과하기도 했고 다친 본인도 신경 쓰지 않았지만, 규칙상 양쪽 부모한테 알려야만 했어.

양쪽 부모가 다 체육대회에 와 있었던 데다 얼굴을 아는 사이였는지 유우 어머니 기라 씨가 그 자리에서 사과한 모양이고, 다친 애 쪽 부모는 우리 애가 연약해서 죄송하게 됐다고 웃으면서 말했지. 그런데 기라 씨가 엄청 미안해하면서 나한테도 몇 번씩이나 사과하고 상대편 집에도 다시금 사과하는 편지랑 위문품까지 보냈어.

그때, 지금은 행복해 보이지만 한때 주위 분위기에 남들보다 배는 민감하게 반응해야만 했던 시기가 있었던 게 아닐까 싶더라고. 언니들이랑 같은 반이었으면 분명 놀림도 받았겠다, 흠칫

흠칫 떨면서 살았겠지.

그렇다고 옛날에 못되게 굴었으니 지금 매스컴의 공격을 받는 요코아미 언니? 아니, 기라 씨를 도와주고 싶다고 생각하는 건 아니잖아.

뭐가 목적인데? 그냥 호기심? ……아니지, 잠깐만. 사노 언니, 처음부터 유우를 동창인 요코아미 딸이라고 하면 될 걸, '유우를 만난 적이 있다'고만 했지? 그건 유우랑만 만났다는 이야기야?

왜 바로 몰랐을까? 사노 언니가 유우를 만났다는 건…….

뭐야, 갑자기 말을 끊고. 아니라니, 나 아직 끝까지 말도 다 안 했잖아.

실은 만난 적 없다고? ……아. 어떻게 된 일인지 설명해. 거짓말하면 테이블이 아니라 이번에는 진짜로 언니를 때릴 테니까.

세이야한테 신경 쓰이는 이야기를 들었어? 세이야면 호리구치 세이야? 유우 동창. 그야말로 방금 이야기한 이인삼각에서 다친 애. 대체 어떤 관계가……. 아아, 아버지가 동창이었구나. 그보다 신경 쓰이는 게 뭔데?

유우가 자살하기 직전, 세이야가 도쿄에서 우연히 유우를 만났는데 유우가 학교를 그만둔 건 '선생님' 때문이라고 했다고.

그래서 거짓말을 했구나. 내가 불리한 부분을 얼버무리면서 이야기하는 걸 방지하기 위해서. 하지만 처음부터 그 이야기를 해줬으면 내가 일 분 만에 사노 언니가 원하는 대답을 들려줬을 텐데.

그 선생님이란 사람은 유우의 고2 때 담임이야. 나는 그렇게 생각해. 그 사람이랑 이야기한 내용을 나한테 제대로 알려주기만 한다면 내가 만나게 해줄 수도 있어.

바로 부탁하는 걸 보니 고등학교 쪽으로는 아는 사람이 없나 보네. 알았어, 다시 연락할게.

있잖아, 사노 언니. 마지막으로 내가 질문 하나 해도 돼? 유우랑은 관계없는 일이야.

사노 언니가 미용외과 의사가 된 건 어떤 책에 나와 있던 "아름다움이 주는 행복을 여성이라면 모두 평등하게 향유할 권리가 있다고 생각하기 때문" 어쩌고 하는 이유가 아니라 실은 자기가 미인이 아니게 되는 게 무서워서 아니야?

왜 그렇게 생각하냐고? 우리 언니가 자기 살찐 걸 예사롭지 않을 만큼 신경 쓰거든. 겁을 먹은 것처럼 보이기도 했어. 치매 걸린 할머니 말에까지 과민반응해서 공황 상태가 될 정도야. 그래서 든 생각이, 언니한테는 날씬해서 얻은 행복이 있기 때문 아닐까 하는 거였어. 남편은 날씬한 자기를 좋아한 거니까 살이 찌면 싫어하게 되지 않을까, 행복한 가정을 잃어버리지 않을까, 불안에 사로잡힌 것 같은 느낌이 들어.

다른 여러 경우에도 대입할 수 있지 않을까? 단순히 돈을 벌어서 행복해진 사람은 돈을 잃는 것이 무섭다, 이런 식으로.

아름다움이 주는 행복이 어쩌고 당당하게 말할 수 있는 건 사노 언니가 자기가 미인이라는 사실은 물론이고 그 덕분에 얻을 수 있었던 행복이 무엇인지도 자각하고 있다는 뜻이야. 하지만 인간은 누구나 나이를 먹잖아? 불의의 사고를 당할 수도 있고. 그럴 때 자기 힘으로 어떻게든 할 수 있도록 하려던 것 아닐까…… 뭐 이런.

오, 사노 언니 남편은 언니 얼굴을 좋아하는 게 아니구나. 그럼 그냥 내 망상인가? 사노 언니는 미인인 것 말고도 하늘이 내려준 많은 것을 받았으니까.

에잇, 모처럼 나를 돼지라고 놀리던 사노 언니한테 앙갚음할 수 있을 줄 알았더니.

나는 지금 늙는 것도, 살찌는 것도, 직장을 잃는 것도 무섭지 않아. 물론 살이 빠지는 것도. 그이는 내가 뚱뚱한 걸 좋아하는 게 아니니까.

그러니까 사노 언니보다 행복한 거 아닐까?

이렇게 말해도 자랑이 안 된다는 거네. 그래도 마지막으로 역시 심술궂은 말 하나 할게.

사노 언니, 결혼 상대의 조건이 나를 얼굴로 선택하지 않는 사람이었던 거 아냐? 하지만 남편의 대답이 본심이었는지 아닌지는 앞으로 알게 될지도 몰라. 애초에 내 어디가 좋냐고 미인이 묻는데 얼굴이라 대답하는 고지식한 사람이 많겠어? 의외로 그렇게 대답하는 사람이랑 더 잘 해나갈 수 있었을지도 모르지.

그래? 그럼 유우도 억지로 살 빼게 한 사람을 원망하겠네…….

달콤한 속삭임

처음 뵙겠습니다. 시바야마 도키코라고 해요.

선생님 저서는 한 번도 읽어보지 못했는데, 이렇게 뵙게 돼서 벼락치기이기는 합니다만 그제부터 두 권 읽었습니다. 유명한 미용외과 선생님이라는 사실은 알고 있었기 때문에 성형을 장려하는 책만 있을 줄 알았더니 림프 마사지라든지 영양 보충제에 기대지 않는 식생활이라든지, 뭐라고 말씀드리면 좋을까요, 의학의 힘에 의존하지 않는 미용서도 있다는 사실을 알게 돼서 이미지만 보고 경원시하고 있었던 것이 부끄럽게 여겨졌습니다.

이 중화요리점에 오는 건 두 번째예요. 재작년이었나, 시내 고등학교 영어교사들 친목 모임이 있었는데 그때 모임 장소가 이곳이었습니다. 중화요리라고 하면 간이 세고 기름지다는 인상이 있어서 그 모임에 참가하는 것도 내키지 않았지요.

중화라고는 해도 광둥, 쓰촨, 베이징, 상하이 등 다양해서 일괄적으로 이렇다고 단정 지을 수는 없겠지만, 그런 쪽 차이는 잘 몰라서요. 특히 이런 시골 중화요리점에서는 화학조미료를 잔뜩 쓴 고칼로리 요리를 큰 접시에 담아서 내놓을 거라고 단정 짓고 있었습니다.

하지만 모임 목적은 식사가 아니라 친목이지요. 같은 학교 영어교사가 다섯 명 있는데, 생긴 지 얼마 안 된 가게이기도 하다 보니 다들 기대하고 있어서 거기에 찬물을 끼얹는 것도 예의가 아니라는 생각에 출석하기로 했습니다. 동료들은 제가 소식한다는 걸 알고 있기 때문에 오히려 자기가 그만큼 많이 먹을 수 있겠다며 기뻐했을지도 모릅니다.

그런데 가게에 와보고 놀랐습니다. 선입관이라는 게 얼마나 무용한지. 자칫하면 멋진 만남의 기회를 놓칠 뻔했어요.

다치바나 선생님은 이 가게에서 식사를 하신 적이?

있으시다면 제가 설명할 필요도 없겠네요. 메뉴가 달랐다 해도 이 가게의 훌륭함을 이야기하는 데에는 별문제가 안 됩니다. 엄선된 재료와 그것을 살리는 조리법은 어떤 요리에도 살아있을 테니까요.

게다가 양도 저한테는 딱 좋았어요. 코스 요리를 남기지 않고 끝까지 먹을 수 있었던 게 몇십 년 만이었는지. 사회인이 된 뒤로는 처음이었을지도 모릅니다.

몇십 년은 과장이라고요? 어머나, 선생님, 립서비스는 필요 없습니다. 저는 선생님보다 일곱 살 많고 교사 생활도 올해로 사반세기를 맞았으니까요.

약속 시간을 밤으로 정해서 코스 요리를 시킬 걸 그랬다고요? 신경 쓰시지 않으셔도 됩니다. 처음 만나는 사람이랑 갑자기 코스 요리를 먹는 게 더 긴장되니까요. 설사 요리가 맛있다 해도 마음이 맞을지 어떨지 모르는 상대와 식사를 한다니 고통스러울 뿐이지 않나요.

게다가 이 가게에서 얌차*를 하는지 몰랐어요. 아, 저만 일방적으로 계속 떠들어서 죄송해요. 메뉴를 골라봅시다.

뤄보가오. 선생님, 그건 무떡이네요. 보통은 안에 중화풍 소시지가 섞여 있는데, 이 가게에서는 뭔가 다른 게 들어 있을 것 같아서 궁금하군요.

창펀은 쌀가루 크레이프예요. 내용물은 고기나 생선 같은 반찬 계열이 많지요. 춘빙도 크레이프인데 고기나 채소를 싼 게 많습니다.

간식 먹을 시간이기도 하니 단것이 좋을까요? 어머나, 뒤쪽에 일본어 설명도 다 적혀 있고 디저트 딤섬 주방장 추천 세트도 있

* 아침과 점심 사이에 차와 딤섬을 먹는 광둥식 브런치

네요. 이걸로 해요.

　아니요, 중국어는 배운 적 없어요. 하지만 주요 메뉴에 대해서는 어떤 요리인지 알아요. 미국 유학중에 배웠습니다.

　벌써 이십칠 년 전이에요. 소리 내어 말해보니 무시무시한 세월이네요. 대학교 2학년, 3학년 때 이 년 동안 보스턴에 있는 대학에 유학을 갔어요. 외국어대학이라서 제휴하는 대학에서 취득한 학점이 고스란히 졸업 학점으로 환산됐기 때문에 당시에는 사 년 만에 졸업할 수 있었거든요. 그래서 신청을 했지요.

　대학 주변에는 일본음식점도 있었지만 제가 살던 학생 아파트는 버스로 한 시간이나 간 곳에 있는 교외에 있었어요. 일본음식점은커녕 고작해야 오래된 퍼브와 햄버거 가게가 있었을 뿐이었어요. 하지만 그런 곳에도 중화요리점은 있지요.

　정말 중국인은 전세계 어디에 가도 있고 대단하다고 생각해요. 해외여행은 열 손가락으로 꼽을 정도만 가봤지만 아무리 벽지다 싶은 곳에 가도 중화요리점은 있더라고요.

　학생 아파트에는 같은 대학에서 온 유학생이 여섯 명 있었습니다. 여학생 셋, 남학생 셋이었는데 저 말고는 모두 사교적이고 화려한 애들이었어요. 같은 대학 같은 캠퍼스에서 지낸다 해도 친해질 일은 없을 것 같은.

　하지만 이국땅에 있으면 그렇지도 않지요. 같은 일본인이라는 것만으로도 친척이라고 할까, 공동체라고 할까, 서로 도우며 생활하는 게 당연한 관계가 됩니다. 일본에 있을 때는 아무리 가까운 사이도 성이나 이름 뒤에 경칭을 붙여 불렀는데, 같이 비행기를 탄 순간부터 바로 '도키코'예요. 입국 심사가 끝날 무렵에는 '도키'가 되어 있었지요.

사이가 좋다고는 해도 식사는 각자 공용 주방에서 만들어 먹기로 했습니다. 하지만 처음에는 학교생활만으로도 기진맥진해서 "키미코 갈래?" 하고 누가 먼저랄 것도 없이 말을 꺼내면 다 같이 향하곤 했어요.

가게 이름은 알파벳으로 키미코스 레스토랑, 일식인가 싶지요? 첫날에는 그런 줄 알고 갔습니다. 이렇게 마음 편히 갈 수 있는 곳에 일식 레스토랑이 있다니 하면서요. 그런데 가게에 한 발 들어선 순간 아니라는 걸 알았지요. 붉은 이중 원형 테이블 때문인지, 벽에 장식된 태피스트리 무늬 때문인지, 냄새 때문인지. 아니, 그냥 점원이 중국어로 맞이했기 때문일까요.

조금 실망했지만 저를 포함해 다들 그렇게 낙담하지는 않았습니다. 혼자 살던 대학생에게는 일식보다 중식이 더 친숙한 요리니까요.

그대로 자리에 앉아서 메뉴를 펼쳤더니 한자가 늘어서 있었습니다. 미국인데 영어 설명도 없었어요. 혹시 물어봤으면 가져다 줬을지도 모릅니다. 하지만 아무도 그 생각은 하지 못하고 원형 테이블 한가운데에 메뉴를 놓은 다음 다 같이 얼굴을 맞대고 한

자를 보면서 요리를 상상하기 시작했습니다.

면인가, 밥인가? 고기인가, 해산물인가? 모두 면을 시키게 됐지만 볶음면인가, 국물이 있는 면인가? 매운가, 단가? 저는 쌀米이라는 글자가 들어간 해물 면을 시켰는데 짬뽕의 쌀국수 버전 같은 게 나왔어요. 밀가루로 만든 납작한 면도 있고, 국물 없이 소스를 얹은 타이완 비빔면 같은 것도 있고. 누구 하나 예상한 음식을 받은 애는 없었지만 그게 또 즐거웠지요.

그 뒤로도 퍼즐을 풀듯 각자 어떤 요리인지 상상해보고 주문하면서 조금씩 학습해갔습니다. 차츰 먹고 싶은 음식을 주문할 수 있게 됐는데 어쩐지 시시하더라고요.

그러던 차에 일요일 오전에 한해 얌차를 한다는 걸 알아낸 애가 있었습니다. 여섯 명 중에서는 가장 활발하고 현지 친구도 제일 빨리 생긴 구미라는 애였는데, 중국계 미국인 남자애의 권유로 일요일 아침 예배에 갔다가 키미코에 가서 얌차를 했다는 거예요.

다음 주말에 당장 구미를 뺀 다섯이서 가봤습니다. 구미는 그전 주에 교회에 같이 가자고 했던 남자애, 이름이 아마 챙이었던 것 같은데, 초대받아서 그 애 집에 갔거든요. 그래서 뭐가 어떤 요리인지 가르쳐줄 사람은 없었습니다. 그래도 평범한 식사 메뉴에는 익숙하니까 어느 정도 비슷하겠지 하고 다들 만만하게 봤던 거지요.

정말 웃음이 나올 정도로 무리였어요.

아침을 먹는 습관이 없던 저는 죽粥이라는 글자가 들어 있는 메뉴에 눈길이 갔습니다. 무슨 나무 열매가 들어 있을 것 같아서 맛있어 보였거든요. 한입 먹었는데 어찌나 달지. 더구나 달 거라 생각하고 먹은 게 아니다 보니 뇌가 깜짝 놀랐겠지요. 잠깐 사고가 멈추었습니다.

다들 왜 그러냐는 눈으로 저를 보기에 잠자코 그릇을 한가운데에 밀어놓았더니 넷이서 돌아가면서 재미있을 정도로 똑같은 반응을 보이는 거예요. 달다는 말은 안 해요. 눈을 크게 뜨거나 윽 하고 신음하거나. 아마 누가 권총을 들이댔을 때와 똑같은 반응이 아닐까 싶어요.

다행히 그런 사건을 맞닥뜨리는 일은 없었지만요. 죄송해요, 험악한 비유를 해서.

죽은 달면서, 달 줄 알았던 떡은 의외로 간장을 찍어 먹는 것이지 않나, 고기만두를 상상했더니 먹어본 적 없는 보라색 고구마 소가 들어 있지 않나, 첫날에 먹은 면 이상으로 놀랍고 즐거웠습니다.

그 뒤로는 얌차도 조금씩 학습해서 설명서 없이도 먹고 싶은 음식을 주문할 수 있게 됐지요.

첫 번째 요리가 나왔네요. 샤오롱바오군요. 안이 보랏빛인데 혹시 속이 고구마일까요. 잘 먹겠습니다. 역시 그러네. 은은하게 달고 따뜻해서 마음이 진정되는군요.

저, 오늘은 선생님이랑 싸울 각오로 왔는데 말이에요.

기라 유우 일로 저한테 묻고 싶은 게 있다고요. 저와 유우의 즐거운 추억담을 궁금해하는 사람은 아무도 없을 테지요. 저는 유우를 등교 거부로 몰아넣은 장본인이 되어 있으니까요.

유우가 죽고 나서도 교사를 계속하는 저에게 뻔뻔하다는 둥 사람도 아니라는 둥 지독한 말을 던지는 사람도 있습니다. 인터넷상에서 그러는 거지만 개중에는 저나 유우를 만나본 적도 없는 사람도 있으리라 생각해요.

제가 일을 그만두지 않는 이유는 잘못된 짓은 하지 않았기 때문이에요. 유우가 죽은 것은 저도 충격이었습니다. 후회가 되기도 해요.

하지만 그건 유우에게 살을 빼라고 지도했기 때문이거나 유우 어머니께 유우 식사 관리를 재삼 부탁했기 때문이 아닙니다. 그건, 그것만큼은 옳은 행위였다고 단언할 수 있어요.

'방치'라는 말 아시지요. 방송을 본 적은 없지만 다치바나 선생님이 뉴스 프로그램에서 논평하고 계시는 거 알고 있습니다.

보호자가 육아를 방기하는 바람에 끼니조차 얻어먹지 못하고 아사하는 아이들 뉴스 드물지 않은 슬픈 시대가 돼버렸습니다. 하지만, 그럼 반대로 밥만 먹이면 되는 걸까요? 영양이나 양은 생각하지 않고 살만 찌우면 되는 가축처럼 그저 먹을 걸 주기만 한다면요? 아니, 분명 가축이 더 잘 관리되고 있을 겁니다.

하지만 이런 케이스가 더 지도하기 쉽다고도 할 수 있습니다.

다치바나 선생님은 싫어하는 음식이 있나요?

멜로키아하고 송어? 생선 송어 말이에요? ……뭐, 싫어해도 일상생활에 지장이 생기지는 않을 것 같으니 싫어하는 게 없는 것과 매한가지네요.

가끔 연어라 속이고 송어를 내놓는 가게가 있다고요? 하기는, 도야마 지방의 송어 초밥 도시락을 한 번 먹어본 적이 있는데, 역으로 구별이 되는 게 더 대단하다는 생각이 드네요.

가벼운 두드러기가 생긴다고요? 그렇다면 중대한 문제네요. 없는 것과 매한가지라는 무책임한 말씀을 드려서 죄송합니다. 그런데 무슨 이야기였지…….

저는 치즈를 싫어했습니다. 알레르기는 아니에요. 급식에 나오는 딱딱하고 퍼석퍼석한 사각 치즈를 입안에서 아무리 씹어도 삼킬 수가 없는 거예요. 같은 반에 저 말고도 비슷한 아이들이 몇 명 있었습니다. 그런 작은 덩어리를 먹든 남기든 건강 면에서 큰 차이 없을 텐데도 당시에는 급식을 남길 수가 없었지요.

몰래 주머니에 숨겼다가 들키기라도 하면 부정행위를 한 아이보다 더 엄하게 질책당하는 시절이었어요. 뭐, 지금은 그렇지 않지요.

치즈를 싫어하면 우유로 칼슘을 보충하면 됩니다. 유제품을 못 먹는다면 작은 생선으로 보충하면 되고요. 싫어하는 음식을 억지로 먹는 것이 정신 건강에 더 좋지 않습니다. 텔레비전에서 의사나 영양사 같은 전문가가 그런 발언을 하지요.

그 의견에 반대하지는 않아요. 제가 어릴 적에 그렇게 말해주었으면 좋았겠다고 생각할 정도입니다. 하지만 요즘 부모들은 '아이가 싫어하는 음식은 먹이지 않아도 된다'까지밖에 듣지 않아요. 다른 음식으로 보충하려 하지 않습니다.

휴대전화로 나누는 짧은 대화에 익숙해진 나머지, 긴 문장이 한 번에 머릿속에 들어오지 않아서 자신에게 유리한 부분만 알아듣는 걸까요.

공부를 하면 ○○대학에 들어갈 수 있습니다. 무심코 이런 말을 했다가는 불합격 통지와 함께 민원이 들어옵니다. 선생님이 우리 애가 ○○대학에 들어갈 수 있다고 했잖아요! 공부하지 않는 아이 부모가 꼭 이런 말을 해요. 뭐, 입시 얘기는 그만하지요.

아이가 싫어하는 음식을 주지 않는다. 이건 그나마 낫습니다. 보충할 음식을 의식적으로 주지 않아도 자연히 보충이 되고 있을 테니까요. 문제는 싫어하는 음식을 주지 않는다는 것이 반전돼서 좋아하는 음식만 주는 상태가 되는 겁니다.

좋아하는 음식이 많이 있으면 상관없어요. 서른 가지 식재료를 사용한 수프나 샐러드라면 불평할 이유는 하나도 없지요. 하지만 그렇지 않은 경우, 그로 인해 건강하지 못한 상태가 될 위험이 있는 경우, 더는 식사를 챙긴다고 말할 수 없습니다. 오히려 학대라고 해도 되지 않을까 생각합니다.

더 직설적으로 알기 쉽게 말씀드리면, 아이에게 매일 밤 밀가루 1킬로 분량의 도넛을 주는 것은 비정상적인 행위입니다.

타인의 비만과 관련해 뚱뚱한 게 무슨 잘못이냐고 항의하는 사람들은 그 사람이 무엇 때문에 살이 쪘는지 그 원인을 먼저 생각했으면 좋겠어요.

그리고 설사 유우를 아는 사람이라 하더라도 기억 속 유우가 아니라 당시의 유우에 대해 조사해보고 나서 발언하기를 바라고요. 연락을 주신 분이 유키 선생님, 결혼하셔서 성이 바뀌었는지도 모르겠지만 유우 중학교 담임선생님을 통해 제게 연락이 왔다는 건 다치바나 선생님도 그분을 만나셨다는 말이지요.

저를 비난하지 않던가요? 억지로 살을 빼게 했다고.

신경 쓰지 않으셔도 됩니다. 그런 소리에 기가 꺾일 정도의 각오였다면 처음부터 그런 조치를 취하지도 않았을 테니까요.

저도 처음 만났을 때의 유우, 고등학교에 갓 입학한 그 아이에 대해 걱정한 적은 없습니다.

맞아요. 1학년 때부터 담임입니다. 몸집이 큰 데다 교실에 들어갔을 때는 출석번호 순으로 두 번째 열 제일 앞자리에 앉아 있었기 때문에 가장 먼저 눈에 들어왔습니다. 하지만 그 아이보다 큰 남학생도 있었고 무엇보다 그 아이 눈이 생생하게 빛나서 제가 1학년 담임으로서 신선한 기분이 들었으면 모를까 걱정은 털끝만큼도 되지 않았습니다.

학급임원을 정할 때 유우가 체육부장으로 입후보한 데에는 놀랐지만 같은 중학교 출신 아이들이 당연하다는 듯 고개를 끄덕였기 때문에 끼어들지 않고 맡기기로 했습니다.

반장과 더불어 할 일이 많은 임원입니다. 체육대회나 구기대회 보조는 물론, 일주일에 세 번 있는 체육 수업에서 매시간 준비운동으로 달리기를 하는데 매번 페이스메이커로 선두를 달려야만 하고 체조할 때도 앞에 나가 시범을 보여야 합니다. 하지만 유우는 아무 부담 없이 해내는 것처럼 보였습니다.

동아리는 입학하자마자 댄스부에 들어갔는데, 그 사실을 안 육상부 선생님과 역도부 선생님이 아쉬워하는 모습을 교무실에서 목격하기도 했습니다.

어느 날 3교시 수업 전에 조금 빨리 교실에 도착했어요. 제 반이기도 해서 쉬는 시간이었지만 안에 들어갔더니 유우가 도넛을 먹고 있었습니다. 금지 사항은 아니에요. 아침 연습이 있는 운동부 아이들, 특히 남자애들은 그 시간에 집에서 가져온 도시락을 먹고 점심시간에는 식당에서 사 먹거나 하고, 과자를 먹는 여자애들도 있습니다.

다만 입을 크게 벌리고 도넛을 베어 무는 유우가 정말 행복한 얼굴을 하고 있어서 저도 모르게 눈을 떼지 못했습니다. 나에게도 저런 때가 있었을까 하면서.

공감해주시는 건가요? 그렇습니다. 다치바나 선생님은 슈크림이 가득 든 빵을 좋아하셨군요. 저도 빵 중에서는 크림빵을 가장 좋아했습니다. 빵이 빵 같았던 시절이지요.

이상한 비유를 해서 죄송합니다. 제가 도넛을 먹고 싶어하는 것처럼 보였던 걸까요. 저와 눈이 마주친 유우는 가지고 있던 도넛을 입안에 넣더니 책상 위에 둔 플라스틱 통을 들고 와서 제게 내밀었습니다.

하나 드세요 하면서.

귀여운 무늬의 키친페이퍼가 깔린 통 안에는 도넛이 하나밖에 남아 있지 않았던 데다 공복도 아니었기 때문에 고맙다는 인사만 하고 거절했습니다. 그랬더니 가까이 있던 한 남학생이 바로 "그럼 나 줘" 하면서 도넛을 가지고 가서는 두 입 만에 먹어버렸어요.

"우와, 맛있다" 하고 남학생은 녹아내릴 듯한 얼굴을 했고, 가까이 있던 여학생도 아쉽다는 듯이 "선생님, 아까워요" 하는 바람에 조금 후회했습니다. 듣자 하니 유우 어머니가 만든 도넛은 중학교 축제에서 인기 상품일 정도로 맛있다고요.

"그냥 받을 걸 그랬네" 혹은 "다음에는 점심시간 때 물어봐주지 않을래?" 같은 말을 했다면 그 도넛을 먹을 기회가 있었을지 모르지만, 그런 건 잘 못하기 때문에 기회를 놓치고 말았습니다.

만약 한 번이라도 먹어봤다면 조금은 유우의 마음에 다가갈 수 있었을지도.

그런 후회가 없다면 거짓말이겠지만 저도 직접 구운 맛있는 과자를 먹은 적이 있습니다. 지금은 거의 간식을 먹지 않는 데다 일반적으로 볼 때 조금 지나치게 마른 체형이기 때문에 달콤한 과자 자체를 혐오한다고 오해받을 때도 있어요.

뚱뚱한 사람의 심정을 모른다.

먹는 것에서 얻을 수 있는 행복 따위 모르는, 마음이 가난한 사람.

때로는 달콤한 것에 의지하지 않으면 극복할 수 없는 인생도 있다.

지금의 제 모습밖에 모르는 사람들은 마음대로 말하지요. 하지만 그 사람들은 모르는 걸까요? 체중 같은 건 간단히 늘거나 줄거나 합니다. 지금 마른 사람이 평생 말랐으리라는 법은 없지요. 지금 뚱뚱한 사람이 평생 뚱뚱하리라는 법도 없고요. 몸 특징 가운데서도 가장 불확실한 요소인걸요.

와, 다음 딤섬은 뭘까요? 쌀가루로 만든 피로 노란 소를 말아서 뭔가에 조렸네요. 호박으로 만든 소를 건새우로 낸 담박한 맛 국물에 조렸어요. 어묵으로 만든 디저트 같은 느낌이지 않나요? 죄송해요, 어묵이라니 갑자기 싸구려처럼 느껴지네요.

알아보신 거예요? 사실은 먹는 걸 엄청 좋아하지 않느냐고?

사실이고 뭐고. 제가 다치바나 선생님께 한 번이라도 먹는 걸 싫어한다고 말했던가요?

살아가는 데 가장 중요한 행위라고 생각해요. 그렇기 때문에 그 행위에 경의를 표하는 거고요.

그리고 그런 중요한 사실을 깨닫는 건 대개 실수를 한 뒤지요.

다치바나 선생님께 재미있는 걸 보여드릴게요. 혹시 이걸 인터넷에 공표하면 저에 대한 사람들의 반응도 조금은 달라질지 모르지만, 그렇게까지 해서 이해받고 싶은 건 아니어서요. 하지만 선생님은 알아주셨으면 좋겠어요.

자······.

네, 저예요. 아까 조금 이야기한, 미국 유학 간 직후에 찍은 사진이에요. 검은 테 안경 같은 게 그 시절 느낌이죠? 지금보다 7킬로 많은 체중 50킬로의 저입니다. 중화요리점에 너무 많이 가서 살이 찐 게 아니라 고등학교 때부터 이 정도였어요.

운동을 못해서 동아리 활동은 ESS, 영어 연구부였는데 그래도 상당한 거리를 자전거로 통학하기도 했고 휴일에는 친구들과 영화를 보러 가기도 하는 등 나름대로 몸을 움직였어요. 데이트 상대는 없었지만요.

그 이야기는 왜 하냐는 얼굴이시네요. 그럼 이쪽 사진도.

동일 인물, 저예요. 일 년 반 뒤에 체중이 두 배가 된 모습입니다.

어째서 이렇게 됐냐뇨. 스무 살 먹은 여자가 급격히 살이 찌는 원인이래 봤자 손에 꼽히지 않습니까. 그중에서도 가장 흔한 실연이에요.

같은 대학에서 유학한 여섯 명은 사이가 좋았지만 남자친구가 가장 빨리 생긴 건…… 그 친구 경우에는 비슷한 상대가 여럿 있었으니 연인은 아니었다고 생각하거든요. 네, 얌차를 알려준 구미요. 구미는 원어민 친구들이 많이 생긴 만큼 영어 회화 실력이 눈에 띄게 늘어갔어요.

여섯 명 모두 어렸을 때 외국에 살던 경험도 없고 다들 문법은 잘하지만 회화는 그냥 그런 전형적인 일본인 유학생이었는데, 눈 깜짝할 사이에 구미가 몇 발짝이나 앞질러 가버린 것 같았어요. 이대로는 안 되겠다 싶었지요.

제 경우는 원래 부모님이 유학을 반대하셨거든요. 금전적인 이유예요. 장학금을 받는 입장도 아니었기 때문에 현지 생활비 포함해서 유학비용은 거의 자비였어요. 지방의 평범한 가정 출신 여학생이 4년제 사립대학에 가는 데에도 많은 부모들이 아직 난색을 표하던 시대였으니까요. 학교에 보내는 것만으로도 등골이 휘는데 유학비용이 어디 있을 거라고 생각하느냐며.

하지만 일본에서 공부를 하는 한 고등학교의 연장에 불과하다고 생각했습니다. 회화를 제대로 할 수 있게 되면 취직할 때 큰 무기가 된다, 해외 근무의 기회가 있는 회사에 취직하고 싶다는 생각도 있었고요.

대학에 진학해서 도쿄에 가게 됐을 때 십팔 년 동안 좁은 시골에서 지낸 게 인생의 마이너스 요인처럼 느껴졌어요.

뭘 보고 그런 패배감을 느꼈는지 지금은 잘 기억나지 않지만, 복잡한 지하철에서 헤매거나, 만원 전철에서 멀미가 나거나, 높은 건물을 멍하니 쳐다보고 있을 때 부딪친 사람이 혀를 차거나, 무빙워크 위에서 저로서는 빠른 걸음으로 걷고 있다고 생각했는데 방해된다면서 추월해 가는 사람이 있거나, 그런 사소한 일이었다는 생각은 듭니다.

편리한 도쿄에 사는 사람보다 불편한 시골에 사는 사람이 걷는 속도가 더 느린 이유를 당시의 저는 이해할 수 없었어요. 시골 사람은 쌀이나 고구마 중심의 식사를 하지만 도시 사람은 고기가 중심인 생활을 하기 때문일까, 이런 바보 같은 생각을 진심으로 했습니다.

100미터 앞에 있는 편의점에도 차로 가게 되면서 겨우 이해하게 됐지만, 다시 생각하면 역시 이상하지요. 고등학교를 졸업할 때까지는 운전면허도 없었고, 요즘처럼 비교적 가까운 거리에 살면서도 부모가 차로 학교까지 태워다주고 태워 오는 시대도 아니었는데.

뭐, 이제 와서 그건 아무래도 상관없는 일입니다.

어쨌든 넓은 시야를 가진 인간이 되고 싶었어요. 시골에서 뒤처진 걸 만회하기 위해서는 해외로 나갈 수밖에 없다고 생각했지요.

학자금을 대출했지만 그건 반드시 제가 일해서 갚겠다고 약속했고, 성인식 예복은커녕 결혼식 비용도 필요 없다고 말씀드렸습니다. 부모님은 총에 맞지나 않을까 치안에 대한 걱정도 했지만, 유학 경험자의 체험담을 모은 사례집을 복사해 보내서 어찌어찌 이해받을 수 있었습니다.

그러니 성과도 내지 못하고 돌아갈 수는 없었어요. 분류하자면 낯을 가리는 타입이지만 친구를 만들기 위해 적극적으로 원어민 아이들 모임에 참가하기로 했습니다.

일본 대학처럼 동아리 같은 데 들어가지 않아도 누구나 출석할 수 있는 단발성 이벤트가 많이 있었습니다. 학교 건물 일층 게시판에 볼링이나 테니스, 피크닉 소식이 붙어 있어서, 참가 희망자는 그 게시물 밑에 자기 이름을 쓰면 됩니다. 쓰지 않아도 되는 것도 있었어요. 정원이 정해져 있는 것도 있었지만 이벤트가 상당히 많아서 매주말 어딘가에 참가할 수 있었습니다.

그중에서도 곧잘 참가하던 것이 피크닉입니다. 모르는 말은 아니겠지만 다치바나 선생님은 일본에서 피크닉을 하신 경험이 있으신지요?

있다고요. 실례했습니다. 그러고 보니 선생님 어머님도 열심히 자원봉사 활동을 하셨지요. 참가비 일부를 기부하는 피크닉도 있겠다, 분명 그런 일에 적극적으로 힘을 쓰셨겠네요.

사실 제 본가는 시내라서 여기만큼 시골은 아닌데도 그런 활동과는 인연이 없었고, 하물며 가족 행사에 외래어 이름이 붙는 것이라고는 기껏해야 크리스마스파티 정도였습니다. 그것도 저녁식사 때 다 같이 치킨과 케이크를 먹고 다음 날 아침 머리맡에 부모님이 주는 선물이 놓여 있는 수준이었지요.

피크닉과 이미지가 가장 가까운 건 소풍이라고 생각하지만 그것과도 좀 다릅니다.

처음 참가했을 때는 우선 산과 들을 걸을 수 있는 복장으로 집합 장소로 향했습니다. 그랬더니 반바지나 스커트를 입은 아이들도 있더라고요. 남자아이 차에 몇 명씩 나눠서 타고 교외의 자연 풍경이 아름다운 곳으로 가는 것까지는 예상과 같았지만 거기서부터 딱히 걷거나 하지는 않는 거지요.

텐트를 치거나 돗자리를 펴기도 하고 테이블과 의자를 놓기도 하고. 그렇지, 바비큐 파티와 비슷하네요. 실제로 거기서 바비큐를 한 적이 몇 번 있습니다. 그 외에는 빵이나 햄, 소시지를 사가서 그 자리에서 만들어 먹는 핫도그 파티나 샌드위치 파티 같은 거라든지.

하지만 먹는 게 아니라 맥주나 럼코크를 마시면서 느긋하게 수다를 떨며 시간을 보내는 게 메인이었지 싶습니다. 커다란 라디오카세트로 음악을 틀어놓고요.

피곤했습니다. 느긋하게 있는 걸 어떻게 즐겨야 좋을지 몰라서요. 다 같이 왔으면서 혼자 책을 읽는 아이가 있었는데 저는 그런 행동은 도저히 할 수 없었고 원반던지기도 잘 못했거든요.

누구를 향해 던진다든지, 팀으로 나누어서 받은 횟수를 경쟁한다든지, 무슨 규칙이 있으면 좋을 텐데 그냥 던지고 그냥 받는 데다 원반 하나를 여럿이서 돌린다니. 나한테 오지 않으면 쓸쓸하고, 막상 던질 차례가 되면 모든 사람에게 균등하게 던져야 하는데 지금까지 가장 적은 횟수를 받은 사람은 누구일까, 신경을 쓰게 될 뿐이지 않습니까.

맞아요. 규칙이나 역할이 있는 게 편한 사람입니다, 저는.

바비큐를 한다면 채소를 썬다든지, 굽는다든지, 설거지를 한다든지 역할 분담을 해주었으면 했어요. 하지만 그쪽 바비큐는 애초에 채소가 없어서. 양념에 담가둔 큰 고기를 집게로 석쇠 위에 올려서 호쾌하게 굽는 건 남자애들 역할이지요.

일본 남자들도 보고 배우라는 목소리가 특히 요즘 같아서는 거세게 들려올 것 같지만, 줄곧 앉아 있으면서 몸이 근질거리지 않는 여학생들이 얼마나 있을까요. 뭐, 고기를 굽는 게 남자의 역할로 정착된다면 그건 불평등하다, 여자도 굽게 해달라는 목소리가 높아지겠지만요. 같이 굽자고 하면 안 되는 걸까요.

죄송합니다. 피크닉이니 바비큐니, 관계없는 이야기에 몰입해 버렸네요. 거기서 만난 사람이 조지였어요. 가명이 아니에요, 정말 조지입니다.

테이블 자리 구석에서 손바닥만 한 고기와 씨름하고 있었더니 옆에 앉아도 되겠냐며 제게 콜라를 내밀었어요. 음료는 아이스박스 안에서 각자 자유롭게 꺼내면 됐지만 두 개째를 가지러 가도 되는지 어떤지 몰라서 그냥 참고 있었거든요.

감사 인사를 하고 받아들었더니 조지가 "재미있어?" "이쪽 생활에는 익숙해졌어?" "뭔가 사러 갈 물건이 있으면 차로 태워줄게" 하면서 제가 알아듣기 쉽게 천천히 말을 걸었어요.

그러고는 저쪽에 경치 좋은 곳이 있으니 함께 가지 않겠냐고 하더라고요. 별것도 아니에요. 바비큐를 하던 널찍한 곳에서 몇 분 걸어간 곳에 있는 조금 높은 언덕 같은 곳이었어요. 경치도 널찍한 곳에서 보는 것과 별반 달라 보이지 않는다고 저는 생각했고요.

하지만 조지는 와오 하면서 크게 심호흡을 하더니 저를 보며 빙긋 웃는 거예요. 가슴이 두근두근 뛰었습니다. 태어나서 처음이었어요. 저도 근사한 경치라고 대꾸하고 웃었습니다. 엄청 어색한 웃음이었을 테지요.

옛날에는 수학여행이나 소풍 사진을 학교 복도에 붙여놓곤 했잖아요. 제가 찍혀 있는 건 많지도 않은데 대부분이 시무룩한 얼굴이었어요. 별로 즐겁지 않았다거나 배가 아팠다는 기억이 있으면 스스로도 수긍할 수 있겠지요. 하지만 제 나름으로는 즐거웠고 카메라를 정면에서 들이댄 사람에게는 확실히 웃어주었을 터인데, 찍혀 있는 건 언짢아 보이는 얼굴을 한 저예요.

다치바나 선생님은 모르시겠죠. 늘 한가운데에서 화사한 웃음을 띠고 있는 타입이니까요. 비꼬는 게 아닙니다. 부러운 거예요. 늘 행복해 보이는 얼굴은 아니어도 기쁠 때쯤은 그런 얼굴을 할 수 있게 되고 싶어요. 그런 바람의 표현이었어요.

그런 그냥 일그러진 얼굴을 했을 뿐인데 조지는 예쁘다고 말해줬습니다. 자기는 일본 문화에 관심이 있어서 일본인과 친해지고 싶었대요. 하지만 일본인은 일본인들끼리 다니니까 어떻게 말을 걸면 좋을지 몰랐다고요. 그래서 오늘 피크닉에 네가 와줘서 놀랐고 진심으로 기뻤다고 했어요.

"친구가 되어줄래?"

한쪽 손을 내미는 건 당시 일본에서 유행하던 고백하는 예능 프로그램과 비슷해서 쑥스러웠지만 친구라니 주저할 필요는 없었습니다. 하지만 역시 손을 맞잡으니 가슴이 뛰었어요. 상대는 그런 걸 전부 꿰뚫어 보고 있었겠지요.

그래도 즐거웠습니다.

이벤트가 있는 건 주말만이 아니었어요. 평일 밤에도 퍼브에 모여 술을 마시거나 그길로 드라이브를 가다 보니 조지 차를 타고 둘이서 외출하는 일이 많아졌습니다.

설마 유학중에 연인이 생길 줄이야. 조지는 백인이고 머리카

락은 밝은 밤색, 눈은 깊고 짙은 갈색이었습니다. 아쉬운 점은 코가 약간 들창코였다는 것이지만 제게는 왕자님이나 다를 바 없었어요.

'아이 러브 유'뿐만 아니라 일본인 남자들은 부끄러워서 못 하지 않을까 싶은 말들을 제게 많이도 해주었습니다. 큐트하고 차밍한 아시안 뷰티. 도키, 넌 내 여신이야.

영어도 늘었습니다. 좋았던 건 그 정도일까요.

연일 퍼브만 다닐 수도 없는 노릇이고 조지도 과제 리포트가 쌓였다고 해서 일주일에 두 번쯤 만나는 것으로 정착이 됐습니다. 조지는 법학부 학생이었는데 변호사를 목표로 하고 있다고 했어요.

영어를 하는 건 당연해. 거기에 다른 능력을 더하기 위해 대학에 다니는 거야. 일본 대학생 중에도 법학부나 의학부에 재적하면서 나보다 회화가 유창한 사람은 분명 산더미처럼 있겠지.

이런 생각을 해도 열등감으로 이어지지 않고 조지가 멋있다는 쪽으로 결론이 나는 거예요. 사랑은 맹목적이라더니 말 한번 잘했지요. 이 세계가 조지와 나를 위해 있는 것 같았어요. 이미 국제결혼에 대해 고려하고 있었고요.

부모님은 어떻게 설득하지 하면서.

하지만 세상에는 단둘만 있는 것이 아니었고 심지어 주위에는 일본인도 있었습니다. 오랜만에 같은 아파트에 사는 일본인 학생 여섯이서 키미코에 갔어요. 다들 제 어학 실력이 향상됐다고 칭찬해주었습니다. 저도 일본인들끼리만 뭉쳐 있으면 안 된다고 설교 같은 말을 늘어놓았고요. 거기에 대해서조차 친구들은 밝아졌다, 적극적이 됐다라고 말해주더라고요.

여학생들, 구미랑 다른 한 사람은 후미카라고 하는데, 그 친구들은 제가 예뻐졌다고 했어요. 안경을 콘택트렌즈로 바꾼다든지, 눈썹을 정리한다든지, 머리를 손질한다든지 하는 고등학생 수준의 변화였을 텐데도.

웃는 얼굴이 귀여워졌다고도 했고요.

뭐가 나올지 예상할 수 있게 된 요리 메뉴를 펼쳐놓고 맥주와 어울리는 음식을 잔뜩 골라서 다음 날 아침에 턱뼈가 아플 정도로 다 같이 웃던 그날 밤은 정말로 즐거웠어요.

그런데 그러고 일주일도 지나지 않은 어느 날 밤 구미가 묘한 얼굴로 제 방문을 두드렸습니다.

조지에 대한 좋지 않은 소문을 들었다는 거예요. 일본인 유학생에게 접근했다가 싫증 나면 무참하게 버린다나요. 어차피 불평 한마디 제대로 못 한다면서 뻔뻔한 태도로 나온다는 이야기도 들었습니다.

그럴 때 멍청한 여자는 어떻게 생각할 것 같아요?

정답. 역시 다치바나 선생님은 그런 여자를 많이 만나보신 모양이네요.

나는 다르다. 나는 정말로 사랑받고 있다.

모처럼 충고해준 구미에게는 내 연인이 백인이라고 질투하는 거냐, 내 발음이 더 좋아졌다고 해서 발목 잡지 말아줬으면 좋겠다 하면서 제멋대로 폭언을 내뱉었습니다.

구미는 화를 낸다기보다 어이없어했어요.

하지만 그러고 나서 한 달도 지나지 않아 충고가 옳았음을 뼈저리게 느끼게 되었습니다. 다른 이벤트에 신청한 후미카가 혼자 가기는 불안하다며 저에게 같이 가자고 부탁한 겁니다. 돈 많은 누구 집에서 하는 홈파티라는 말을 듣고 재미있겠다 싶었습니다.

회비 대신 각자 음식을 가지고 가기로 해서 저희는 아파트에서 김초밥을 만들기로 했어요. 마침 캘리포니아롤이 유행하던 시절이었습니다.

이런 일도 있겠지 예상하고 후미카는 일본에서 김과 박고지, 김밥용 발까지 가지고 왔더라고요. 저는 그런 게 없었기 때문에 계란을 부치겠다고 했습니다. 요리는 별로 잘하지 못했지만 고등학교 때 직접 도시락을 쌌기 때문에 계란말이는 자신이 있었거든요.

그걸 가지고 파티에 갔는데 놀랐습니다. 참가자가 백 명은 되지 않았을까 싶어요. 접수를 담당하는 여자애에게 김초밥을 넣은 플라스틱 용기를 건넸더니 "어메이징!"하면서 기뻐했습니다. 일본인은 우리뿐이었습니다.

이 파티란 것도 좀체 요령을 알 수가 없어요. 일본에서도 생일 파티에 초대받은 적은 있지만 그때는 주인공이 있고 그 애나 가족의 주도 아래 노래를 부르거나 케이크를 먹거나 게임을 하거나 하는데, 파티에는 그런 주인공에 해당하는 사람이 보이지 않습니다.

일을 맡아 하는 여자애들도 우스꽝스러운 모자를 쓰고 음료를 나누어줄 뿐입니다. 재미있게 놀아 하면서. 보아하니 여기도 피크닉과 마찬가지로 먹고 마시고 환담을 즐기는 모임이구나 싶었습니다.

마침 바깥 발코니에서 트럼프를 하는 그룹이 있어서 거기에 들어가기로 했습니다. 후미카도 같이요. 기껏 원어민 친구를 만들기 위해 참가해놓고 그 애는 제 옆에 딱 붙어 있었습니다.

카드게임은 도둑잡기였습니다. 아는 게임이어서 다행이었지요. 그 외에도 다우트니 기억테스트니, 수학여행 밤 같아서 재미있었어요.

음식도 소시지, 감자, 샌드위치처럼 피크닉 계열이 많아서 저희 김초밥이 큰 호평을 받았지요. 음료도 사양 않고 마셨습니다. 커다란 볼에 준비된 컬러풀한 상그리아가 맛있었어요.

그러다 보니 화장실에 가고 싶어지더라고요. 후미카는 아직 게임을 하는 도중인 데다 완전히 섞여든 눈치여서 혼자서 가기로 했습니다. 일층 화장실에는 누군가가 곤드레만드레 취해 있어서 이층으로 올라갔습니다.

일층의 떠들썩함이 믿기지 않을 정도로 조용한 가운데 저는 화장실을 찾아 이리저리 돌아다녔습니다. 한 방씩 살짝 문을 열어보면서. 그렇게 하지 않으면 어디가 화장실인지 몰랐거든요. 일층에서 빠져나온 커플이 달라붙어서 놀고 있는 것을 목격하고 몇 번 거북해지기도 했습니다. 이층은 그런 장소가 되어 있었던 모양이에요.

그러다 맞닥뜨리고 말았지요. 조지와 백인 여자가 반쯤 벗고 붙어 있는 장면을. 눈앞이 캄캄해지는 것 같았습니다.

조지의 반응이요? 하이, 도키. 너도 파티에 와 있었구나. 싹싹하게 이렇게 말하는데 달려들 수도 없었습니다. 애초에 충격으로 다리가 굳어버렸지만요. 게다가 여자가 묻는 거예요. 누구냐고.

일본인 친구야. 아까 그 스시롤? 그렇지, 찝찝한 그거.

방문도 닫지 않고 뛰쳐나가서 후미카에게는 말도 없이 돌아갔습니다. 후미카는 제가 오지 않는 걸 미심쩍게 여겼지만 팔짱을 끼고 일층에 내려온 조지와 백인 여자를 보고 눈치를 챘대요.

하지만 최악의 일은 그런 작은 실연이 아니었습니다.

임신했다는 사실을 알아차린 건 다음 달이었어요. 생리가 오지 않는다고 후미카에게 상담했더니 구미가 일본에서 가져왔다면서 임신테스트기를 건넸습니다. 저는 그 애한테 아주 예의 없이 굴었는데. 여기서는 우리가 가족이잖아 하면서요. 선이 뚜렷이 나타난 걸 보고 저는 패닉에 빠졌습니다.

어떻게 하면 좋아? 어떻게 하면 좋아? 어떻게 하면 좋아?

구미가 조지를 만나보라고 권했습니다. 혼자 끌어안고 있으면 안 된다면서. 그쪽 책임이기도 하다면서. 후미카도 같이 가주기로 했습니다. 이야기를 잘 들어주면 좋을 텐데 하면서. 저질 쓰레기 새끼가 아니면 좋을 텐데 하면서.

그럴 경우 대개는 저질 쓰레기 새끼지요.

우선 혀부터 차더라고요. 내 애라는 증거가 있어? 너 말고는 관계를 가지지 않았어. 그걸 증명할 수는 있고? 잠자코 있었더니, 애초에 너는 나한테 피임을 부탁하지도 않았잖아 그러더라고요. 역시 말이 나오지 않았습니다. 미국 여자애들은 자기들이 알아서 콘돔을 챙겨 오는데. 그걸 잊어버린 네 책임 아니야?

다치바나 선생님, 제가 뭐라고 하면 좋았을까요? 아수라장을 몇 번 겪은 적이 있는 구미도 너는 아주 저질이다, 악마다 같은 추상적인 말을 하는 게 고작이었습니다. 후미카는 자기가 먼저 울음을 터뜨렸고요.

이제 일본에 돌아갈 수밖에 없을까? 하지만 보험증 같은 것 때문에 엄마한테 임신한 게 들키면 맞아 죽을지도 몰랐어요. 엄마라면 저를 죽이고 자기도 같이 죽으려 할 텐데. 여기서 해결하자 싶었습니다.

하지만 간단한 문제가 아니었습니다. 성에 관해서는 미국 쪽이 몇 배쯤 앞서 있다는 인상이 있지만, 종교적인 이유 등도 얽혀 있다 보니 원하지 않는 임신을 했다고 해서 곧장 낙태를 할 수는 없다는 사실을 알게 되었습니다.

인터넷에서 간단히 정보를 얻을 수 있는 시대도 아니었고요.

구미가 교회에서 만난 재미 일본인 여성분과의 상담을 통해 겨우 뗄 수 있었습니다.

아직 콩알만 한 크기도 안 되는 걸 긁어냈을 뿐인데 몸속이 텅 빈 것 같은 기분이었습니다. 어떤 감정도 없는 거예요. 슬프다는 생각조차 들지 않았습니다. 밥이 넘어가지 않는 것이 아니라 허기를 느끼지 않았습니다.

앗. 이번에는 깨경단이네요. 뜨거워라. 안에 든 소도 깨로 만들었어요. 식욕이 없어진 이야기를 하고 있어도 맛있는 음식은 목구멍으로 넘어가네요. 차도 감사합니다.

야위어가는 저를 걱정한 후미카가 죽을 끓여주었습니다. 어렴풋이 사정을 짐작한 같은 아파트 남자애들이 일본에서 가져온 매실절임이나 후리가케*를 죽에 곁들여주었고요. 하지만 넘어가지 않았어요. 억지로 삼키려고 하면 구역질이 나서 토해버려요.

그 밖에도 다들 키미코에 냄비를 가져가서 제가 좋아하는 비

---

* 건야채, 고기 등으로 만들어 밥이나 음식 위에 뿌려먹는 가루

훈국수나 새우완탕수프 같은 걸 테이크아웃해 왔지만 그것도 무리였습니다. 가까스로 목을 통과하는 건 물뿐이었어요. 이대로 굶어 죽어도 상관없다고 생각했습니다.

그러던 어느 날 구미가 교회에 갔다 오면서 제게 먹을 걸 사다주었어요. 식욕이 없을 때는 밥이나 차의 따뜻한 김만으로도 메스꺼워져서 물에도 얼음을 넣어 마셨는데, 거기서 나는 김에서는 그런 느낌이 들지 않았습니다.

달고 온화한 향이 감돌아서 입에 넣지는 않더라도 그 온기에 손을 대보고 싶고, 뺨을 가까이 가져가고 싶은 욕구가 피어올랐습니다. 얇은 종이봉투에 든 그걸 저는 받아들었습니다. 따뜻한 손이 다정하게 감싸주는 듯한 기분이 들었어요. 뺨이랑 이마에 그 종이봉투를 댔더니 눈물이 치솟았습니다.

엄마 손이 생각났어요.

엄마는 보험 외판 일이 바빠서 신경을 많이 써주지는 못했습니다. 그러면서 엄하기는 또 엄해서 얼굴을 마주하고 있으면 뭐라고 잔소리를 해요. 그런데 제가 잠자리에 들면 얼마 안 있어 방으로 들어왔어요. 제 잠버릇이 나쁘니 이불을 바로 덮어주려고요. 그리고 머리나 어깨를 늘 쓰다듬어주곤 했습니다. 엄마가 그렇게 해주면 이불을 발로 차내지 않고 차분하게 아침까지 푹 잠들 수 있었어요.

텅 빈 제가 바라고 있던 건 사람 살 같은 실제 온기였을지도 모른다는 생각이 들었습니다. 아파트 친구들은 친절하게 대해줬지만 손을 잡아주거나 하지는 않았으니까요.

한차례 그 온기를 느낀 뒤에 저는 종이봉투 내용물을 꺼냈습니다. 주먹만 한 크기의 찐만주였습니다. 달콤한 냄새의 정체도 알고 있었어요. 목구멍에 넘어갈 것 같지 않았지만 천천히 한입 깨물어봤습니다.

키미코의 보라색 소에는 설탕이 들어 있지 않아서 고구마의 단맛뿐이에요.

그 단맛이 씹으면 씹을수록 입안에 스며들듯 퍼져갔습니다. 괜찮아, 괜찮아. 머리 한복판에서 그런 소리가 들렸습니다. 그리고 목 안쪽으로 쿵 떨어지더군요. 두 입째를 베어 무니까 또 똑같은 소리가 들리더니 달콤한 소가 말랑말랑한 껍데기와 함께 목 안쪽으로 넘어갔습니다. 쿵 하고 배 속까지 도착해서는 뻥 뚫려 있던 제 몸속 구멍을 메워주기 시작했어요.

세 입째도, 네 입째도, 달콤한 소는 저를 격려하면서 몸에 난 구멍을 메워주었습니다. 마침내 저는 만주를 다 먹었어요. 심지어 하나 더 먹고 싶었습니다. 아니요, 다정한 격려를 더 받고 싶었고 구멍도 완전히 막히지 않았던 것이겠지요.

다들 기뻐했습니다. 구미가 그날 중에 다시 키미코에 가서 일요일 말고도 찐만주를 만들어달라고 부탁했어요.

그 뒤로는 매일 누군가가 키미코에 가서 돌아오는 길에 제 만주를 받아오게 됐고, 제가 자력으로 갈 수 있게 됐을 무렵에는 도키가 그 만주 이름이 되어 있었습니다.

저를 위해 만들어준 그 만주를 잔뜩 사들여서 매일 열두 개씩 먹었습니다. 그 반년 뒤의 모습이 이 뚱뚱한 저예요.

마치 2학년이 됐을 무렵의 유우 같아요. 유우가 살이 찌는 데 위기감을 느낀 이유는 제 경우랑 꼭 닮았기 때문입니다.

다음은 찐만주! 역시 어디 도청기가 있는 것 아닐까요? 하지만 귀여운 크기네요. 이건 평범한 팥소인가요? 진기함을 뽐내는 요리도 신선한 놀라움이 있어서 맛있지만, 마지막에 이게 안 나오면 아쉽죠. 다치바나 선생님은 통팥과 으깬 팥 중에 뭘 더 좋아하세요?

으깬 팥, 똑같네요. 하지만 그런 건 아무래도 상관없으니까 이야기나 계속하라는 얼굴이시군요.

뚱보라는 말이 어떨까 싶지만, 비만이라는 말을 쓰면 그 앞에 좋은 의미를 붙이는 게 이상해질 것 같으니 뚱보라는 표현을 쓰겠습니다.

유우는 건강한 뚱보였어요. 운동신경이 좋고 머리 회전도 빠르지요. 그런 아이를 지도 대상으로 보려고 하지는 않습니다. 하지만 1학년 여름방학이 끝날 무렵부터였나, 그 아이가 눈에 띄게 뚱뚱해지는 게 보였습니다.

입학 때 체중은 84킬로. 2학년 봄 신체검사에서는 104킬로였습니다. 내버려두면 안 되겠다는 생각에 우선 양호선생님에게 상담했어요. 하지만 유우는 몸을 열심히 움직이고 있다면서 그 선생님은 전혀 신경 쓰지 않더라고요.

눈에서 총기가 사라졌다, 수업중 멍하게 있을 때가 많다. 제가 알아챈 사실을 이야기해도 그 나이 때 특유의 문제지 몸이랑은 관계없다고 단언하는 거예요.

학년주임에게 상담해도, 같은 학년 동료나 체육 선생님, 가정 선생님에게 상담해도 답은 마찬가지였습니다. 다들 제 생각이 지나치대요.

시바야마 선생님이 건강관리에 지나치게 신경을 쓰는 거다, 오히려 선생님이 말랐기 때문에 기라 유우가 뚱뚱해 보이는 거 아니냐 하면서요.

온 세상이 다이어트 붐이니 자기도 다이어트를 하거나 늘 최신 다이어트 정보를 구하느라 여념이 없는 교사도 있었는데 비만에 대한 위기감이 없는 겁니다. 이제부터는 그냥 비만이라고 하겠습니다.

하지만 역시 비만의 폐해가 있었는지 어느 날 유우가 무릎에 보호대를 차고 있는 걸 눈치챘습니다. 저는 유우를 불러서 식생활에 관해 질문했지요. 그 아이가 하는 말은 늘 똑같았어요.

"엄마가 만들어주는 도넛이 맛있어서요."

엄마가 매일 밀가루 1킬로 분량의 도넛을 만들어서 그 아이한테 준다더라고요. 계속 그랬냐고 물으니 1학년 여름방학쯤부터 엄청 허기가 느껴져서 평소의 두 배로 일주일에 한 번이었던 걸 매일 만들어주게 됐다는 거예요.

부럽죠? 이렇게 말하며 웃는 유우에게 저는 무슨 일이 있었는지 진지하게 물었습니다. 그런데 그 아이는 싱글싱글 웃으면서 고개를 갸웃할 뿐이었어요. 그렇게 얼렁뚱땅 넘어가려고 한다는 사실만은 느낄 수 있었습니다.

너에게 짐작 가는 곳이 없다면 부모님에게 물어봐야겠구나. 이렇게 말한 순간 그 아이 얼굴이 흐려졌습니다. 살을 뺄 테니 그러지 말아달라고 부탁하더군요.

저도 유우가 도넛을 자제하면 된 거라고 그때는 유우의 요구를 받아들였습니다.

하지만 그 아이는 도넛을 참지 못했던 모양이에요. 대신 동아리 활동 외에도 자율연습을 했다가 무릎과 발목을 다치는 바람에 댄스를 쉬게 됐고, 그길로 동아리를 그만둬버렸습니다.

그때부터는 그전의 두 배 속도로 살이 찌더라고요. 무슨 수를 써야겠다고 결심하고 유우 집에 가정방문을 갔습니다. 유우 어머니는 처음에는 주뼛주뼛하는 눈치였어요. 딸이 학교에서 무슨 문제를 일으켰나 걱정했을지도 모르지요. 그래서 먼저 건강 조사를 위해서 왔다고 알렸습니다. 유우 식생활에 대해 좀 더 고려해보시라고. 그랬더니 갑자기 히스테리를 일으키더니 이렇게 말

쏨하시더군요.

"저는 영양관리사예요!"

그 말만 계속할 뿐 무슨 말을 해도 들으려 하지를 않았어요. 저는 혼자 온 걸 후회했어요. 영양관리사보다 설득력 있는 사람을 데려와야겠다. 이렇게 생각하고 갑작스러운 방문을 사과한 뒤에 돌아가기로 했습니다.

유우 말인가요? 집으로 찾아갔을 때 없는 줄 알았는데 밖으로 나온 뒤에 이층 방에서 내다보는 유우와 눈이 마주쳤습니다.

화난 눈치는 아니었습니다. 제가 잘 아는 눈빛이었어요.

다음 날 유우는 결석했습니다. 그다음 날도. 저는 서둘러야겠다는 생각에 학교 의사와 시청 보건 공무원 둘 다에게 연락을 취했지만 그분들과 상담하기 전에 학교 측으로부터 제멋대로 행동하지 말라는 충고를 받았습니다.

유우 아버지가 민원을 넣었던 겁니다.

맞습니다, 아버지요. 정신상태가 불안정한 그쪽 담임 때문에 우리 집이 아동학대 의심을 받는 걸 유감스럽게 생각한다. 이보다 더 심한 행동을 취한다면 법적인 수단도 검토하겠다고.

저는 그저 더 늦기 전에 유우를 구하고 싶었을 뿐인데.

마지막은 망고푸딩이군요. 이건 키미코에는 없었는데. 행인두부는 있었지만요.

찐만주는 저를 구해주었습니다. 다정한 목소리를 듣고 싶어서, 따스한 격려가 필요해서, 저는 만주를 계속 먹었지요. 그 결과 비만이 되어서 서서히 누구의 목소리도 들리지 않게 됐습니다. 움직이거나 생각하는 것도 귀찮아져서 어느새 방에 틀어박히게 됐지요.

같은 아파트 친구들은 걱정해주었지만 그 목소리도 비난하는 것처럼 들려서 그들의 얼굴을 보는 것도 싫어졌어요. 하지만 친구들은 그 원인이 만주라고는 생각하지 않았을 테지요. 설사 그랬다 하더라도 만주를 먹기까지 어떤 경위가 있었는지를 알고 있기 때문에 저에게서 빼앗을 수는 없었을 테고요.

그런데 어느 날 마침내, 만주를 먹어도 아무 소리도 들리지 않게 됐습니다. 마음이 채워지지 않게 됐어요. 어째서? 왜지? 그렇게 됐을 때 불쑥 어떤 감정이 솟아났습니다.

죽고 싶다.

몹시 졸릴 때의 부드러운 침대처럼 그저 빨려 들어가는 것 같았어요.

이제 완전히 그 생각에 사로잡히기 직전이었습니다. 전화가 걸려왔어요. 국제전화. 엄마였습니다. 제 꿈을 꾸었다면서요.

"목소리에 기운이 없는데 괜찮니? 채소 잘 챙겨 먹어야 돼."

전화 요금이 많이 나온다면서 정말 그 말만 하고 어머니는 전화를 끊었습니다.

채소, 채소……. 아파트 공동 주방 냉장고를 열어보니 후미카

칸에 굵은 박만 한 오이가 있었습니다. 저는 수분을 잔뜩 머금은 그 오이를 베어 먹고 싶었어요. 후미카 방문을 두드려서 오이를 먹어도 되겠냐고 물었더니 놀란 눈치로 괜찮다고 하더군요.

식칼로 끄트머리만 잘라내고 덥석 베어 물었습니다. 입안 가득 수분이 퍼져가는 동시에 머릿속 안개가 조금 걷힌 듯한 느낌이 들었어요.

이제껏 만주와 겹쳐져서 들리던 소리는 무엇이었을까? 그건 제가 듣고 싶어하던 소리일 뿐, 몸속에서 자연스럽게 발생하는 감정, 몸의 소리가 아니었어요. 마음의 소리가 몸을 잠식하려고 했던 것인가?

그날부터 저는 제 마음이 아니라 몸의 소리에 귀를 기울이게 됐습니다. 건강한 상태를 유지하기 위해 내 몸은 무엇을 원하고 있는가? 반대로 눈앞에 있는 음식은 지금 필요한가? 정해진 시간에 세끼 챙겨 먹기를 그만두었습니다. 산책을 하거나 걷거나 몸이 요구하는 운동을 했고요.

그렇게 해서 반년 뒤에 귀국할 때는 일본을 나설 때와 같은 체중으로 돌아가 있었습니다. 특별한 다이어트는 아무것도 하지 않았어요. 그저 몸의 소리에 귀를 기울였을 뿐.

자기 안에 마음의 소리가 있는 건 알면서도 몸의 소리가 있다는 건 모르는 사람이 많다고 생각해요. 마음의 소리는 응석받이에 나태합니다. 적어도 제 마음의 소리는. 때로는 귀 기울일 필요가 있지만 그런 건 정말로 가끔이면 된다고 생각합니다.

저는 유우에게 그걸 전하고 싶었어요. 유우에게 직접 도달할 것 같지 않아서 그 아이 어머니가 전해주기를 바랐고요.

분명 도넛에서 뭔가가 들렸을 겁니다. 유우의 마음이 요구하는 목소리가. 하지만 일단 뚜껑을 덮고 몸의 소리를 들어주기를 바랐습니다. 그랬다면 잘하는 댄스도 다시 할 수 있었을 텐데.

아무것도 전하지 못한 채 유우는 학교를 그만둬버렸습니다.

그 뒤 가족이 도쿄로 이사했다고 들었습니다. 유우가 살이 빠졌다는 이야기도 들었고요.

저는 그 소식을 듣고 안심했습니다. 유우가 성형으로 살을 뺐다는 사실을 안 건 더 뒤의 일입니다.

살이 쪄도 건강하면 문제가 없듯 살을 빼는 것 자체에는 큰 의미나 가치가 없다고 저는 생각합니다. 살을 뺐다 해도 유우가 몸의 소리와 마주하지 않았다면 마음의 소리가 계속해서 들렸을 테니까요.

하지만 그 여름날, 그 소리는 들리지 않게 됐습니다.

다치바나 선생님이 듣기에는 이상한 억지 같은 불쾌한 이야기였을 수도 있습니다만, 사과하지는 않겠습니다.

선생님이 이렇게 관계자의 이야기를 들으면서 무얼 하시려는지는 모릅니다. 하지만 결코 책임 전가를 하려는 게 아니라 담임을 맡았던 사람으로서 알게 된 사실을 말씀드리자면, 먼저 망가진 건 어머니 쪽입니다. 그리고 이건 어디까지나 추측인데 남편 분, 유우 아버지의 귀국이 영향을 미친 게 아닐까 생각합니다.

제 눈이요? 마지막으로 그걸 물으시는군요. 뭐, 옛날 사진을 보여드리고 말았으니. 설마 그걸 궁금해하고 계셨을 줄이야.

이 쌍꺼풀은 성형이에요. 몸의 소리에 귀를 기울여도 눈꺼풀은 달라지지 않으니까요. 아시안 뷰티 따위는 나가 죽으라고 하세요.

유의미한 티타임, 감사했습니다.

정말로 왔네, 히사노.

뭐야 이거, 선물이야? 슈크림 같은 거 필요 없어. 현관에 놔둘 테니까 잊지 말고 가져 가.

냉장고에 넣어야 된다고? 귀찮게. 절대 잊어버리지 마.

슈크림 싫어하냐고? 아니, 엄청 좋아해. '백장미당' 건 특히. 커스터드크림의 노란색이 다른 가게랑은 다르거든. 달걀에서 이렇게 깊은 맛이 나는구나 감동하게 돼. 하지만 필요 없어.

히사노에게 맛있는 과자를 받을 권리, 나한테는 없을 테니까.

액자 같은 거 빤히 보고 있지 말고 어디 적당한 데, 거기 노란 방석 위에라도 앉지 그래. 좁으면 거기 잡지 대충 포개서 공간을 확보해봐. 네가 온다고 굳이 치워놓지는 않았거든. 볼일이 있는 건 그쪽이니까.

다른 데서 봐도 됐다고? 그야 히사노 넌 그렇겠지. 설령 주위 사람들한테 다치바나 히사노라는 게 들켜도 그건 좋은 의미일 뿐이고 눈살을 찌푸리거나 수군거리지는 않을 거잖아. 변함없이 자기 생각밖에 못 하는 사람이네.

창문을 십 초쯤 열어도 되냐고? 이 타이밍에? 점점 여기가 초등학교 교실처럼 보이기 시작하네. 마음대로 하세요. 한동안 요리도 안 했고, 어질러져 있기는 해도 부엌 쓰레기는 잘 버리고 있으니까 냄새가 고여 있을 것 같지는 않지만.

혹시 공기 자체가 정체된 느낌이야? 내가 내뱉은 공기 따위 최대한 들이쉬고 싶지 않다는 뜻인가? 뚱보 균에 감염되니까? 그건 아닌가.

나 지금, 너보다 체중이 적게 나갈 테니까.

인간의 몸이 참 신기해. 살을 빼고 싶다고 바랄 때는 아무리 단 걸 참고 먹은 걸 몇 번씩 토해도 1그램 줄기는커녕 늘어날 때도 있었는데, 아무래도 상관없어지면 사람 일인분 체중이 사라질 정도로 살이 빠지기도 하니까.

아니, 사라진 게 아닌가? 뜯겨 나간 거구나.

살가죽은 물에 불은 것처럼 통통하고, 그야말로 빈껍데기 같은 상태야.

나는 홍차 마실 건데 너도 마실래? 사과향 얼그레이, 딸이……

유우가 좋아하던 차인데.

마시겠다고? 그럼 끓여서 대령할게. 나한테 그럴 권리는 없을 것 같지만. 여왕님의 바람이시라면. 됐으니까 앉아 있어.

히사노, 유우에 대해서 물어보고 다닌다면서?

어떻게 아냐니. 너나 내가 태어나고 자란 이 동네가 그런 곳이 잖아. 집에만 틀어박혀 있는 나한테도 소문이랑 험담만은 전해지는. 말이 그렇다는 거고 실은 며칠 전에 호리구치랑 기에 선생님이 여기에 왔다 갔어. 유우한테 향을 올리고 싶다면서. 호리구치는 겐타 말고 아들인 세이야.

재밌지 뭐야. 둘 다 나를 못 알아보고 친척이나 다른 누구라고 착각했으니. 기에 선생님은 대놓고 야에코 씨 몸 상태는 좀 어떠냐고 물어보지를 않나.

그 말에는 웃음이 다 나더라. 며칠, 아니, 몇 달, 더 됐나, 몇 년 만이지. 웃은 게. 나, 기에 선생님은 좋아했거든. 살찐 사람끼리의 동지의식 같은 거 아니야. 열심히 오지랖을 부리는 게 대학 때 친구랑 닮아서.

호리구치는 차를 내줬을 때쯤 알아차렸는지 말을 못 잇더라. 다정한 애야.

그보다 히사노. 나, 변한 것 같지 않아? 너한테 대고 이렇게 수다를 늘어놓다니. 옛날에는 용건 하나 전달하는 데도 얼굴이 새빨개지고 땀이 나서 말도 제대로 못 했는데.

그게 내 성격이니까 어쩔 수 없다고 생각했어. 천성이 어두운 요코아미 야에코.

뚱뚱한 것도 체질이니까 어쩔 수 없다고 생각했어. 요코즈나 요코아미 야에코.

친구가 안 생겨도 돼. 꾸미지 못해도 돼. 주목받는 건 신체검사 때뿐.

하지만 어쩔 수 없는 일 같은 건 없었어. 단지 그렇지 않다고 말해줄 사람을 내가 못 만났을 뿐. 이 마을에 그런 사람이 없었을 뿐이야. 그러니까 도쿄만큼 대도시는 아니지만 이 마을보다는 많은 사람이 모이는 고베로 나를 보내준 부모님께 무척 감사하고 있어.

지금 나에 대해 어떻게 생각하든 말이야. 요즘 나 때문에 노이로제 걸리기 직전인 모양이더라.

진학한 건 단과대학. 영양사가 되고 싶었거든.

와, 알 것 같다. 다들 이런 얼굴을 하더라. 지금 너처럼.

먹는 걸 좋아하나 보다. 요리를 좋아하나 보다. 그래서 살이 쪘나 보다. 혹은 그 역순으로 상상한다는 증거야. 게다가 마음대로 상상을 부풀리는 사람도 있어. 폭음폭식을 해서 살찐 몸을 정상으로 되돌리기 위해 영양에 대해 올바로 배우고 싶은가 보다. 요는, 살을 빼기 위해 공부한다는 거지.

쓸데없는 참견이야. 전부 엉터리고.

나는 그냥 할머니가 좋아하는 음식을 해드리고 싶었어.

있잖아, 히사노, 믿어져? 나, 어렸을 때 유치원에 들어가기 전에는 내가 예쁘다고 생각했어. 할머니가 매일 그렇게 말해줬으니까. 그런데 유치원에 들어가니까 아무도 나한테 그런 말을 하지 않더라고. 그러기는커녕 뚱보니 돼지니 놀리기만 해.

대체 어떻게 된 거야? 내가 울면서 물어봤더니 할머니는 내 머리를 다정하게 쓰다듬으면서 말씀하셨어.

하느님은 모든 사람에게 저마다 다른 눈을 내려주셨단다. 그렇지 않으면 모두 똑같은 걸 갖고 싶어서 쟁탈전이 벌어질 테니까.

바로 이해한 건 아니야. 내 주위에는 같은 눈을 가지고 있다고밖에 생각할 수 없는 사람들뿐이었으니까. 거짓말쟁이라면서 할머니를 탓한 적도 있어.

그런데 히사노, '런던옥' 기억해? 상점가 입구에 있던.

튀김 빵 전문점? 그런 식으로 말할 수 있겠구나. 이제까지 그 집을 무슨 가게라 부르면 될지 몰랐는데 바로 그거네.

피로시키*, 튀긴 카레빵, 튀긴 크림빵, 도넛, 팥도넛, 꽈배기, 그 가게에서 팔던 건 전부 튀긴 빵이었으니까. 피로시키인데 런던이라 헷갈렸는지도 모르겠다.

---

* 밀가루 반죽에 고기나 채소, 소시지 등의 소를 넣고 구운 러시아식 빵

허리가 굽은 할머니가 혼자 열심히 피로시키를 싸서 튀기고 있는 모습을 가게 앞에 서서 바라보는 걸 무척 좋아했는데, 엄마한테 들켜서 게걸스러워 보이니까 그만두라고 혼이 났지.

히사노 너도 그 집 피로시키 좋아했어? 비교 대상이 없어서 피로시키는 그런 거라고 생각했는데 지금 생각해보면 퀄리티 높았어.

도쿄의 러시아 레스토랑에서 나오는 것보다 맛있구나. 이제는 먹을 수 없으니까 기억 보정이 들어간 측면도 있겠지만 과장이라고는 생각지 않아.

내가 너랑 동류인 척할 권리는 없지만 말이야.

어쨌든 '런던옥' 단골손님 대부분은 피로시키가 목적이었겠지만 우리 할머니는 아니었어. 도넛을 좋아했거든. 초콜릿을 입힌 것도 아니고 크림이 들어 있지도 않은. 한가운데에 구멍이 뚫린, 설탕만 뿌린 심플한 도넛. 게다가 그래뉴러당이 아니라 보통 백설탕이었어.

그걸 곧잘 사 왔어. 할머니가 나를 부르면 둘이 마루에 나란히 앉아서 먹는 거야. 할머니는 맨손으로 도넛을 집은 다음, 그걸 곧장 입으로 가져가지 않고 눈앞에 들고 있었어. 태양을 바라볼 때처럼 살짝 고개를 들고.

뭐가 보일까 늘 궁금했지만 어린 마음에도 물어보면 안 될 것 같아서 도넛을 먹으며 잠자코 그 모습을 지켜봤어.

왜 물어보면 안 된다고 생각했냐고? 질문이 직설적이네. 타인의 세계를 비집고 들어가도 사람들이 그걸 싫어하리라고는 꿈에도 상상해본 적 없지? 설사 상대가 이제는 만날 수 없는 사람을 마음속에 떠올리고 있다고 해도.

하지만 잠자코 있더라도 물끄러미 보고 있으면 가르쳐달라고 말하는 거나 매한가지니까 나도 똑같나? 아아, 미안. 또 뻔뻔한 말을 해버렸네. 하지만 오늘은 사과 따위 접어둘게. 네 쪽에서 날 찾아왔으니 애초에 내 주제가 어떻고 할 필요는 없겠지만.

어느 날 할머니가 도넛 너머로 아들이 보인다고 가르쳐줬어. 우리 아버지 말고. 아버지보다 열 살 어린 남동생이 있었다는 걸 그때 처음 알았지. 다섯 살 되던 겨울에 폐렴으로 죽었대. '런던옥' 도넛을 아주 좋아해서 생일에 나이만큼 선물 받는 걸 고대하고 있었다나 봐.

유복하지는 않았지만 도넛을 사주지 못할 정도로 가난하지도 않았어. 마지막이 언제일지 알고 있었다면 매일 다섯 개든, 열 개든, 보통 사람이 평생 먹을 만큼 사 먹였을 텐데.

쓸쓸한 얼굴로 이렇게 이야기하는 할머니 말에 나는 코를 훌쩍일 수밖에 없었어. 할머니 아들, 아버지 동생을 떠나 나와 나이 차도 안 나는 어린 애가 도넛을 먹고 싶어하면서 죽었다는 게 불쌍하게 느껴졌어.

할머니는 이런 말도 했어.

그래도 슬프지는 않단다. 이렇게 도넛을 들여다보면 그 애가 저쪽 세계에서 행복하게 지내는 모습이 보이거든. 매일 도넛을 맛있게 먹고 있지. 이제 다 큰 어른인데 말이야.

그 말을 듣고 나도 도넛을 들여다봤더니 할머니 웃는 얼굴이 보여서 도넛 구멍은 보고 싶은 것을 비춰주는 마법 거울 같다고 생각했어. 그전까지는 그냥 손가락 거는 곳 정도로밖에 생각하지 않았는데.

그렇게 늘 도넛을 즐겨서인지 할머니도 꽤 비만형이어서 당뇨병에 걸리고 말았어. 같은 시기에 '런던옥' 할머니도 돌아가셔서 가게도 문을 닫았기 때문에 마침 잘됐다 정도 생각이었는데…….

그건 그렇다 치더라도 '런던옥' 할머니는 대단해. 돌아가시기 이틀 전까지 피로시키를 튀기고 있었으니까. 아흔여섯 살이었대. 유족에게 부탁해놨는지 장례식에서 비틀스 곡으로 떠나보냈다더라. 그러고 보니 가게 안쪽에 있던 카세트라디오에서 늘 흘러나오고 있었지. 카세트라디오라니.

뭐, 그건 됐고. 할머니는 날이 갈수록 약해졌어. 전반적인 식사 제한도 고통스러웠을 테고 증상도 무거웠던 모양이지만 정신적인 면에서는 도넛을 못 먹은 게 크지 않을까 생각했어.

그래서 먹지 않아도 되니까 구멍이라도 들여다볼 수 있게 해드리자는 생각으로 시판 도넛을 할머니한테 사드렸는데 이게 아니라는 느낌이 너무 강했는지 반대로 침울해지신 거야.

없었거든. '런던옥' 같이 심플한 게. 그래서 직접 만들어보기로 했지. 간단할 줄 알았는데 완전 실패였어. 겉은 바삭하고 속은 촉촉, 식은 뒤에도 그게 유지되는 도넛이라니. 시판 도넛 믹스를 써봐도, 질 좋은 재료를 모아서 반죽부터 해봐도 재현할 수가 없더라고.

하물며 당뇨병 환자용으로 칼로리를 낮추자니 어디를 어떻게 하면 좋을지.

그래서 영양학을 배우기로 한 거야.

서론이 길었지. 거기서 만난 사람 이야기를 할 생각이었는데.

흥미로웠다고? 대체 어디가? '런던옥' 피로시키가 그리워지기라도 한 건가.

뭐, 어쨌든 상관없어. 대학에서 만난 사람은 시로야마 메구미. 같은 학과인데 그쪽에서 먼저 말을 걸어왔어. 여름 되기 전쯤이었나. 집에 같이 가자면서. 가냘프고 피부가 희면서 키는 작은데 눈이 동글동글해서 아이돌처럼 귀여웠어. 그런 사람한테 내가 제대로 대꾸할 수 있을 리 없지.

아니, 저기, 그게. 얼굴에서 땀이 솟았어. 그런데 그 애는 기분 나빠하는 기색도 없이 덥지 하면서 땀 한 방울 나지 않은 얼굴을 한 손으로 부치더니 차를 마시러 가재. 맛있는 카늘레 가게가 있다면서.

카늘레가 뭐냐고 물을 수도 없고. 나는 횡설수설 대답을 하고 따라갔어. 사기라도 당하는 거 아닐까? 영어회화 교재를 강매당하는 게 아닐까? 그런 불안도 피어올랐어.

점점 머리가 새하얘지는 바람에 가게까지 어떤 길로 걸어갔는지도 생각이 안 나. 어떤 이름의 무얼 시켰는지도. 하지만 카늘레 맛은 기억해. 살짝 쓴맛이 나서 별로 맛있다는 느낌은 없었어. 하지만 겉의 바삭한 감촉이랑 속의 쫄깃한 식감은 내가 목표하는 도넛에 응용할 수 있지 않을까 싶었지.

카늘레 레시피를 입수하고 싶다. 유행하고 있다면 전문서적도 나와 있을지 몰라. 멍하게 생각하고 있었더니 커다란 눈이 불쑥 다가왔어. 보아하니 메구미가 좀 전부터 나한테 계속 뭔가 이야기하고 있었던 모양이야. 나는 그걸 알아채지 못했고.

나는 있지, 공기 귀마개를 가지고 있어. 뚱보니 돼지니 요코즈나니 나한테 상처 주는 말이 날아올 기색이 보이면 자연스럽게 소리를 차단할 수 있거든. 엄청난 능력이지? 어떤 의미에서는 너희가 준 선물이야.

나왔다. 무슨 말을 하는 거지 하는 어리둥절한 얼굴. 그 얼굴이랑 똑같은 능력이야, 내 공기 귀마개도. 뭐, 됐어. 시간 낭비지. 메구미 씨는 이렇게 말하고 있었어.

"옷은 어디서 사?"

숨이 멎을 뻔했어. 자동적으로 공기 귀마개가 작동된 게 이해되었지. 그날 나는 분홍색 민무늬 블라우스에 감색 플레어스커트 차림이었어. 대체로 매일 그런 복장을 하고 있었거든. 나로서는 대학에 다니기 위한 최소한의 이상하지 않은 복장이라고 생각했어.

그런데 구입 장소를 물어본다는 건 명백히 어울리지 않는다는 말이랑 마찬가지잖아?

근사해서 자기도 똑같은 걸 사려고 물어봤다고? 같은 질문이라도 너한테 했다면 그랬겠지.

나한테 물은 거야. 요코즈나 80킬로 요코아미 야에코한테. 네가 제일 잘 아는 내 모습을 떠올리면서 들어봐.

64킬로 아니냐고? 진심으로 열 받기 시작하네. 그런 건 애저녁에 지났지. 너희한테는 엄청난 숫자였다고 해도.

나는 메구미한테 딱히 다니는 가게는 없다고 대답했어. 분명히 말했는지 어떤지는 자신 없어. 하지만 그 애는 그런 건 아무래도 상관없었던 거야. 이렇게 말을 잇더라.

"언니가 도쿄에서 디자인 일을 하는데 이번에 이쪽으로 내려오니까 같이 만나러 가지 않을래? 야에한테 어울리는 옷이 많이 있을 거라고 생각해."

역시 물건을 팔 생각이었어. 비싼 옷을 강매당할 거야. 그 김에 보석까지 팔려 들지 몰라. 그런데 그 애 말에서 가장 신경 쓰였던 건 그 부분이 아니었어.

야에. 그때까지 인생에서 나를 그렇게 불러준 사람은 하나도 없었어. 다들 요코아미. 성이 아니라 이름으로 부르는 사람은 가족뿐이야. 그것도 야에코. 할머니도 그렇게 불렀어.

게다가 메구미가 자기를 메구라고 불러줬으면 좋겠다고 하는 거야. 남을 경칭 없이 부르는 건 처음이었어. 게다가 애칭이라니. 드라마나 만화에서는 당연한 일이지. 반에서도 당연한 일이고. 하지만 그건 나 아닌 사람들한테나 그렇지. 정말로 그래도 될까? 나는 확인하듯 물었어.

"나한테 그럴 권리가 있어?"

메구미, 메구는 처음에 놀란 얼굴을 했다가 이내 웃음을 터뜨렸어.

"이상해, 그런 데 권리라니. 착실한 사람이구나, 야에는. 아니지, 야에라 불러도 되겠습니까, 교관님!"

메구는 이렇게 말하고 경례를 했어. 그 동작이 어찌나 귀엽고 웃긴지, 나도 경례하며 말했지.

"좋다! 허가하겠다!"

비싼 다이아몬드를 강매당해도 상관없다고 생각했어. 이런 행복한 기분을 느끼게 해준다면.

그 주말에 메구네 집에 갔어. 메구는 학교도 집에서 통학했거든. 명품 가방을 자연스럽게 들고 있어서 부잣집이겠구나 했는데 생각한 그대로였어. 너희 집이랑 비슷하다고 할까.

어머니가 요가 교실을 하고 있어서 단층짜리 스튜디오 같은 별채가 있었는데 나는 그곳으로 안내를 받았어. 마침 메구네 언니가 커다란 박스에서 꺼낸 옷을 수납장에 걸고 있는 참이었지. 하지만 메구 집에서 만났으니까 언니라는 걸 알았지, 다른 데서 만났으면 전혀 연상이 안 될 정도로 둘이 안 닮았더라고. 아니, 얼굴은 많이 닮았어.

다른 건 체형. 키가 엄청나게 커. 메구나 나보다 머리 하나쯤.

배구 선수였다는 말을 듣고 이해가 갔어. 게다가 올림픽 대표 선수였던 모양이야. 언제일까? 서브를 한 번 넣었을 뿐이라면서 겸손하게 말했지만 그런 차원이 아니잖아.

대단한 사람을 만났구나 싶어 온몸이 딱딱하게 굳어서 인사도 변변히 못 했어. 그런 나한테 메구의 언니, 지카 씨가 말했어.

"옷은 어디서 사?"

자매가 똑같은 질문을. 게다가 지카 씨는 이렇게 말을 이었어.

"진짜 아깝다."

나는 그날 초록색 튜닉에 검은 바지를 받쳐 입었어. 날씬해 보이지는 않지만 내 체형이랑 안 맞는다고 생각하지는 않았거든. 오히려 튜닉은 나 같은 체형을 가진 사람을 위해 존재한다고 믿었어.

"야에는 자기가 뭘 입어도 어울리지 않는다고 생각하는 거 아냐?"

지카 씨한테서 결국 '어울리지 않는다'는 말이 나왔어. 그야 당신 같은 모델 체형은 뭘 입어도 어울리겠죠. 부아가 나기도 했어. 그런 나를 보고 지카 씨가 잠깐 기다리라더니 글쎄 그 자리에서 옷을 벗지 뭐야. 그러고는 그때까지 입고 있던 옷이랑 비슷한 디자인의 니트와 바지로 갈아입었어.

"어때, 근사해?"

지카 씨는 허리에 손을 대고 모델 같은 포즈를 취하면서 나를 향해 미소 지었어. 그 모습을 보고 나는 고개를 갸웃했지. 근사하지 않아. 멋지지 않아.

"사실대로 말해도 돼. 촌스럽고 뚱뚱해 보이지?"

그 말이 맞았어. 지카 씨는 말을 이었지.

"인생의 거의 대부분을 배구에 쏟았거든. 고등학교는 S상고. 전국대회에서 삼 년 연속 우승한 실적도 있는 강호야. 감독도 일본 대표 출신으로 몇십 년도 더 전부터 '파워 배구'를 제창해왔고. 간단히 말해 연습시간의 거의 반이 근육운동에 쓰였어. 역도 대회에 나가도 그럭저럭 성적을 거둘 수 있지 않을까 싶을 정도로. 그러니까 봐, 어깨랑 허벅지가 상당하지?"

그 두 군데에 근육이 붙어 있다는 건 옷이 빵빵하게 부풀어 오른 것만 봐도 명백했기 때문에 나는 고개를 크게 끄덕였어.

"……그 사실이 들통나면 안 되거든. 그런 옷은 옷 자격이 없어."

이렇게 말하더니 지카 씨는 다시 옷을 벗고 처음에 입고 있던 니트와 바지를 걸쳤어. 어라 싶었지. 지카 씨가 한 사이즈 가늘고 길어진 것처럼 보였으니까.

"어때, 근사해?"

나는 말없이 고개를 크게 위아래로 끄덕였어. 지카 씨는 기쁘게 웃더니 내 맞은편, 요가 스튜디오의 부드러운 바닥 위에 책상다리를 하고 앉더라. 그렇게 해도 무릎이 바지 천을 압박하는 것 같지 않았어. 옷감이 몸의 움직임에 맞춰 흐르는 것처럼 보이지 뭐야.

"운동에 열중하는 사람은 멋을 부리는 데에는 관심이 없다고 생각되기 일쑤지만 그렇지 않아. 나는 옛날부터 예쁜 옷 입는 걸 좋아했거든. 하지만 근육을 키우면 키울수록 내가 입고 싶은 옷이 안 어울리게 되는 거야. 그래도 운동에서 결과가 나오는 동안에는 그런 건 아무래도 상관없다 싶었지만. 어깨가 망가져서 은퇴한 뒤의 허무함이란. 제로가 된 게 아니라 부채를 끌어안은 기분이었어. 다행히 나는 옛날부터 싫증을 잘 내서 한 가지 일을 오래도록 고민하고 그러지 못하거든. 좋아하는 걸 하면 되지 하고 패션 전문학교에 다니기로 했어."

나는 새삼스럽게 스튜디오 안에 놓인 수납장을 바라보았어. 거기에 걸려 있는 색색깔 옷은 전부 지카 씨가 만든 걸까?

"전부터 의문이었던 게 있어. 옷을 고를 때 어째서 가슴, 허리, 엉덩이, 이 세 사이즈만 기준이 될까? 이 사이즈가 똑같아도 체형이 똑같으리라는 법은 없잖아. 가슴과 허리 사이즈에 맞춰서 상의를 골라도 어깨나 팔이 들어가지 않을 때도 있고, 허리랑 엉덩이 사이즈로 바지를 고르면 허벅지가 들어가지 않을 때도 있어. 그럼 어깨나 허벅지에 근육이 붙어 있는 건 나쁜 거야? 노력의 산물인데? 다른 부분도 마찬가지. 옷에 몸을 맞추는 게 아니라 몸에 옷을 맞추면 돼. 뭐 이런 생각을 하면서 디자인 공부를 했지. 콘셉트는 "운동선수도 멋 부리기를 즐기자!"

나는 지카 씨를 홀린 듯이 바라보았어. 얼굴이나 스타일, 옷 같은 게 아니야. 인간으로서 멋지다 싶어서. 하지만 지카 씨 옷은 나한테는 어울리지 않을 것 같았어. 나는 운동뿐만이 아니라 뭔가를 특별히 열심히 한 적이 없었으니까. 그래서 말했지.

"저한테는 그렇게 근사한 옷을 입을 권리가 없어요."

지카 씨 이미지로 볼 때 웃어넘길 줄 알았어. 메구가 그랬던 것처럼. 그래주기를 바란 것도 같아. 어정쩡하게 동정할 바에야. 멋대로 자기가 위에 있다고 생각하고 손을 내미는 사람이 정말 싫었거든. 종례 시간에 요코아미를 요코즈나라 부르는 건 옳지 않다고 생각합니다 같은 발표를 하는 애.

지카 씨는 웃지도 않았고 동정 어린 말을 하지도 않았어.

"야에는 멋있어."

지카 씨는 진지한 얼굴로 이렇게 말하더니 메구에게 그거 좀 가져와줘 하고 부탁했어. 메구가 가지고 온 건 검은 바탕에 커다

란 푸른 장미가 화려하게 피어 있는 원피스였어. 디자인 자체는
딱 떨어지는 심플한 옷인데 군데군데 주름이 잡혀 있었지.

"이거 입어봐."

지카 씨가 이렇게 말하며 건네줬지만 나는 일어설 수가 없었
어. 꽃무늬 옷이라니 입어본 적도 없었거든.

"정말이지, 야에는 엉덩이가 무겁다니까."

메구가 욕처럼 들릴 수도 있는 말을 하면서 팔을 잡아끄는 바
람에 나는 마지못해 방구석에서 옷을 갈아입었어. 그랬더니 박
수 소리가 들렸지. 메구가 기쁘다는 듯 손뼉을 치고 있는 거야.

"봐, 역시!"

메구는 이렇게 말하고 의기양양한 얼굴로 지카 씨를 봤어. 지
카 씨는 내 쪽으로 달려와서 어깨랑 소매 부분을 정돈하더니 한
발 물러서서 나를 바라봤고.

"정말 멋지다. 상상 이상이야."

놀리는 줄 알았어. 하지만 메구한테 이끌려서 거울이 붙어 있
는 벽 앞으로 가서는 숨을 삼켰어. 허리 라인에 굴곡이 있는 거
야. 바보 같은 감상이지? 하지만 먼저 거기에 제일 감동했어. 그
리고 전체에 눈이 갔지. 팔이랑 배랑 엉덩이, 어디에도 옷감이
당겨진 곳이 없는 데다 입체적인 실루엣을 이루고 있지 뭐야.

"블루로즈가 어울리네."

메구가 말하기 전까지는 무늬가 뭔지 신경 쓰이지도 않았어.

그러기는커녕 무늬가 라인을 만든 덕분에 내 원래 체형과는 다른 부드럽고 훤칠한 곡선이 생겼음을 깨달았지.

메구가 구두를 가지고 왔어. 3센티 정도 굽이었는데 키가 쑥 자란 느낌이 드는 거야. 치렁치렁 늘어뜨리고 있던 머리카락을 그 자리에서 반 머리로 올렸더니 목까지 길어진 것 같고. 쌀알만 한 담수진주로 된 긴 목걸이를 걸었더니 한층 더 가늘어 보였지.

거울 속 내 모습에서 눈을 떼지 못하고 있는데 지카 씨가 내 옆에 서더니 말했어.

"아에, 다음 달 쇼에 모델로 참가해줄 수 없을까?"

나는 다시 굳어졌어. 쇼? 모델? 내 사전이라는 게 있다면 그런 말은 어디를 뒤져보아도 실려 있지 않았을 거야.

지카 씨는 내 긴장을 풀어주듯 다정하게 설명했어.

다음 달에 도쿄에서 신인 디자이너 컬렉션이 개최되는데 지카 씨도 나가게 됐다. 모델도 전부 구했지만 한 사람이 다리를 다쳐 버렸다. 지카 씨 모델은 저마다 체형이 다르기 때문에 다친 모델이 입을 예정이었던 옷을 다른 모델이 소화할 수는 없다. 그래서 메구에게 상담했더니 자세한 사이즈는 모르지만 그 옷이 분명 어울릴 만한 애가 있다면서 나를 데려왔다.

정리해보면 간단하지만 아 그렇군요 하고 바로 수긍할 수는 없지. 모델이라잖아. 게다가 도쿄에서 하는 쇼의.

게다가 나한테는 역시 순수하게 받아들이지 못하는 측면이 있었어.

"이 옷 콘셉트는 '뚱보한테도 어울리는 옷'인 거군요."

근사한 옷을 만든 사람에게 나는 터무니없이 무례한 말을 입에 담았어. 지카 씨는 불쾌한 기색이라고는 전혀 보이지 않았지. 하지만 조금 화나기는 했던 것 같아.

"'뚱보한테도'가 아니야. 이 체형이기 때문에 어울리는 옷이야. 두 번 다시 자기를 비하하는 의미에서 뚱보라고 해선 안 돼."

메구도 거기에 가세했어.

"맞아, 야에. 내가 이 옷을 입으면 장미에 완전히 잡아먹혀버리거든. 옷감만 걸어 다니는 느낌. 창문 한쪽에 묶어놓은 커튼 뭉치를 세워놓은 거나 매한가지야. 체형에 트집을 잡는다 하더라도 요점이 틀렸어. 평소에 아래만 보고 다녀서 등이 굽었잖아. 지금처럼 쫙 펴야지."

옷 덕분인지 평소에는 올려다보던 내 시선이 메구의 시선과 정면으로 마주쳤어. 본 행사까지 포즈나 걷는 방법 등을 둘이서 전력을 다해 도와주겠다는 약속을 받고 나는 패션쇼에 참가하게 됐지.

인생의 혁명이었어.

기라 지카 씨는 내 동경의 대상이었어.

왜 그래, 히사노? 차 한 잔 더 하고 싶어?

성? 기라야. 기라 고즈케노스케吉良上野介* 할 때의 기라.

내가 히사노 네가 듣고 싶은 내용이랑 전혀 상관없는 이야기를 하고 있는 줄 알았지? 도중에 지루하다는 얼굴을 하더라고. 그러더니 '기라'라는 말이 들리는 순간 눈을 번쩍 뜨더라. 가부키 배우인 줄.

지카 씨를 만난 날 본채에서 저녁을 같이 먹자는 제의를 받았지만 나는 사양하기로 했어. 메구나 지카 씨 부모님이랑 만나는 게 긴장되기도 했지만 구두를 사고 싶어졌기 때문이야. 굽이 높은 구두는 내 체중을 지탱하지 못할 거라고 생각해서 손에 들어보지도 않았는데, 메구가 신겨준 구두는 다리에 그리 부담이 되지 않았어.

걷는 연습을 해야 하니까. 이렇게 나 자신에게 변명하기도 했지만 더 큰 의미에서 한 걸음 내디딜 수 있는 무언가가 필요했다고 생각해. 그걸 기념할 만한 날에 사고 싶었어.

그래, 그래, 구두 이야기에는 흥미가 없다는 거지.

네가 그걸 가지고 오지 않았다면 지금 당장 내쫓고 싶은데.

지카 씨 개인사에 대해 안 건 그 직후였어. 학교에서도 메구랑 같이 다니게 돼서 둘이 점심을 먹고 있을 때였나. 캐물으려고 했던 건 아니야. 지카 씨를 동경하는 마음을 마음대로 입 밖에 꺼

* 에도시대 중기 막부의 신하

235

냈을 뿐.

"미인에 실력 좋은 디자이너니까 분명 인기 많겠지?"

이렇게 말했더니 메구가 웃음을 터뜨리더라고.

"인기고 뭐고, 언니 벌써 결혼했어."

그러는 거야. 지카 씨가 실업팀 선수로 소속해 있던 회사 사람인데 지카 씨의 엄청난 팬이어서 쫓아다녔다나. 그런 이야기를 듣기도 해서 꽤 익살스러운 타입을 상상했는데 실제로 만나보니 엄청 잘생긴 사람이어서 놀랐어. 키도 지카 씨보다 크고, 잘 어울리는 한 쌍이었지.

쇼를 보러 왔거든. 나한테도 정중하게 인사하더니 지카 옷의 매력을 끌어내주는 사람이라며 칭찬까지 해줬어. 나는 지카 씨 남편 게이이치 씨한테 호감을 느꼈어. 물론 지카 씨 파트너로서.

쇼는 대성공이었어. 내가 모델로서 충분히 해냈는지 어땠는지는 몰라. 런웨이가 터무니없이 길었다는 기억이 있을 뿐. 하지만 끝난 뒤에 지카 씨 앞에 바이어들이 길게 줄을 선 걸 보니 나도 조금은 공헌한 게 아닐까 자신감을 가질 수 있었어. 내 사진을 찍어 가는 사람도 있었고.

물론 지카 씨한테도 어떻게 반응해야 좋을지 모를 정도로 감사의 말을 들었어.

"아에 덕이야. 아에가 있어주어서 다행이었어."

태어나서 처음 듣는 말을 지카 씨는 쇼 때의 그칠 줄 모르던

박수처럼 나한테 쏟아부었지.

감사해야 할 사람은 나인데. 인생을 바꿀 정도의 경험을 선사해주었는데. 나는 그 마음을 조금도 전할 수 없었어. 울어버렸거든. 그저 감사합니다라는 말을 되풀이하는 게 고작이었지.

계속 같이 있고 싶었어.

지카 씨 부부는 평소에 도쿄에서 살았기 때문에 쇼가 끝난 뒤에는 만나는 건 고사하고 연락을 주고받는 일도 없어졌어. 때때로 신작 옷을 보내주는 정도였지.

못 만나는 편이 더 행복하다는 걸 그때는 생각도 못 했어.

하지만 전처럼 음울하게 지냈던 건 아니야. 늘 고개를 든 채당당하게 걸으려고 의식했지. 그랬더니 살도 빠지더라.

메구랑 늘 붙어 다녔는데 할머니 이야기를 했더니 메구가 도넛 연구도 같이해줬어. 내 좁은 방에서 둘이서 도넛을 얼마나 튀겼는지 몰라. 다 먹을 수가 없어서 같은 과 아이들에게 나눠주곤했어.

그렇게 남들에게 먹여주다 보니 솜씨도 늘었을 뿐 아니라 사소한 감상이 큰 힌트가 되기도 해서 '런던옥' 도넛에 뒤지지 않을 만한 걸 만들 게 됐어.

칼로리는 높지만 하나쯤은 괜찮겠지 싶어서 집에 가져가서 할머니한테 드리기로 했어. 살짝 치매가 와서 나를 봐도 누구지 하면서 고개를 갸우뚱했는데 도넛을 내밀었더니 야에코 왔구나 하시더라고. 게다가……

"이거 '런던옥' 도넛 아니냐."

이렇게 말하면서 구멍을 들여다보는 거야. 기뻤지. 그런 만큼 맛이 배신하면 어떻게 하나 걱정이 되기도 했지만 한입 베어 먹더니 아아, 맛있다고.

그게 효도라고 하기에는 필사적으로 병간호하던 엄마한테 미안하지만 그래도 나는 할머니에게 예쁨받았던 은혜에 보답할 수 있어서 뿌듯했어.

고향에 돌아오지 않고 고베의 종합병원에 취직했지만 쉬는 날마다 도넛을 만들어서 할머니한테 갖다드렸어. 칼로리를 줄인 버전도 만들어봤지만 그건 퉤 뱉어버려. 이래저래 모르는 게 많아져도 미각은 끝까지 쇠퇴하지 않았던 것 같아.

할머니는 회복하지 못하고 돌아가셨지만 기분 좋은 뉴스도 있었어.

지카 씨가 임신해서 고향에서 출산을 하겠다며 집으로 돌아온 거야. 직접 디자인한 임부복 원피스도 근사했어. 아기 옷도 많이 만들었고.

지카 씨 아이는 복이 많구나, 작은 원피스를 보면서 진심으로 생각했어.

지카 씨는 메구에게 도넛 이야기를 듣고 나한테 만들어달랬어. 지카 씨 부탁이잖아. 그렇게 바쁘지는 않았지만, 그래도 도넛

만드는 데에 온 신경을 다 기울였어.

기뻐해주더라.

"큰일 났다, 아기가 도넛으로 만들어질라."

이런 말도 해줬고. 나는 내가 만든 도넛으로 지카 씨 아기가 자라는 게 기뻐서 어쩐지 몇 퍼센트는 내 아이이기도 하지 않을까 진지하게 생각했어.

태어난 건 여자아이야. '날개가 있다'고 써서 유우有羽. 눈매가 지카 씨를 빼닮은 귀엽고 천사 같은 아이였어. 이 아이 성장을 가까이서 지켜볼 수 있다면 얼마나 좋을까 하고, 함께 지내는 상상을 몇 번씩 해보았어.

지카 씨한테 베이비시터로 고용될 수는 없을까? 이런 생각을 진지하게 하다가 몇 번이나 입 밖에 낼 뻔했는지. 그 생각을 단념할 수 있었던 이유는 지카 씨가 다음은 내 차례라고 말해줬기 때문이야.

맞아. 남의 행복을 나눠 갖기보다 스스로 행복을 만들어나가야지. 연인은 없었지만 메구가 데려가주는 모임에 마음 맞는 남자아이는 있었어. 메구는 큰 레스토랑 체인점에 취직했거든. 언젠가 내 가게를 갖고 싶어. 괜찮으면 같이 하지 않을래? 이런 말도 했었지.

나는 이제부터 뭐든 할 수 있어. 언제까지나 지카 씨를 따라다닐 수는 없잖아. 어깨를 나란히 할 수 있는 사람이 되고 싶어.

그런데 동경하던 그 사람이 삼 년 뒤에 고향으로 돌아온 거야. 아이를 집에 맡기고 투병 생활을 시작했어. 입원한 곳은 내가 근무하던 병원이었어.

지카 씨를 매일 만날 수 있었지. 하지만 내가 바라던 건 이런 나날이 아니야. 야위어가는 지카 씨를 보고 싶은 게 아니야.

뭐? 병명? 이것저것 알아보고 다닌 거 아냐?

지카 씨 이야기는 아무도 안 했다고? 그럼 그 사람은 안 만났구나.

유우 아버지 말이야. 사랑하는 아내가 남기고 간 아이를 흉측하게 살찌워서 죽음으로 내몬 악마 같은 여자라고 그 사람한테 듣고 온 줄 알았어. 뭐, 그 사람을 만나지 않아도 나에 대한 악평은 인터넷 검색하면 금방 나오려나.

내 앞에는 누구 만났는데?

나한테 학대 부모 딱지를 붙인 그 말라깽이 교사. 몸의 소리를 들으라는 둥 그러지? 그런 사람 꼭 있지. 마르거나 건강한 건 노력의 산물이고 그렇지 않은 사람은 상상만으로 게으름뱅이 취급하는. 게다가 잘난 척 설교까지 하니까 질이 나빠.

규칙적으로 바른 생활을 해도 병에 걸리는 사람은 병에 걸리고, 건강에 해로운 생활을 해도 오래 사는 사람은 있거든. 적어도 타인의 겉모습이나 건강에 참견할 권리는 아무한테도 없지 않을까?

있다고 한다면 의사나 헬스클럽 트레이너가 제 발로 찾아온 사람을 대할 때뿐이야. 그 점에서 히사노 너도 해당되네.

도넛을 먹이지 말라지만, 나는 카레나 돈가스를 먹은 뒤에 도넛을 주는 게 아니야. 도넛 말고는 아무것도 목에 넘어가지 않는다고 하니 기도하는 마음으로……. 그때와 똑같은 마음으로 필사적으로 만들었는데.

할머니한테 만들어줬을 때? 아니, 지카 씨한테.

지카 씨는 암이었어. 무슨 암이라고 하기도 어려워. 수술은 했지만 결국 온몸에 전이돼버렸으니까. 젊은 사람이 진행이 더 빠르다며? 지카 씨 몸은 나날이 수척해졌어. 운동선수였다고는 생각도 못 할 정도로.

고형식은 못 먹게 됐기 때문에 메구랑 지카 씨 부모님은 곧잘 과일을 가져가서 지카 씨한테 과즙을 먹여주곤 했어. 남편 게이이치 씨도 틈만 나면 도쿄에서 만나러 왔지. 고급 요정이나 레스토랑이 내놓은 레토르트 수프를 사서.

"야에 씨, 이거 좀 부탁해."

나는 수프를 데우는 담당으로 인식되고 있었을 거야. 늘 고맙다며 나한테도 도쿄의 맛있는 과자를 사다줬어. 고구마 양갱이나 찹쌀떡 같은 거. 저녁밥을 안 먹었다며 라면집에 같이 가자고 한 적도 있었어.

그날은 나도 들떠서 단숨에 먹어치우고 국물까지 다 비웠더니 게이이치 씨가 입을 딱 벌린 채 나를 보고 있더라. 너무 많이 먹어서 기겁했나 보다 하고 부끄러워졌지만 그게 아니었어.

"기분 좋게 식사하는 것만 봐도 나도 기운을 얻게 돼. 야에 씨는 복덩어리네."

기뻤어. 하지만 절대로 연심이 싹튼 건 아니야. 내가 세상에서 가장 존경하는 사람이 지카 씨였으니까.

나는 매일 지카 씨 병실로 찾아갔어. 뭐 해드릴 일 없을까요 하면서. 꽃을 장식하기도 하고 전세계의 멋진 풍경을 모은 사진집을 사 가기도 하고. 내가 고른 것도 있고 지카 씨가 주문한 것도 있었어.

그런데 어느 날 먹을 걸 주문하는 거야. 얼마나 기뻤는지 알겠어? 그 정도로 지카 씨 몸은 음식물을 못 받아들이게 됐거든.

"도넛을 만들어주면 좋겠다. 그거면 몸속에 폭신하게 미끄러져 들어갈 것 같은 느낌이 들어. 거기다 에너지도 솟을 것 같지 않아?"

눈물이 북받쳤지만 꾹 참았어. 패션쇼 런웨이에 섰을 때처럼 얼굴을 들고 미소를 지었지.

"맡겨만 주세요!"

그날 밤 나는 도넛을 만들었어. 지카 씨가 하루라도 더 오래 이 세상에 있을 수 있기를 기도하면서 반죽을 했어. 혹시라도 이 세상에 마법이 존재한다면 이 도넛을 암 특효약으로 바꾸고 싶다고 생각했어. 마음을 담아서 만들면 정말로 그렇게 될 거라고 자기암시도 걸었고.

하지만 잘 먹겠습니다, 꿀꺽, 같은 일은 일어나지 않았지.

예쁜 상자에 넣어 갔어. 귀여운 종이를 깔고. 지카 씨는 기뻐하며 뚜껑을 열더니 냄새를 맡고는 맛있겠다 하고 하나 집어 들었어. 그런데 그게 입까지 가지 않는 거야. 나한테 미안했는지 상자에 돌려놓지도 않고 당황한 듯 손을 공중에 멈추고 있었어.

그래서 나도 도넛을 하나 집어서 눈앞에 댔지.

"할머니가 도넛으로 늘 이렇게 하곤 했어요. 보고 싶은 사람 모습을 볼 수 있다면서. 먹는 건 부록 같은 거예요. ……어디 보자, 잘생긴 남자친구 얼굴이 보이지 않으려나? 앗, 후쿠오카 마사야다."

당시에 좋아하던 배우 이름을 들먹였지. 그랬더니 지카 씨도 도넛을 눈높이로 들어 올려서 들여다보기 시작했어.

"유우가 보여. 많이 컸네. 몇 살일까? 역시 주위 아이들보다 키가 크구나. 살짝 통통한 게 귀여워. 그렇구나, 운동회네. 대단해, 1등상이잖아……."

히사노, 거기 티슈 좀 줘.

뭐? 너도 한 장 필요하다고? 남의 일로도 울기도 하는구나.

지금 와서는 괜한 이야기를 했다 싶어. 아마도 볼 수 없을 미래의 딸 모습을 떠올리고 있는 지카 씨한테 재치 있는 말이라도 건넬 수 있었다면 모를까, 울음을 참고 잔뜩 굳은 얼굴밖에 못 할 거였으면 평범하게 '런던옥' 이야기나 하면 됐을걸.

근데 지카 씨한테는 유우의 모습이 정말로 보였는지도 몰라. 말문이 막히고 난 뒤에도 한동안 도넛 너머를 바라보고 있었으니까.

그러고 나서 딱 한 입, 아니, 한 조각 베어 먹고는 맛있다고 했어. 그래도 그게 지카 씨를 위해 만든 마지막 도넛은 아니야.

그 이틀 뒤였나, 병실로 찾아갔더니 지카 씨가 또 도넛을 만들어달라는 거야. 재료비를 대겠다고도 해서 당황했어. 설마 미래를 보기 위해서는 아니겠지 속으로 생각했어.

"유우를 위해서야."

지카 씨는 이렇게 말했어. 집에서 맡아주고 있는 유우도 거의 매일 지카 씨를 만나러 왔거든. 근데 엄마가 야위어가는 걸 본 탓인지, 더 깊고 슬픈 뭔가를 감지해버렸는지, 유우가 밥을 안 먹게 됐대. 아무리 좋아하는 음식을 차려줘도 레스토랑에 데려가도 안 먹어서 가족들도 난감해하고 있었어.

메구랑 가족들은 그 사실을 지카 씨한테는 비밀로 했지만 지카 씨는 유우를 보고 눈치를 채서 걱정하고 있었나 봐.

그런데 전날 병원에 온 유우가 도넛을 두 개나 싹 먹어치웠다는 거야.

"야에의 도넛은 마법의 도넛이야."

지카 씨는 이렇게 말하며 기뻐했어. 자세한 사정은 듣지 못했지만 도넛이 맛있어서가 아니라 지카 씨랑 유우 둘이서 망원경처럼 도넛을 들여다본 게 아닐까 싶어. 그러면서 지카 씨가 이야기한 게 아닐까?

도넛을 먹으면 들여다본 풍경이 현실이 된다든지. 그건 두 사람의 세계니까.

나는 그저 도넛을 만들 뿐. 지카 씨한테 고맙다는 말을 듣고 도움이 되고 있구나, 은혜를 갚고 있구나 싶어 뿌듯했어. 내가 자기 자신을 긍정할 수 있는 인간이 되도록 지카 씨가 준 마지막 선물이었는지도 몰라.

그래서 지카 씨랑 헤어진 뒤에는 도넛을 봉인하자고 결심했어. 할머니도 안 계시고 원래 나를 위해 만든 것도 아니니까.

지카 씨는 직접 만든 드레스를 입고 천국으로 떠났어. 진홍색 장미를 흩뿌린 듯한 드레스. 관에 꽃을 넣으니 드레스가 안 보이는 것이 안타까울 정도였어. 편안한 얼굴로 잠든 지카 씨한테 잘 어울렸어. 지카 씨는 자신을 위해서가 아니라 남은 사람들이 슬퍼하지 않도록 화려한 드레스를 준비했다고 생각해.

차를 직접 끓여도 되냐고? 그럼 하는 김에 내 것도 부탁해.

슈크림도 역시 꺼내자고? 마음대로 해. 아니, 나도 먹을까? 열나서 배고파졌어.

하지만 히사노 너한테 받은 걸 내가 먹을 권리가 있나?

왜 권리, 권리 하느냐고? 그렇겠지. 기억 못 하겠지. 온 세상이 그렇게 생겨먹었지. 기억하는 건 상처를 입은 쪽뿐이야. 기억하는 만큼 손해라는 것도 알아. 그렇다고 쉽게 잊을 수 있는 건 아니야.

사노!

왜 그래? 말 안 해?

뭘이라니. 최소한 생각해내려는 시도라도 해봐. 내가 그렇게 부른 뒤에 무슨 말을 들었는지.

모르겠다? 그래? 그럼 가르쳐줄게.

요코아미한테는 그렇게 부를 권리 없거든.

정말로 싫어진다, 그 어리둥절한 얼굴. 초등학교 6학년 때 수학여행에서 난 너랑 같은 조였어. 음침하고 친구가 없는 요코아미를 반의 리더인 히사노가 거둬준다는 식이었지.

아무리 그래도 교토랑 나라에 간 건 기억하지? 여행 출발 전에는 우울했지만 날씨도 좋고 다들 해방감에 넘쳐서인지 심술궂은 여자애들도 평소보다는 나한테 친절하게 대해줬어. 과자를 바꿔 먹기도 하고 사진을 찍을 때 요코아미도 와서 찍자고 불러주기도 하고.

난 들뜬 나머지 좀 방심했던 것 같아.

밤에 방에서 생일이 언제냐는 이야기가 나왔어. 내가 봉지에 별점이 적혀 있는 사탕을 가지고 갔거든. 다 같이 처녀자리다,

천칭자리다 하면서 신이 났지. 다들 자기 별자리 사탕을 갖고 싶어 했어. 그래서 내가 물었지.

"사노는?"

전부터 그렇게 부르고 싶다고 생각했던 건 아니야. 그냥 같은 조 애들이 다 그렇게 부르니까 순간적으로 그렇게 불렀을 뿐인데. 그뿐인데.

"요코아미한테는 그렇게 부를 권리 없거든."

그래. 네가 한 말이 아니야. 늘 옆에 있던 시호가 그랬지. 하지만 네가 부정하지 않았잖아. 심술궂은 발언은 시녀들한테 맡기고 여왕님은 미소만 지을 뿐.

나는 당황해서 미안하다고 중얼거렸어. 말이 잘 나왔는지 어떤지는 모르지만 다들 아무래도 상관없다는 느낌이었어. 시호가 너한테 사노는 무슨 자리냐고 물으니까 네가 양자리라고 대답하고 시호가 내 사탕 봉지에서 양자리를 낚아채서 건넸지. 그게 끝이야. 그게 끝⋯⋯.

그런데 아직도 마음에 두고 있다니 정말 음습하지? 호리구치나 옛날 동창들은 내가 밝아졌다느니 사교성이 좋아졌다느니 하지만, 근본은 아무것도 바뀌지 않은 거야 분명.

요령 좋게 친한 친구 언니의 후처로 들어간 배은망덕한 인간. 지카 씨가 살아있을 때부터 남편한테 교태를 부렸다. 야위어가는 지카 씨 귓가에 매일 저주의 말을 퍼부었다. 바지런히 도넛을 만들어서 우선 아이부터 포섭했다.

내가 한 사람 더 있었다면 아무렇지 않게 이렇게 써서 올렸을지 몰라. 인간은 그렇게 간단히 변하지 않아.

지카 씨가 세상을 떠난 직후에는 쓸쓸했지만 전과 마찬가지로 일을 하고 지카 씨가 가르쳐준 것을 잊지 않도록 나한테 맞는 옷을 입으며 전향적으로 살아가려고 했어.

그러다 한 달 뒤였나, 게이이치 씨한테서 연락이 왔어. 유우가 밥을 도통 안 먹는다고. 아에 씨 도넛을 찾는다면서. 두 사람은 이미 도쿄로 돌아간 뒤여서 도넛을 만들어서 택배로 보냈어. 괜한 오지랖이라는 생각은 했지만 호박 크로켓이나 춘권처럼 좀 두었다 먹어도 되는 채소 반찬도 만들어서 같이.

그랬더니 택배가 도착한 날에 게이이치 씨한테서 연락이 와서는 유우가 먹었다면서 고맙대. 유우도 전화를 바꿔서 잘 먹었습니다 그러고. 그 뒤로는 냉동 보존할 수 있는 반찬 같은 것도 만들어서 정기적으로 보내게 됐어.

그러다 보니까 금방 만든 따뜻한 음식도 먹게 해주고 싶어서 주말에 도쿄까지 가게 됐지. 유우 생일에는 같이 케이크를 구웠고 게이이치 씨가 승진했을 때는 셋이서 소고기 전골을 먹으며 축하했어.

일 그만두고 이쪽에서 같이 살자 하는 말을 들은 건 지카 씨 삼 주기를 치른 뒤였어. 세상 떠나고 이 년 뒤. 결코 짧은 시간이라고는 생각하지 않았어. 게다가 프러포즈를 받은 게 아니야. 가까이 살면서 가사도우미로 와달라는 부탁을 받은 거니까. 그래서 곧장 결심이 섰는지도 몰라.

지카 씨를 배신하는 게 아니야. 오히려 지카 씨가 남기고 떠난 유우를 소중하게 돌볼 수가 있어. 지카 씨가 도넛 너머로 떠올리던 유우 모습을 내가 보여줘야만 해.

그런 사명감에 불탔어. 하지만 메구는 그렇게 받아들이지 않았지. 배신자라며 뺨을 때리고 절교. 유우는 자기 집으로 데려갔어야 했다는 말도 들었어.

이제 와서는 그렇게 하는 편이 낫지 않았을까 후회가 돼.

하지만 그때는 별로 낙담하지 않았어. 나한테는 게이이치 씨랑 유우가 있으니까. 아아, 이게 배신을 한 거구나, 지금은 알겠어. 게이이치 씨를 좋아하는 마음을 감사나 사명감이라는 말로 호도하고 있었을 뿐.

프러포즈를 받은 게 그로부터 이 년 뒤야. 게이이치 씨는 장기간 미국으로 발령이 나서……. 유우가 부담되니까 나랑 결혼하자고 생각한 거겠지만 그때는 그런 생각 따위 하지도 않았어.

그저 행복하다고 느꼈지. 지카 씨 생각을 별로 하지 않게 됐어. 그게 의식적인지 무의식적인지는 이제 생각나지 않아. 이것도 떳떳지 못하다는 증거겠지.

게이이치 씨 미국 발령에 맞춰서 나는 유우를 데리고 이쪽으로 돌아왔어. 도쿄에 잘 적응하지도 못했고 성인식에서 재회한 동창들 인상이 상상 이상으로 나쁘지 않았거든.

그리고 유우, 내 딸 유우와 함께하는 생활이 시작됐어.

잠깐만, 히사노, 왜 슈크림 상자를 냉장고에 다시 넣어? 마음대로 냉장고 열지 말래?

도넛을 만들어달라니 갑자기 무슨 말이야. 재료도 없고 품도 많이 드는데. 게다가 애초에 내가 널 위해 그런 걸 만들어줄 이유가 없잖아.

사노라고 불러달라고? 이 타이밍에?

시호가 그런 식으로 말한 걸 정말 몰랐다고? 머릿속에서는 늘 다른 생각을 하고 있다니, 예를 들면 뭐?

분쟁지의 난민 아이들? 그렇구나, 옛날부터 온 가족이 봉사 활동을 열심히 했지. 자기는 세계평화에 대해 진지하게 생각하고 있는데 눈앞에서 애들이 시시한 이야기를 하면 차단하고 싶어지는 것도 이상하지 않겠네.

어떤 의미에서 내 공기 귀마개랑 똑같잖아.

아니, 인간의 스케일이 다르구나.

그건 그렇고 히사노. 유우 이야기는 잘 들어준 거지?

권리는 이제 됐어. 지금은 내가 사노라고 부르고 싶지 않아. 그래도 도넛은 만들어줄게.

그러니까 슬슬 유우 목소리를 들려줘.

그 애가 너한테 무슨 이야기를 했는지……

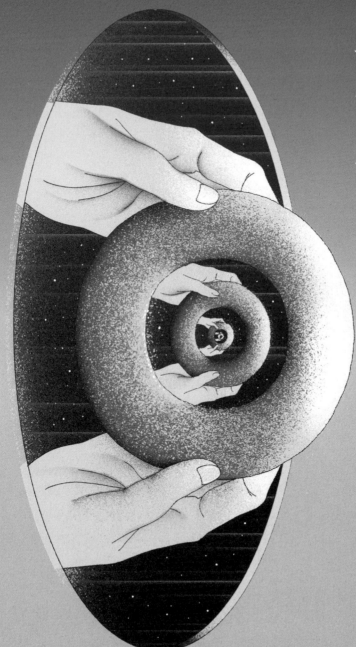

있는 것 없는 것

체중은 현재 138킬로예요.

무릎을 다쳐서 격렬한 운동은 못 하고요. 할 수 있다고 해도 저한테는 효과 없을지도 몰라요. 중1부터 시작한 댄스 동아리 연습도 꽤 빡빡했고 아침에 따로 자율연습도 했는데 그때부터 뚱뚱했거든요.

아니, 뚱뚱했던 건 초등학생 때부턴가? 초3 봄에 어머니랑 둘이서 살기 시작하면서부터. 새어머니에 새로운 동네, 게다가 도쿄에서 엄청난 시골로. 어딘지는 비밀이에요. 어차피 선생님은 말해도 모를걸요. 하지만 스트레스로 찐 게 아니에요. 오히려 엄마가 세상을 떠난 뒤로 슬퍼서 마음을 닫고 있던 제게는 공기 좋은 곳에서 재활을 하는 거나 매한가지였어요.

왜, 하와이나 남쪽 섬 사람들은 뚱뚱하잖아요. 그런데 늘 웃는 얼굴이고. 고급 요리만 먹는 거 아니에요. 고구마나 바나나처럼 자연에서 나온 것을 별로 가공하지 않고 먹고 싶을 때 먹고 싶은 만큼 먹어요.

아마 그런 사람들이랑 똑같은 식으로 살이 붙었던 것 같아요. 행복해서 찌는 살? 이건 신혼인 남자 선생님이 갑자기 살쪘을 때 듣는 말이니까 좀 다른 것도 같고.

더 자연스러운 느낌으로 내추럴 뚱보?

중학교 때 자유 연구 과제로 남쪽 섬 사람들에 대해 조사한 적이 있는데 먹고 자기만 하지 않아요. 일도 열심히 하고 꽤 먼 거리를 걸어서 이동도 하는 데다 남자들은 저녁에 근처 공터에서 럭비도 해요. 그런데 뚱뚱하잖아요. 그거랑 똑같아요.

운동 부족으로 살이 찐 게 아니에요, 저는.

건강하게 살찐 거? 맞아요, 그거. 왜 바로 안 나왔지. 그런 말을 곧잘 듣곤 했는데.

애초에 왜 다들 뚱뚱한 게 나쁘다고 단정 짓는 거예요?

중1 때 담임선생님은 뚱뚱했지만 무슨 일이든지 열심히 하는 멋진 여성이었어요. 그런데 학생들이 괴롭혀서 침울해했죠. 그래서 제가 따진 적이 있어요.

건강하지 못한 말라깽이보다 건강한 뚱보가 백 배 더 멋있잖아 하고.

반론? 그런 거 없어요. 막상 붙으면 제가 더 세니까. 약한 애들일수록 센 척해요. 시원하게 사과하기는커녕 히죽거리면서 바보 같은 변명을 하죠.

"왜 그래. 인기 없는 선생님을 살짝 놀려주는 것뿐이잖아. 관심받고 좋잖아."

정말 바보들이에요. 이런 애들뿐이니까 세상, 적어도 일본에서는 정상적인 애들이 필요 이상으로 얼굴이나 체형을 걱정해야 돼요. 말해두겠지만 저도 애정을 갖고 놀리는 걸 부정하는 게 아니에요. 개그 방송도 좋아하고 재미로 몰이당하는 개그맨을 보고 웃을 때도 있어요.

여기서 히사노 선생님한테 질문. 놀릴 때 제일 중요한 게 뭐라고 생각해요?

유머? 선생님, 안 되겠다. 교육 토론 방송에도 나오면서. 아니, 그보다 뷰티클리닉 원장님으로서도 알고 있어야 될 문제 아닌가? 외모에 대한 잘못된 놀림 때문에 여기에 당도하는 사람들이 꽤 많을 것 같은데요. 못생겼다, 뚱보다 같은 말을 웃음으로 넘기지 못한 사람들이 모인다고 생각하시는 거예요?

놀림당하는 쪽에 득이 없을 때는 애정으로 놀린다고 말하면 안 돼요. 놀린 쪽이 재치 있는 말을 했다면서 만족할 뿐이라면 그건 괴롭힘이죠. 자기 기분이 좋아지려고 타인의 존엄을 짓밟는 거니까 그렇게 판정하는 게 당연하잖아요? 하지만 그런 식으로 나무라면 뭐라고 반박하는 줄 아세요?

정색하고 화낼 필요 없잖아? 아아, 선생님 진짜 안 되겠다. 그런 외모로는 놀림받은 적 없겠구나 상상은 되지만 놀린 적도 없다니 안심했어요. 아니, 어쩌면 천연덕스럽게 뭔가 저질렀을 수도 있겠네요. 그렇다면 오히려 신뢰가 가네요.

"사실을 말했을 뿐인데."

이렇게 말해요. 최악의 경우에는 자기가 피해자인 양. 자기가 괴롭힘이라도 당하고 있는 것처럼. 갑자기 약자인 척해요. 재미삼아 타인을 깎아내렸던 주제에 자기는 전혀 나쁘지 않다는 태도로 나와요.

세상에는 그런 놈들뿐이에요. 놀린다거나 그런 문제가 아니어도 무신경한 말을 줄줄 흘리는 놈들도 많고요. 각오도 없고 책임도 안 지면서.

아아, 무슨 이야기였더라? 그보다 목이 말라서 그러는데 여기에 마실 거 가지고 들어와도 돼요?

시원한 물? 신경 쓰지 않으셔도 돼요. 콜라 가져왔거든요. 미지근해도 괜찮아요. 그게 더 좋거든요.

음료는 늘 이걸 마시냐고요? 그런 건 아니지만……. 확실히 이건 이미지 전략으로서는 제 실패네요. 지방흡입 상담중에 콜라를 마시는 뚱보라니 미국 코미디 같잖아요. 죄송해요, 역시 물주세요.

땀도 이렇게 많이 나고. 에어컨 온도 조금만 더 낮춰주실 수 있어요?

아아, 좀 진정됐다…….

이런 상태여도 건강하게 살찐 거라고 생각하냐고요?

지금 건강하지 못하다고 하신 거예요? 저, 내장 계열에 병 없어요. 근육이냐 지방이냐 따진다면 지방 쪽이 늘었을지 몰라도 거기에 무슨 문제 있어요? 아니면 무릎 때문에요? 그냥 걷는 것 정도는 아무렇지 않은데요.

무릎 문제만이 아니라고요? 메구미 이모는 선생님한테 저에 대해 뭐라고 한 거예요? 예약만 넣어주면 되는데. 마음대로 저에 대해 무슨 상담을 한 거 아니에요?

엄마가 돌아가시고 줄곧 소식이 끊겼었는데 갑자기 연락이 오네 싶더니 이렇게 심한 몰골이 되다니 하면서 울음을 터뜨리는 거예요.

심하다니 그 말이 더 심하지 않아요?

확실히 건강하지 못한 요소는 있죠. 저, 집 밖으로 안 나가거든요. 고등학교도 등교 거부로 중퇴했고. 그럼 학교에 다니거나 아르바이트를 하거나 해서 밖에 나가면 되는 거예요? 하지만 그렇게 하면 또 엄마가 학대 부모 취급을 받게 되잖아요.

뚱보를 방치한다고.

떨어져서 지내면 어머니가 비난받는 일은 없어진다고 아버지라는 사람? 그 인간이 설득해서 어머니를 거기 남겨두고 도쿄에 왔는데, 나를 볼 때마다 유우가 이런 일을 겪게 했다면서 어머니를 탓하듯이 말하고, 내가 뭘 먹고 있으면 역시 세뇌됐구나 하면서 이상한 트집까지 잡아요.

세뇌당한 건 당신이라고 그 인간한테 말해주고 싶어요.

누구한테? 참견쟁이 고등학교 담임이요. 미국에 심취해서는 선생님이 아니라 유학 시절 별명으로 편하게 불러달라는데 그렇게 위아래 안 따지는 타입이 아니거든요. 머리는 굳었고 몸은 말라비틀어졌고.

다들…… 아니, 저는 싫었어요. 그런가? 저, 지금까지 인생에서 싫어하는 사람이 별로 없었거든요. 제 성격이 좋다는 걸 어필하는 게 아니고요.

누구든지 좋은 점이 있을 테니까 그걸 찾아낼 수 있는 사람이 되고 싶다. 미움받는 사람이라면 더더욱 찾아내는 보람이 있겠지. 이렇게 생각했지만 그 선생님의 좋은 점은 하나도 생각나지 않아요.

서로 성격이 안 맞았는지 주파수가 어긋났는지. 이해할 수 없는 언동투성이예요.

여름방학 동안 금발로 물들였던 애가 2학기 개학식에는 다시 검은 머리로 잘 염색하고 등교했는데 "너, 머리색이 부자연스럽게 검은데 방학 때 염색했지?" 하면서 학생지도실로 연행하지를 않나.

방학중에도 본교 학생이라는 사실에는 변함이 없습니다! 이러면서 도끼눈을 뜨고 화내잖아요.

자기는 쌍꺼풀 수술 했으면서.

미용에 관심이 없어도 보면 알아요. 그 눈이 부자연스럽다는 거요.

눈이랑 눈썹 한복판에 뚜렷하게 가로선이 나 있는 쌍꺼풀이라니 본 적이 없거든요. 살이 쪄서 눈꺼풀이 처진 사람이라면 또 몰라도 뼈랑 가죽밖에 없는 얼굴에 이상하잖아요.

게다가 그 선생님은 엄하기만 한 게 아니에요.

나는 너희랑은 달라 하는 태도를 학생뿐 아니라 다른 선생님들 앞에서도 취하거든요. 예사 사람은 견뎌낼 수 없을 아수라장과 슬픔을 극복하고 여기까지 왔다면서. 소문이 아니에요. 본인이 그렇게 말했다고요, 수업중에.

떠드는 애가 있으면 조용히 하라고 하면 되잖아요? 그런데 장황한 연설을 시작해요.

"너희한테는 수업보다 중요한 이야기일지 몰라도 나한테는 어떤 내용이든 까마귀가 까악까악 울고 있는 거나 매한가지야. 애초에 부모님과 사회의 보호를 받고 있는 너희에게 무슨 심각한 고민이 있다는 거니. 나는 대학 시절 유학 간 미국에서 보통 사람은 견뎌낼 수 없을 아수라장과 슬픔을 겪었어. 하지만 스스로 그걸 극복해서 여기까지 왔지. 몸의 소리에 곰곰이 귀를 기울이면서. 너희의 고민이 그보다 더 심각하다면 수업중에 이야기해도 상관없어. 우선 나를 이해시킨 다음이어야 하겠지만."

중간부터 성대모사를 해버렸네요. 꽤 비슷했을 거예요. 이런 말을 교무실에서도 하고 있겠죠. 그러니까 성가셔서 다들 무시하게 돼요. 수업중에도 고요한데, 선생님은 그것도 착각해서 우쭐할 거예요. 자기는 지도력이 있는 교사라면서.

저 선생님하고는 깊이 엮이지 말자. 그렇게 생각해도 무리예요. 저는 이미 관심을 받아버렸거든요.

수업도 얌전하게 잘 들었고 시험 점수도 나쁘지 않았던 데다 교칙을 어긴 적도 없는데.

뚱뚱하다는 이유만으로.

이런 이유로 학생지도회에 회부되는 애가 있어요? 확실히 무릎을 다친 뒤로 사상 최고로 급속히 체중이 늘었다는 건 인정해요. 제 경우에는 체중과 운동량이 전혀 관계없다고 아까도 말했지만, 딴에는 운동이 막아내고 있던 부분도 있었던 것 같아요. 하지만 그건 지도실로 불려갈 만한 일이 아니에요.

저는 나쁜 짓은 아무것도 하지 않았으니까.

계속 입을 다물고 있기로 결심했어요. 묵비권이요. 아마 선생님은 연설을 늘어놓고 싶은 거겠지 생각했어요. 그러면 직성이 풀릴 때까지 말하게 두면 돼. 제물은 하루면 끝나겠지, 낙관적으로 생각했죠.

그런데 선생님은 연설 같은 건 하지 않았어요. 처음부터 저한 테 깊은 사정이 있다는 전제로, 왜, 보통 사람은 견뎌낼 수 없는 뭔가 있잖아요, 그걸 조금씩이라도 좋으니까 털어놓았으면 좋겠 다고 하는 거예요. 어쩐지 동정하는 분위기로. 그건 제가 불쌍한 애로 보인다는 뜻이잖아요?

바보 취급 하지 마! 이런 생각이 들었어요. 자기한테 통찰력이 있다고 믿기라도 하는 거야?

묵비권 중지. 최대한 행복해 보이게 대답해주기로 했어요. 왜 냐하면 저한테 불행이라고는 하나도 없었으니까요. 적어도 그때 까지는.

"엄마가 만들어주는 도넛이 맛있어서요."

웃는 얼굴로 이렇게 대답했죠. 실제로 거짓말이 아니고요. 어 머니 도넛이 맛있다는 건 같은 중학교 애들 대부분이 알고 있었 거든요. 축제 때 인기 상품이었어요.

단지…… 먹는 양이 늘기는 했어요.

뭔가 스트레스가 될 만한 일요? 그 인간…… 아버지가 돌아온 거려나. 단신 발령을 받아 미국에 있었거든요. 그렇구나, 아무리 메구미 이모가 선생님을 소개해줬다고 해도 이 부분은 확실히 설명해야 하려나?

제 가정 사정요?

우선 제 친어머니, 진짜 엄마는 제가 네 살 때 암으로 돌아가셨어요. 어머니는 엄마 동생 메구미 이모의 친구였고 엄마랑도 사이가 좋았어요. 그렇다기보다 어머니가 엄마를 엄청 따르는 느낌이어서 저한테도 다정하게 대해줬다……나 봐요. 메구미 이모 이야기에 따르면. 저도 꽤 기억나요.

　엄마는 도쿄에서 지내다가 본가 근처인 고베의 병원에 입원하게 됐어요. 날이 갈수록 여위어갔죠. 저는 당시에 외가에 맡겨졌는데 엄마는 금방 건강해질 거라고 할머니랑 메구미 이모가 아무리 말해도 엄마 모습을 보면 그 말을 믿을 수가 없었어요.

　죽는다는 감각은 잘 몰랐어요. 하지만 바싹 말라가다가 언젠가 사라져버리는 게 아닐까 두려워졌죠. 정신을 차려보니 저도 음식을 못 넘기게 됐을 정도로.

　그러던 어느 날 엄마 병실에 갔는데 엄청나게 좋은 냄새가 났어요. 달콤한, 팬케이크 위에서 버터가 녹는 듯한. 그 냄새는 침대 옆 장에 놓인 상자에서 났어요. 평소 저는 뭘 먹을 때나 놀 때도 엄마한테 허락을 먼저 받았는데 그때는 마치 최면술에 걸린 것처럼 상자에 손을 뻗어 뚜껑을 열어버렸지 뭐예요.

　그랬더니 동글동글하고 설탕이 뿌려진, 구멍 뚫린 빵 같은 게 들어 있는 거예요. 저는 그게 도넛인 줄 몰랐어요. 제가 알던 도넛은 체인점에서 파는 초콜릿을 발라놓거나 한 거였어서.

　이름은 뭐든 상관없었어요. 한가운데 구멍이 거기에 손가락을 걸어달라는 것 같았죠. 그래서 쏙 걸어서 덥석 베어 물었더니 숨을 들이마시는 소리가 들렸어요.

엄마가 놀란 얼굴로 저를 보고 있더라고요. 할머니랑 메구미 이모도.

전 순간적으로 미안해요 하고 사과했지만 다들 그게 아니라는 듯이 고개를 옆으로 저었어요. 엄마가 다 먹어도 된다고 해서 저는 손에 들고 있던 걸 또 베어 먹었죠. 괜찮다는 말을 들으니 이제 멈출 수가 없는 거예요. 저는 전부 다 먹어치우고 손에 묻은 설탕까지 핥았어요.

"애정이 가득 담긴 수제 도넛이야."

엄마가 이렇게 일러주어서 전 초콜릿을 바르지 않은 것도 도넛이라 부른다는 사실을 알았어요. 오히려 이쪽이 진짜 도넛이라고 가르쳐준 사람은 할머니였나, 메구미 이모였나?

그 뒤로 엄마는 어머니한테 도넛을 부탁하게 됐어요. 둘이서 같이 먹자면서. 하지만 엄마가 먹는 걸 전 본 적이 없어요.

도넛을 눈높이로 가져가서 망원경처럼 들여다볼 뿐이에요. 저는 엄마한테 뭘 하냐고 물었죠.

"도넛은 간식일 뿐만 아니라 마법의 도구이기도 하거든."

엄마는 이렇게 말했어요. 도넛 구멍 너머로 저를 보면서. 엄마는 계속 말했어요.

"자기가 보고 싶은 풍경을 떠올리면서 구멍 건너편을 보는 거야. 그러고 나서 그 도넛을 먹으면 구멍 너머로 그린 풍경이 현실이 돼. 그러니까 소원이 이루어지는 건데, 엄마는 도넛을 못 먹으니까 유우가 먹어줄래?"

그건 엄마의 소원을 유우가 이뤄주겠냐는 말처럼 들렸어요. 엄마는 제게 도넛을 먹이려는 행동이었겠지만 정말로 소원을 비는 마음도 있었던 게 아닐까요.

엄마는 도넛 너머에 건강해진 자기 모습을 그리는 법이 없었어요. 먹기 전에 늘 물어봤거든요. 뭐가 보였냐고. 그러면 운동회 달리기에서 1등을 한 유우가 보였다든지, 많은 친구에게 둘러싸여 웃고 있는 유우가 보였다든지, 커서 엄마보다 미인이 된 유우가 보였다든지, 제 이야기뿐이었어요.

그래도 저는 도넛을 먹었어요. 그러면 사랑하는 엄마의 웃는 얼굴을 도넛 너머에 그리지 않아도 직접 볼 수 있었으니까.

구멍 너머로 엄마 모습을 보게 된 건 엄마가 돌아가신 뒤부터예요.

그러고 사 년 뒤에 그 인간이 어머니랑 재혼해서 반년도 채 지나지 않아 저는 어머니가 태어난 고향에서 어머니랑 같이 살게 됐어요.

엄청 시골이에요. 놀러 갈 데가 편의점밖에 없을 정도로.

그 인간은 단신 발령이 결정돼서 미국에 갔어요.

같이요? 회사 규정에 가족이 같이 가면 최소 십 년은 거기서 근무해야 하는데 단신 발령의 경우에는 최소 오 년이면 된다면서 혼자 가기로 했다고 그 인간이 어머니한테 설명하던 기억이 나요.

어머니는 영어를 잘 못하니까 안심했다면서 웃고 있었지만 본심은 어땠을까? 말을 안 해요, 그 사람은.

나에 대해서도 실은 어떻게 생각하고 있었을까? 하지만 이런 생각을 하게 된 건 요 일 년 정도예요. 그전까지는 그런 의문이 파고들 틈이 없을 정도로 정말 소중하게 길러줬어요. 도넛뿐이 아니에요. 무슨 요리든 다 잘하니까 뭘 만들어도 맛있어서 어머니가 만들어준 음식은 남긴 적이 한 번도 없어요.

이게 엄마랑 마지막으로 한 약속이니까요.

뭐, 이런 복잡한 사정은 그 선생님한테는 이야기하지 않았지만, 살이 찐 원인이 애정이 담뿍 담긴 수제 도넛이라는 걸 알면 이해해줄 줄 알았어요. 스트레스 때문에 폭음폭식을 한다거나 집에서 밥을 안 해줘서 패스트푸드만 먹으러 다닌다거나 건강하지 못한 이유로 살이 찐 게 아니라는 사실은 전달될 거라고 생각했거든요.

그런데 완전 실패. 선생님은 머릿속까지 삐쩍 말라붙어서 타인의 말이 들어갈 틈이 없었어요. 가족한테도 이야기를 듣고 싶다질 않나, 어쨌든 제가 살을 빼지 않으면 수긍할 수 없었던 것 같아요.

확실히…… 이야기가 다시 돌아가는데, 먹는 도넛 양이 늘어났거든요. 실제로 스트레스가 될 만한 일이 일어났으니까.

그 인간의 귀국. 사 년이나 연장해서 구 년 동안 한 번도 돌아오지 않았고 여름방학 같은 때 놀러 오라고 어머니나 나를 부른 적도 없었으면서 내 모습을 보자마자 내버려둬서 미안하다지 뭐예요.

유우를 저 여자에게 맡긴 건 실수였다면서. 최악이었어요. 그 인간에게 어머니는 그냥 저를 봐주는 사람이었던 거예요.

그래서 저는 싸우기로 했어요. 아니, 제 몸이 마음대로 전투태세로 들어가버렸죠. 어머니가 만든 음식 말고는 먹지 않겠다고. 그렇게 되면 살이 빠질 것 같잖아요? 하지만 그 반대예요.

어머니는 내 상태가 이상하다는 걸 눈치챘어요. 시판 과자나 빵에 손도 안 대는 나를 보고 처음에는 다이어트를 시작했다고 생각했나 봐요. 좋아하는 남자애라도 생겼냐고 물어보더라고요.

좋아하는 남자애는 있었지만 그 애는 뚱뚱한 나를 좋게 생각하는 모양이었기 때문에 그 애를 위해 살 빼고 싶다고 생각한 적은 없었어요. 아니, 저는 다이어트를 해야겠다고 생각한 적이 없었어요.

그 동네에선 제가 전학생이었는데 체형 때문에 놀리거나 하는 애도 없고 다들 친절하게 대해줬거든요. 뚱뚱한 게 마이너스가 된 적은 한 번도 없어요.

아니, 있었구나. 중학교 체육대회 때 같이 이인삼각을 한 남자애를 다치게 만들었거든요. 넘어지는 바람에 제가 깔아뭉갠 꼴이 돼서. 하지만 웃으며 용서해줬어요. 덩달아 호감도도 극적으로 올라가서 그 애를 좋아하게 돼버렸죠.

저한테 살을 빼야 할 이유는 하나도 없어요. 오히려 뚱뚱해서 좋았어요. 지금 어머니랑 닮았으니까. 어머니가 통통한 체형이거든요.

악의는 없겠지만 어머니를 안 닮았다는 말을 아무렇지 않게 하는 사람들이 곧잘 있어요. 어쩔 수 없죠. 핏줄이 이어져 있지 않으니까. 아무리 그래도 그 사실을 공개할 정도로 강심장은 아니에요.

하지만 그런 이야기가 나오면 마음대로 말참견을 하는 애가 있어요. 이 경우는 좀 놀리는 느낌으로. 체형은 닮았는데 말이야 하면서. 저는 그 말이 기뻤어요. 같은 체형이면 나랑 어머니가 진짜 모녀지간으로 보이는구나 하고.

아아, 맞아. 답은 간단했어. 저는 어머니랑 모녀지간이기 위해 도넛을 먹은 거예요.

다이어트 같은 건 하지 않았어요. 많이 만들어달라고 조른 건 어머니랑 같이 있고 싶어서예요. 왜냐하면 그렇게 다정한 사람이 없거든요.

엄마가 돌아가시고 저는 매일 울면서 보냈어요. 그럴 때 어머니는 아직 어머니가 아닐 때부터 저한테 도넛이나 맛있는 음식을 만들어줬어요. 택배로 보내주기도 했고 비행기를 타고 일부러 와준 적도 있고요.

어머니도 엄마가 했듯이 도넛 너머를 들여다보곤 했어요. 어떻게 알아? 물어봤더니 조금 생각하는 얼굴을 한 뒤에 엄마가 가르쳐줬다고 대답했어요. 엄마는 많은 걸 가르쳐줬어 하면서 어머니는 눈을 가늘게 뜨고 구멍 너머를 보고 있었죠.

엄마가 웃고 있네? 나한테 이렇게 말하면서 이상한 얼굴로 웃어요. 눈물이 흐르는 걸 참느라고 필사적으로 얼굴에 힘을 주고 있었던 거겠죠.

그러다가 법률적으로도 어머니가 돼서 저를 소중하게 키워줬어요.

밤중에 저를 업고 몇 번이나 병원으로 데려갔는지.

건강하다는 어필을 실컷 해놓고 모순되지만, 저 초등학생일 때는 밤에 곧잘 열이 났거든요. 그런 다음 날에는 도넛 대신 죽이랑 사과즙이었지만 건강해지면 도넛 만들어줄게 하고 어머니는 늘 말했어요.

그런데 세상은 어머니한테 혹독했어요…….

학교에서 지도실로 불려간 뒤부터 살을 빼겠다고 노력했지만 몸을 너무 많이 움직이는 바람에 되레 무릎을 다쳐서 전보다 더 못 움직이게 됐어요.

프로 뚱보로서 저는 제 몸을 움직이는 방법도 알고 있었어요. 그런데 이 이상 부담을 주면 위험할 수도 있다는 예감이 드는데도 몰아붙이고 말았죠. 그 결과 살이 빠지기는커녕 댄스부도 쉴 수밖에 없어졌고, 이제 먹는 일밖에 없어서 점점 더 살이 쪘어요.

그리고 결국 선생님이 집에 왔죠.

뭘까요, 그 태도는. 저는 숨어서 지켜봤는데 인사 같은 것도 없어요. 텔레비전에서 보는 현행범 체포 같은 느낌.

"어머니는 따님에게 무슨 짓을 하고 있는지 자각이 있습니까?"

잘못한 애를 혼내는 것도 아니고 어른을 상대로 날카로운 목소리로 갑자기 그런 식으로 쏘아붙여요? 현관에 나간 사람이 아버지였어도 똑같은 태도를 취했을까? 아뇨, 다른 엄마들한테도 그런 식으로는 안 할 거라고 생각해요.

히사노 선생님은 어릴 때 같은 반에 뚱뚱한 애 있었어요?

초등학교, 중학교에 있었군요. 괴롭힘당했죠?

선생님 말고요. 그 뚱뚱한 애요.

괴롭힘이라고는 할 수 없을지 몰라도 놀림은 받았다고요? 아아, 선생님한테 그렇게 보였으면 상당한 괴롭힘이었겠네요.

뚱뚱해서죠? 그리고 음침한 이미지라서 아니에요?

그랬구나. 역시. 근데요, 미리 말해두는데 어머니는 그렇지 않아요. 아, 조금 정정. 작년까지는 그랬어요.

밝고 잘 꾸미고 남의 험담 같은 건 절대로 하지 않는 멋진 사람이에요. 주뼛거리지도 않고요. 하지만 가끔 백 퍼센트 그런 성격은 아니구나 생각할 때도 있었어요. 이 정도는 괜찮잖아 싶은 일에 엄청 신경을 쓰거든요.

가장 심했던 경우는 제가 체육대회에서 남자애를 다치게 했을 때. 사소한 타박상이랑 찰과상인데 중상을 입히기라도 한 양 어떡하지, 어떡하지 하면서 쩔쩔매더라고요. 상대방 아버지가 어머니랑 동창이고 되게 마음 좋은 분이었어서 왜 저렇게까지 당황하나 더더욱 이해가 안 됐어요.

남들 두 배로 주위를 살펴야만 했던 시기가 있었겠거니 예상할 수 있었어요. 그런 애가 있거든요.

그 애가 뭘 어쩐 것도 아닌데 노려봤다는 둥, 잘난 척한다는 둥, 분위기 파악을 못 한다는 둥 뒷말을 듣는 애요. 뒷말을 하는 애들은 대개가 아무 장점도 없는 주제에 으스대면서 어떻게든 누군가를 자기 밑에 두고 우월감에 젖으려 하는 애잔한 타입이에요.

프라이드만 높으니까 주위에서 자기를 인정해주지 않는다는 데에 안달을 내죠. 그런 애들 안테나는 자기보다 기가 약해 보이는 애들을 금방 포착해요. 그리고 착각 스위치가 발동하죠.

얘한테는 무슨 말을 해도 되겠구나. 어떤 태도를 취해도 되겠구나.

그게 어머니를 대하는 선생님의 태도였어요. 그런데 어머니한테는 무기가 있었죠. 영양관리사라는 자격. 뭐, 선생님은 자기의 "몸의 소리를 듣는다" 쪽이 더 위라고 믿고 있을 것 같지만.

선생님이 다음에는 의사나 경찰이나 공무원 같은 사람을 데리고 오면 어떡하지? 이렇게 생각하니 학교에 갈 수가 없었어요.

제가 뚱뚱한 이상 어머니는 학대 부모 취급을 받게 돼요.

하지만 그런 학대가 있어요? 텔레비전이나 인터넷에서 학대 뉴스는 매일 같이 접하지만 아이를 살찌우는 학대라니 들어본 적이 없어요. 선생님이 이상하다고 생각했죠.

그런데 마치 그걸 증명하기라도 하는 듯 메구미 이모한테서 연락이 온 거예요. 도쿄에 있는 아버지를 경유해서. 할머니 상태가 나쁘니까 만나줬으면 좋겠다며. 어머니랑은 껄끄러우니 몰래 오라고 해서 저는 아빠 집에 자러 간다고 거짓말을 하고 나갔어요. 한 번이면 끝날 볼일이라고 생각했으니까.

맞아요. 귀국한 뒤에도 줄곧 별거 상태였어요.

메구미 이모랑은 고베 공항에서 만나기로 약속했는데, 이모는 조심조심 다가와서 유우니 하고 묻더니 이쪽이 고개를 끄덕이자마자 눈물을 흘리기 시작하는 거예요.

"이렇게 흉한 몰골이라니."

아까도 나왔죠, 이거. 열일곱 살 여자애한테 이렇게 심한 말이 어디 있어요? 흉하다는 건 뭘 가리키는 건지. 제가 너덜너덜한 옷을 입은 것도 아닌데. 어머니는 계절마다 새 옷을 사줬어요. 작년 옷을 입고 있으면 작년이랑 똑같은 유우가 되니까 하면서. 그때그때의 저한테 가장 잘 어울리는 옷을 골라줬어요. 급격히 살이 찐 뒤에도요.

그럼 뭐가 흉한가? 뚱뚱한 것 말고 뭐가 있겠어요? 이런 식으로 말하면 제 결점이 뚱뚱한 거라고 인정하는 것 같아서 싫지만, 거기에 너무 집착하면 이야기가 진행이 안 되니까.

그런데 이렇게 이야기 계속해도 돼요? 히사노 선생님은 바쁘잖아요. 추가 상담비가 드는 거 아니에요?

헤, 괜찮구나. 그럼 계속할게요.

메구미 이모가 놀란 이유는 제가 뚱뚱하기 때문이었어요. 헤어질 당시에는 거식증이 의심될 정도로 말랐기도 했고요. 훌륭하게 성장했다고 생각해주기를 바랐는데. 다음에 나온 말로 제 귀를 더욱 의심하게 됐죠.

"학대잖아."

학교에 다녀온 것도 아닐 텐데 메구미 이모 자신이 그렇게 느꼈다는 거겠죠. 선입견이라는 필터 때문이겠죠.

메구미 이모 머릿속에서는 어머니가 엄마를 배신하고 아버지랑 나를 빼앗아 간 걸로 되어 있거든요. 그렇게 생각한다는 건 저도 몰랐어요.

저를 데리고 곧장 할머니 병원으로 갈 생각이었던 모양이지만 마음을 진정시킬 겸 일단 집으로 가자고 하더라고요. 동요한 사람은 메구미 이모뿐이었는데. 저는 아무런 볼일도 없었으니까 예정을 어떻게 변경하든 개의치 않았죠.

딱히 내키지도 않았는데 외가에 도착하니 그립다는 느낌이 들었어요. 초등학교 들어가기 전이었는데도 그 집에서 보낸 시간에 대한 기억이 머릿속에 확 되살아나더라고요. 거실 커튼 무늬가 바뀌었구나, 할머니가 반고흐의 '해바라기'를 직접 십자수로 놓은 액자는 여전히 걸려 있구나, 달라진 곳을 찾을 수 있겠더라고요.

할머니 방에서 잘 때는 눈물이 그치지 않고 흘렀는데 메구미 이모 방에서 잘 때는 울지 않았던 것도 기억났어요. 그걸 메구미 이모는 제가 자기를 더 좋아하기 때문이라고 할머니한테 자랑스럽게 말했지만 실은 메구미 이모를 조금 무서워했기 때문이거든요. 그런 감정도 자연스럽게 가슴속에 피어올랐어요.

아마 메구미 이모도 어머니를 십사 년 가까운 시간 동안 매일같이 원망하지는 않았을 거라고 생각해요. 단지 저를 보고 당시 일을 떠올리는 바람에 어제 일처럼 화가 치민 게 아닐까요.

거실에는 엄마 사진도 걸려 있었어요. 배구선수 시절, 디자이너 시절 런웨이에서 웃고 있는 사진, 둘 다 무척 멋있었어요. 늘씬하게 키가 크고…… 네, 늘씬하게요.

그리고 갓 태어난 저를 안고 있는 사진. 아아, 그래. 엄마. 엄마는 이렇게 웃는 사람이었지. 엄마 모습을 찾기라도 하듯 방 안을 빙 둘러보니 정원을 면한 유리문에 제 온몸이 비쳐 보였어요.

뚱뚱한…… 흉한 몰골이라고 생각했어요. 메구미 이모가 우는 마음도 확실히 이해가 됐죠.

그런 상태에서 저는 어머니에 대한 험담을 들었어요.

"유우는 속고 있어. 내가 진실을 알려줄게."

이런 말과 함께 시작된 건 볼품없던 어머니가 엄마 패션쇼에 나간 걸 계기로 자신감을 갖게 되는 이야기였어요. 그리고 어머니도 기대를 품고 지켜보는 가운데 제가 태어나고 엄마가 병으로 쓰러져요.

거기에 아버지가 등장해요. 엄마가 병마와 싸우고 있는데 엄마를 배신하고 다른 여자와 관계를 가진 악역으로.

어느 날 메구미 이모가 엄마 병문안을 갔더니 엄마가 베개에 얼굴을 묻고 울고 있었대요. 엄마는 메구미 이모가 온 걸 알고는 눈물을 닦고 아무것도 아니라는 얼굴로 웃어 보였지만, 메구미 이모는 동생한테까지 조심할 필요 없다며 오히려 아무한테도 말하지 않을 테니 슬픈 일은 전부 자기한테 털어놓으라고 엄마한테 말했죠.

메구미 이모는 엄마가 나를 걱정해서 울고 있다고 생각했나 봐요. 그래서 엄마한테 이런 말도 했어요.

"유우는 내가 지킬게. 언니처럼 멋있고 근사한 여성이 될 수 있게 잘 키울 테니 안심해. 아빠 혼자 아이를 키우려면 힘들 테니 전력으로 도울게."

엄마는 그 말 뒷부분에서 얼굴을 일그러뜨렸어요. 그리고 툭 내뱉었죠.

"게이이치한테 배신당했어. 그 사람은 이렇게 뼈와 가죽만 남은 모습, 여자는커녕 인간으로도 보지 않아."

메구미 이모는 착각한 거 아니냐고 반쯤 위로하는 기분으로 물었지만, 엄마는 아버지 휴대전화를 살짝 훔쳐봤는데 주고받은 문자를 확인했기 때문에 틀림없다고 했대요.

화가 난 메구미 이모는 자기가 나서서 따지겠다고 엄마한테 말했지만 엄마는 거절했어요.

"복수 방법은 벌써 생각해놨어."

그러고는 몇 초 뒤에 농담이라며 웃었대요.

"게이이치 따위 상관없어. 내가 바라는 건 유우의 행복뿐이야. 유우를 맡기고 싶은 상대는 정했어. 메구미, 유우를 잘 지켜봐줘."

엄마의 말에 메구미 이모는 새끼손가락을 걸고 약속했어요. 그리고 메구미 이모는 병문안을 온 배신자 아버지를 감시했죠. 그랬더니 병원을 나간 뒤에 가까운 찻집에 들어갔다가 몇 분 뒤에 여자랑 둘이서 나오더래요. 두 사람은 사이좋게 큰길로 나가더니 택시를 잡고 번화가 쪽으로 향했어요.

그 여자가 어머니였대요.

메구미 이모는 어머니한테 정면으로 따지지는 않았어요. 상담을 좀 하고 싶다는 분위기를 풍기면서 아무래도 형부한테 여자가 있는 것 같다고 말해봤대요. 어머니는 너무하다고 대답했던 모양이지만 그게 본심인지 연기인지는 판별이 안 됐나 봐요.

그 사람은 표정을 읽기가 어려우니까.

메구미 이모는 그 이상 파고들지 않았어요. 저를 위해서. 제가 어머니가 만든 도넛밖에 먹지 않는다는 걸 알고 있었으니까. 어머니를 화나게 하거나 멀리할 수는 없었던 거예요.

그 배신자. 이야기가 끝날 때 내뱉듯 이렇게 말한 걸 보면 그 당시에는 더 화가 났었겠죠.

그 뒤로 얼마 안 지나 엄마가 돌아가시고 메구미 이모랑 할머니는 저를 집으로 데려가려 했지만 그게 어려운 상황이 돼버렸어요. 할아버지가 뇌일혈로 쓰러지는 바람에 병간호를 해야 했거든요.

그때 일은 엄마가 돌아가셔서 멍하던 와중에도 어렴풋이 기억이 나요. 가장 어쩔 줄 몰라 한 건 그 인간이었어요. 머리를 싸쥐기도 하고 커다란 한숨을 몇 번씩 내쉬고.

할머니랑 메구미 이모는 할아버지 상태가 진정되면 저를 데려가겠다고 하고 저를 아버지한테 맡겼어요. 그 인간은 말로는 걱정하지 말라고 하면서도 몹시 곤란한 눈치였대요.

그래서 메구미 이모도 되레 잘됐다고 확신했어요. 절 데리고 도쿄로 가면 어머니랑 만날 일도 없고 당분간은 다른 여자를 만날 틈도 없겠지 하고.

그랬는데 전혀 모르는 사이에 아버지랑 어머니가 친밀한 관계가 되어서는 결혼했다며 얄팍한 엽서 한 장으로 알려 왔으니, 깜짝 놀랄 밖에요. 어머니랑은 엄마가 돌아가신 뒤로는 별로 연락하지 않았던 것 같아요. 한번 직접 만났는데 어머니가 메구미 이모한테 뺨을 맞았어요. 그 인간은 그때 어디에 숨어 있었을까? 어쨌든 어머니랑은 그길로 연을 끊었어요.

"할아버지 병세가 계속 악화되는 바람에 유우를 못 데리고 와서 미안해."

저한테는 울면서 이렇게 말했어요.

그러던 할아버지가 작년에 돌아가셔서 일단 알리기라도 하자는 생각에 메구미 이모가 아버지한테 엽서를 보냈더니 며칠 뒤에 전화가 걸려 왔다나 봐요.

곤란하게 됐다면서.

그게 제 비만 때문이라고는 메구미 이모는 상상도 못 했던 것 같아요.

"언니를 배신한 걸로도 모자라 유우를 이런 몰골로 만들다니. 나쁜 여자 같으니. 유우가 언니를 닮아가는 걸 용납할 수 없었겠지. 형부가 언니 생각이 나서 자기를 버릴까 봐 두려웠겠지. 그래서 이렇게 살을 찌우고, 가엾은 유우……."

거기서부터는 우리 집에 있으라느니, 좋은 병원을 알아보겠느니 했지만 저는 모호하게 웃으며 얼버무렸어요. 사실과 다른 부분이 많이 있었거든요.

예를 들면? 일단 하던 이야기는 끝까지 들어봐요.

저는 오해를 풀어야 되겠다고 생각했어요. 제대로 이야기하자고. 하지만 다음 날 할머니 병문안을 갔다가 동요해버렸어요.

할머니 모습이 엄마랑 겹쳐졌거든요. 엄마랑 할머니가 얼굴이 닮기도 했지만 엄마가 입원했던 곳이랑 똑같은 병원이었던 게 컸던 것 같아요. 같은 냄새가 나서 외가에 갔을 때보다 당시 일이 더 뚜렷하고 선명하게 머릿속에 되살아났어요.

엄마의 말. 메구미 이모의 말. 내 구 년.

이렇게 된 거였구나, 이해가 됐거든요.

엄마가 도넛 너머로 뭘 보고 있었는지가.

아아, 역시 콜라 마시고 싶어. 꺼내도 돼요?

왜 그래요, 그렇게 놀란 얼굴 하지 않아도 되잖아요. 500밀리 페트병일 줄 알았더니 2리터라서 그러죠? 게다가 반도 넘게 든 미지근한 콜라를 단숨에 마셔버리는 뚱보.

확실히 멀쩡하진 않죠. 네, 멀쩡하지 않아요. 여기 왔을 때부터 이상했던걸요. 조잘조잘, 조잘조잘, 에어컨이 돌아가는데도 땀을 흘리면서 떠들고 있어요. 제 조울 미터기가 단숨에 조 쪽으로 확

기울어서 아마 곧 배터리가 떨어질 거예요.

그렇게 되기 전에 전부 이야기할게요. 아마 다음 충전까지 상당한 시간이 걸릴 테니까. 네, 그렇게 해요.

우선 뭐부터 얘기하죠? 히사노 선생님이라면 예상했을 법한 것. 아니, 히사노 선생님 같은 미인이 간단히 의심할 만한 것.

아버지 바람 상대가 통통한 어머니였다? 그럴 리 없잖아요. 결혼 상대로 늘씬한 엄마를 고른 사람이라고요. 그런 의미에서는 메구미 이모가 어머니를 여성으로서 높이 평가하고 있었다고 생각해요. 처음에 확실히 따져 물어서 오해가 생기지 않았다면 영원히 친한 친구로 지낼 수 있었을 텐데.

아니, 이제부터라도 늦지는 않나?

그럼 아버지는 바람을 피우지 않았느냐고요? 그건 땡이에요. 그 인간은 바람을 피우고 있었어요. 왜냐면 저, 엄마가 돌아가신 직후에 바람 상대랑 만났거든요. 데리고 왔어요, 도쿄 아파트에. 외가랑 떨어져 있고 저도 어렸다고는 해도 대단한 배짱이죠. 아니, 그냥 상식이 없는 건가?

키가 작고 연약한 느낌인데 가슴이랑 눈은 무지막지하게 큰, 웨이브 있는 긴 머리의 여자. 그 여자가 저한테 이러더라고요.

"안녕, 유우. 나, 요리는 잘해. 좋아하는 건 뭐든 만들어줄게."

향수 냄새가 역해서 저는 온몸으로 거부하듯 울어댔죠. 만일 그때 그렇게 하지 않았다면 그 여자가 그 뒤에도 계속 찾아와서 정신이 들었을 땐 제 엄마인 척 같이 살고 있었을지도 몰라요.

뭐, 그 인간은 마음이 떠 있기도 했지만 난처하기도 했을 거예요.

도쿄로 돌아간 뒤로 제가 물 말고는 아무것도 입에 대지 않았거든요. 외식도 싫다, 패스트푸드도 싫다, 슈퍼 반찬 코너에서 뭐라면 먹겠냐고 물어도 잠자코 고개만 가로저을 뿐이니까.

그러고 있는데 그 여자가 뻔뻔하게 나섰는지도 몰라요.

하지만 저는 거식증에 걸렸던 게 아니에요. 배고팠어요. 그래서 그 인간한테 말했죠.

"엄마랑 같이 먹은 도넛이라면 먹을 수 있어."

그게 엄마랑 한 약속이었으니까. 어떻게 된 일인가 싶죠?

저는 엄마랑 헤어지는 게 괴로워서 견딜 수가 없었어요. 그랬더니 엄마가 이렇게 말하더라고요.

"보고 싶으면 언제든 볼 수 있어. 이 마법 도넛 너머에서 엄마가 늘 유우를 보고 있을 거니까."

하지만 그걸 만들어주는 사람은 가족도 아니고 친척도 아니에요. 도쿄로 가면 만날 수도 없어져요. 저는 어떡하느냐고 엄마한테 물었죠. 그랬더니 엄마가 집게손가락을 입 앞에 세우더니 제 귀에 대고 속삭였어요.

"여기서부터는 둘만의 비밀이야. 엄마는 유우의 새엄마로 그 애가 좋겠다고 생각해. 그 애라면 유우를 소중하게 길러줄 테고 맛있는 밥도 만들어줄 거고 도넛을 매일이라도 튀겨줄 테니까. 유우도 그렇게 생각하지 않아?"

저는 어머니를 좋아하기는 했지만 엄마 정도로 좋아했느냐 하면 그 정도는 아니었어요. 당연하죠. 엄마도 그건 넘겨다보고 있었어요. 그래서 이렇게 말을 이었죠.

"그 애가 새엄마가 돼주지 않으면 눈이 되록되록한 무서운 여자가 올지도 몰라. 그 사람은 유우한테 엄마는 빨리 잊어버리라고 말할 수도 있어."

엄마는 그 인간 바람 상대가 누구인지 알고 있었던 거겠죠. 그냥 느낌이지만 그 인간이 엄마랑 일하던 지인한테 손을 뻗은 것 같아요. 지카 씨, 엄마 이름인데요. 지카 씨는 괜찮나요 하고 걱정하며 묻는 여자한테 상담 좀 해달라느니 어쩌느니 하면서. 자기 타입이었겠죠.

일찍이 버림받았지만 그 인간 성격쯤은 알아요.

저는 엄마를 잊어버리라고 하는 사람이랑은 같이 살고 싶지 않았어요. 하지만 어머니라면 잊기는커녕 같이 엄마 이야기를 할 수 있죠. 도넛을 먹으면서. 그런 생각으로 엄마한테 어머니가 만든 것밖에 먹지 않겠다고 약속했어요. 대신 어머니가 만든 요리는 남기지 않고 전부 먹겠다고요.

지금 와서는 그런 작전이 잘도 성공했구나 싶어요. 하지만 새엄마가 지금 어머니여서 정말 다행이에요. 그것만큼은 줄곧, 줄

곧 그렇게 생각했어요.

엄마가 한 말이 사실이었다고.

그런데 단 한마디 말로 세계가 백팔십 도 바뀌었어요. 아까 한 이야기에 나온 말이에요. 자, 뭘까요?

복수? 정답.

복수 방법은 벌써 생각해놨어. 엄마는 메구미 이모한테 이렇게 말한 뒤에 농담이라며 얼버무린 모양이지만 그건 본심 아니었을까요?

투병중에 다른 여자한테 손을 댄 남편에 대한 복수. 자기가 죽은 뒤에 그 인간이랑 그 여자가 재혼하는 걸 방해하기 위해 저를…… 이용한 게 아닐까요.

바람 상대 여자랑 정반대 타입을 배정해줘야겠다고 어머니도 이용한 거 아닐까요.

제가 아주 많이 사랑한 엄마는 실은 제가 아는 다정한 사람이 아니었을지도 몰라요.

그렇지 않다고요? 히사노 선생님이 어떻게 알아요?

그렇다고 제가 불행하다고 생각하지는 않아요. 엄마의 작전이었다고 해도, 의도야 어쨌든 저는 지금 어머니가 어머니가 돼줘서 다행이라고 진심으로 생각해요.

둘이서 그 동네에서 보낸 구 년은 정말로 즐거웠어요. 친구도 있었고, 학교도, 댄스도, 싫은 게 아무것도 없었어요. 중학교 때는 축제 콘테스트에서 '꽃미남 여학생'에 뽑힌 적도 있어요. 완전 인기쟁이죠?

저는 행복하게, 행복하게 살쪄갔어요. 제 군살은 어머니하고 다정한 주위 사람들한테서 받은 사랑의 덩어리예요.

그런데 자기만 옳다고 믿는 교사를 만나버린 거죠. 뭐, 그건 됐어요. 그 사람은 남이니까. 학교를 벗어나면 상관 안 해도 되는 사람이니까.

진짜 문제는 마침맞게 귀국한 아버지. 그 인간은 어머니랑 이혼하고 싶은 거예요. 미국에서 가깝게 지낸 여자랑 재혼하고 싶거든요.

투병중에 만나던 사람? 아니에요, 다른 여자. 그 인간은 그렇게 일편단심이 아니에요. 엄마 투병중에 사귀던 여자한테는 차였어요. 그래서 될 대로 되라 어머니랑 결혼했죠. 뭐, 결혼은 미국 발령에 제가 방해됐던 게 가장 큰 이유였겠지만. 심기일전해서 해방되려고 결혼한 거예요.

이상한 이야기죠.

그러다 그쪽에서 새로운 만남이 있었고 둘이 사이좋게 귀국했으니 구 년이나 딸을 길러준 은인인 어머니랑은 이혼하고 싶은 거죠. 이게 말이 되는 이야긴가요? 뭐, 어머니는 대놓고 이혼하자고 하면 그냥 응해버릴 것 같지만.

그러면 위자료를 잔뜩 뜯어내면 돼요. 근데 쩨쩨한 그 인간은 그걸 또 어떻게 하고 싶은 거예요. 귀국 초에는 적은 위자료로 원만하게 이혼할 수 있으면 좋겠다는 정도로 생각했을지 모르죠.

그런데 저를 보고 나서 생각이 바뀐 거예요. 유우는 정상적으로 키워졌다고는 말할 수 없는 것 아닌가. 거기에 고등학교 담임한테서 연락이 와요. 따님은 학대받고 있다고.

선생님에 대해서는 성가시다 생각하면서도 이건 이용할 수 있겠다 싶었겠죠.

등교거부를 하는 저를 새로운 환경으로 데려가겠다는 명목으로 우선 저랑 어머니를 떼어놔요. 그러고 나서 어머니가 나를 학대했다고 호소할 준비를 시작해요. 마침맞게 전처 가족한테서도 연락이 와요. 그 사람들한테도 제가 어머니한테 학대받고 있었다고 상담하고 증거를 굳혀가요.

어머니는 엄마 책략에 빠져서 좋아하지도 않는 남자랑 결혼한 데다 친딸도 아닌 애를 혼자 구 년이나 키우는 처지가 됐는데 심지어 학대 부모로 소송당하기 직전이에요.

우리 가족이랑 만나지 않았다면 제대로 된 사람이랑 결혼해서 자식 낳고 잘 키우고 있었을 텐데. 소중한 시간을 빼앗아놓고 앞으로의 행복한 인생까지 훼방놓으려고 해요.

어머니는 이미 기력을 잃어서 싸울 수도 없을 거예요.

어머니를 지킬 수 있는 사람은 저뿐이에요.

구 년 동안 키워준 은혜를 갚는 거예요. 그리고 엄마가 저지른

일에 대한 속죄요. 이 문제는 어떻게 하면 해결할 수 있을까요?

제가 살을 빼면 돼요. 그러면 어머니의 학대는 없었던 일이 돼요. 군살을 붙인 게 학대라면 살을 없애면 되죠.

운동은 못 해요. 하지만 메구미 이모한테 상담했더니 신뢰할 수 있는 클리닉을 바로 알아보겠다고 하더라고요. 메구미 이모는 겉과 속이 다르지 않으니까요. 살을 뺀 뒤에 오해를 잘 풀어서 어머니랑 다시 친구 사이로 돌아갔으면 좋겠어요.

네, 이게 맞았어요. 군살이 없어지면 어머니랑도 이제 모녀지간이 아니게 되는 것 같아서 저어되기도 했지만 아니에요. 어머니는 저를 일부러 살찌운 게 아니니까 제가 살이 빠졌다고 해서 차갑게 변할 리 없어요.

또 같이 살자고 해줄 거예요, 분명.

그렇죠, 히사노 선생님? 어머니는 통통해도 천성이 어둡지도 음침하지도 않아요. 밝고 다정하고 정의감 넘치는 최고의 어머니라는 걸 제가 모든 사람한테 증명할 거예요.

그러니까 부탁드려요. 제 지방을 빨아들여주세요.

◆

아아, 녹음기에 가루가 묻어버렸네. 자, 물티슈.

히사노, 이게 전부야? 유우 목소리는 이게 끝이야? 같은 날인지는 모르겠지만 이 뒤에 수술을 받잖아? 수술 끝나고 한 이야기는 녹음하지 않았어?

이거뿐이구나.

왜 나한테 좀 더 빨리 와주지 않은 거야? 유우가 살아있을 동안에.

기라 유우와 요코아미 야에코가 연결되지 않았다고? 하지만 지금 여기 있잖아.

게다가…… 뭐?

비밀 보장 의무? 잘도 그런 말을……. 나한테 들려줘놓고? 죽은 뒤에는 의무가 없어져? 그건 네가 해석하기 나름이잖아.

애초에 이런 녹음 같은 거 안 들려줘도 됐어. 이건 상담이었잖아. 유우 이야기를 듣고 지방흡입을 하는 게 최선이라고 히사노 너도 판단했다는 거지.

지금 한 이야기를 어머니한테 직접 하는 게 좋겠다고 왜 말해주지 않았어? 네가 메구미한테 이걸 들려주기만 했어도 걔가 나한테 연락했을지도 모르잖아. '어머니'가 요코아미 야에코라는 걸 네가 알 수 있었는데. 그러면 나랑 이야기하기는 불편해도 호리구치한테는 상담했을지도 몰라. 아들인 세이야는 유우랑 동기고 유우가 도쿄에 간 뒤에도 마음을 쓰고 있었어. 녹음을 듣고 유우도 세이야를 좋아했다는 걸 알았고. 세이야였다면 뭐라도

287

할 수 있었을지도…….

아니다, 역시 내가 직접 유우의 마음을 알고 싶었어. 아무리 유우가 그렇게 말했어도 넌 유우 '어머니'인 나를 천성이 어둡고 음습하다고 생각했지? 학대한다고 의심했지?

미용외과 의사라서 깊이 개입할 수가 없다? 그러면 환자 신상에 대해 들을 필요 없잖아. 동의서에 도장 한 번 받고 그다음엔 모르는 척하면 되잖아.

이 이야기를 들었다면 결말이 달라졌겠냐고? 당연하지.

살빠진 뒤의 유우에 대해 가르쳐달라고? 수술하기 전에 상상해, 그런 건. 유우가 죽은 게 네가 수술을 했기 때문이 아닌지 걱정하는 거잖아.

살이 빠지면 문제가 해결될 텐데, 행복해지지 않는 건 이상한데…… 어째서 이렇게 됐나.

안심해, 네 탓이 아니니까.

알고 싶지? 그래도 잠깐 기다려. 도넛 튀길 테니까. 모처럼 반죽했으니 둘이 먹자.

기다렸지? 뜨거울 때 먹어. 나도 하나 먹을게.

이 구멍을 들여다보면 가장 예뻤던 시절의 내가 보여. 어쩐지 백설공주에 나오는 마법 거울 같아.

지카 씨 쇼 런웨이에 섰을 때 모습이 아니야. 조금 더 뒤. 지카 씨가 투병중일 때야. 사실대로 이야기할게. 가능한 한. 그래, 가능한 한. 내가 사실이라고 생각하는 내용을.

병원 엘리베이터에 커다란 거울이 붙어 있잖아? 거기에 비친 내 모습. 어느 날 엄청 예쁘다는 생각이 들었어.

화장이나 머리 모양이나 옷에 대해 가르쳐준 사람은 지카 씨지만 그런 게 아니야. 피부에 윤기가 돌고 눈도 반짝거려. 생명력이 넘치는 아름다움이랄까.

나는 그 모습을 지카 씨한테…… 인정받고 싶은 게 아니라 과시하고 싶은 게 아닐까 생각했어. 인생을 바꾸어준 가장 존경하는 사람에게 내가 우월감을 품으려 했던 이유는 지카 씨 남편을 좋아하게 됐기 때문이야.

병문안 뒤에 언제 식사 제안을 받아도 괜찮게끔 나는 할 수 있는 최선의 상태로 병원으로 향했어. 그런 나한테 지카 씨는 늘 예쁘다고 말해줬지. 그게 어느 날 부럽다로 바뀌어서, 그날 돌아가는 길에 엘리베이터 거울로 나를 지긋이 바라봤더니 저도 모르게 숨을 삼킬 만한 모습이 비치고 있었어.

마치 내가 지카 씨의 생명력을 빨아들이기라도 한 듯.

그리고 며칠 지나지 않아 메구한테서 게이이치 씨에게 여자가 있다는 이야기를 들었어.

나다. 순간적으로 그런 생각이 들 정도로 나는 나 자신에게 취해 있었던…… 셈이겠지. 다른 여자가 있으리라고는 상상도 못

하고. 옛날의 나였다면 설사 바람 상대가 나였어도 다른 여자가 있구나 하고 충격받았을 텐데.

딱 한 번 술김에 키스를 당했어. 고작 그걸 가지고 나는 지카 씨한테서 게이이치 씨를 빼앗은 줄 알고 있었지.

열심히 도넛을 만들어서 가지고 간 건 그런 떳떳지 못한 마음을 메우기 위해서였는지 몰라.

자기 일인데 모른다니 이상하지. 과거 기억은 바꿀 수가 없는데. 남들이 그런 거 아니냐고 강하게 단정하거나 거듭해서 말하는 걸 들으면, 생각해본 적도 없는데 실은 마음속 깊은 곳에 봉인하고 있었을 뿐 본심은 그게 아니었을까 헷갈리게 돼.

자기 자신을 알 수 없게 돼.

단지 이것만큼은 단정할 수 있어. 지카 씨가 죽었을 때 나는 죄책감을 느꼈어. 은인을 배신했다고. 지카 씨는 내가 배신했다는 사실을 알고 언젠가는 털어놓고 사죄하기를 기다렸던 게 아닐까? 내 양심을 믿어주었던 게 아닐까? 그리고 실망한 채 세상을 떠난 게 아닐까?

그래서 유우에게 음식을 보내거나 유우를 돌볼 수 있게 되면서 안심한 부분도 있어. 게이이치 씨와 결혼할 수 있게 됐을 때는 이건 지카 씨가 용서해줬기 때문이라고 마음대로 해석하려 했고. 그랬던 걸까? 잘 모르겠어.

그래도 유우가 내게 소중했고 열심히 키웠다는 건 자신 있게 말할 수 있어.

유우를 일부러 살찌우려 생각했던 적은 한 번도 없어. 오히려 유우 식욕이 떨어질까 봐 두려웠지. 유우가 내가 만든 음식을 먹어주는 게 기뻤어.

뚱뚱한 사람이 반드시 병이 있는 건 아니야. 유우가 무릎을 다친 건 걱정이었지. 하지만 나도 십대 때 무릎을 다친 적이 있는데 증상이 심해지지 않고 나았으니까, 그 나이 때 생기는 일이겠거니 낙관적으로 보고 있었어.

그래도 그 교사의 비난은 참을 수가 없어서 천성이 어둡고 음습하다고 미움받던 시절의 나로 돌아갔어. 나 자신을 지키기 위해 껍데기 속에 틀어박혔지. 유우도 있었는데. 등교를 거부하고 이상할 정도로 도넛을 먹고 싶어하게 된 유우가 있었는데.

게이이치 씨가 권하는 대로 유우만 도쿄에 보내기로 했어. 유우도 거기에 동의했으니까. 유우가 왜 그렇게 판단했는지는 생각해보려고 하지도 않았어. 단지 내가 비난의 목소리에서 해방된다는 데에 안심했지.

하지만 그 반대였어. 유우가 없는 생활은 나를 옛날의 나로 점차 되돌려놓았거든.

다들 내 험담을 한다. 나는 모두의 미움을 받는다. 저 여자는 학대 부모다. 은인을 배신한 몸도 마음도 추한 여자다.

왜인지 매일 도넛을 만들었어. 먹어주는 사람은 없어. 구멍을 들여다봐도 아무것도 보이지 않아. 그런데도 그렇게 하지 않으면 살아갈 수 없기라도 한 것처럼…….

그 뒤로 며칠, 몇 달이 지났을 때일까…….

아무도 찾아오지 않을 현관문이 열리는 소리가 나더니 탁탁 발소리가 들리고 덧문이 열리더니…… 지카 씨가 서 있었어.

나는 비명을 지르고는 오지 마, 오지 마 외치면서 주위 물건을 손에 잡히는 대로 집어 던졌어.

탁 소리가 나서 잘 보니 이마에서 피가 흐르고 있어.

지카 씨 이마가 아니야. 어릴 때는 매일 밤 몇 번이고, 몇 번이고 어루만졌던 유우 이마에서 피가 흐르고 있었어. 큰 눈에서는 눈물이 흐르고, 입 꼬리가 쪽 올라간 귀여운 입에서는 작은 목소리가 새어 나왔어.

"죄송해요."

그게 내가 유우를 본 마지막이야. 나는 달아나듯 집에서 나갔으니까. 갓 튀긴 도넛을 남겨놓고. 유우를 남겨놓고…….

지카 씨는 나를 이용했을지는 몰라도 원망하지는 않았던 거네. 그러기는커녕 유우를 맡길 상대로 나를 선택해줬다는 거네.

지카 씨를 두려워할 이유는 아무것도 없었어. 그런데도…….

지카 씨랑 똑같은 모습으로 나타난 유우한테 나는 어떻게 하면 됐어? 우리 모녀, 라고 해도 되지? 우리 모녀한테는 뭐가 부족했던 걸까?

뭐가 결여돼 있었던 걸까?

나한테 뭐가 있었다면 유우를 잃지 않아도 됐을까?

네 여행은 아마 여기가 종점이지? 그럼 답을 가르쳐줘.

나는 앞으로 이 구멍 너머에서 뭘 봐야 살아갈 수 있는지. 모른다면 하다못해 이 구멍을 막아줄래.

사노 네 훌륭한 마법의 힘으로……

나한테 결여돼 있는 걸 전부 채워줘.

앞을 보고 살아가기 위해
다치바나 히사노

먼저 이상론을 이야기하게 해주세요. 모든 사람이 타인을 외모로 판단하지 않고 내면에 시선을 돌린다면 더 살기 좋은 세상이 되지 않을까요?

키가 큰 것도 작은 것도, 뚱뚱한 것도 마른 것도, 눈이 큰 것도 작은 것도, 코가 높은 것도 낮은 것도 전부 표면적인 개성이고, 그로부터 내면을 추측한다는 건 천박한 행위라고 마음속 깊이 생각하는 세상……이 될 리가 없죠.

생후 몇 개월인 아기조차도 아줌마, 물론 저를 포함해서인데요, 아줌마가 최고의 미소를 지으며 까꿍을 해도 뿌로통하게 있다가, 젊은 여성이 시야에 들어오기만 해도 방긋방긋 웃을 때가 있습니다. 짚이는 데가 있는 분이 꽤 계시는 것 같네요.

자, 마음껏 웃으셔도 됩니다. 여기서는 생각한 감정을 얼굴에 그대로 드러내셨으면 좋겠어요. 학교 수업이 아니니까요. 그렇다고 옆 사람이 웃으니까 나도 웃어야지 하지는 마시고요.

기준을 타인에게 맡기지 마세요.

저는 생각한 걸 직설적으로 입에 담는 타입이에요. 어릴 때부터. 좋다, 싫다, 귀엽다, 더럽다, 맛있다, 맛없다. 그리고 부럽다, 불쌍하다……. 솔직하게, 생각한 그대로요.

주위에서는 특히 동성 친구들이 저를 부러워했습니다. 미인은 무슨 말을 해도 용서받으니까 좋겠네 하면서. 성격이 나쁜 걸 얼굴이 커버해준다고 마치 칭찬인 것처럼 말해요.

확실히 그런 측면도 있었을지 모릅니다. 하지만 그것만이 저인 것은 아니에요. 누구보다도 단정한 몸가짐에 신경을 쓰고, 제게 어울리는 머리 모양이나 복장을 매일 밤 진지하게 생각했습니다.

그런 제가 외모 외의 문제에도 눈을 돌릴 수 있게 해준 사람은 어머니였어요. 어머니는 유복한 가정에서 자랐지만 교육에 관해서는 원하는 길로 갈 수 없었지요. 여자는 눈에 띄면 안 된다. 회사를 경영하던 할아버지는 당연하다는 듯 장남에게 회사를 물려주려 했어요.

하지만 장남도, 차남도 특별히 우수하지 않았어요. 그런 가운데 외동딸이 오빠들보다 더 좋은 학교에 진학하는 게 할아버지는 탐탁지 않았습니다.

어머니는 자기 능력을 시험해보고 싶었어요. 그룹 선두에 서서 세상에 이바지하는 일을 하고 싶었죠. 할아버지가 돌아가시고 오빠들과 평등하게 나눠 받았다고 할 수는 없어도 어머니는 감당이 안 될 정도로 많은 유산을 물려받았습니다. 어머니는 뷰티살롱을 경영하면서 여성들만의 복지활동 단체를 세웠습니다.

처음에는 바자에 내놓기 위한 쿠키를 굽거나 수예품을 만드는 등 취미 살롱 같은 모임이었지만 남몰래 익힌 어학 실력을 살려 전세계 복지단체에 매일같이 편지를 보내다 보니 활동 영역이 일본의 작은 시골 마을에서 세계로 넓어졌어요.

그 활동에 처음 동행한 건 고등학교 1학년 여름방학 때예요. 별이 예쁜 게 다인 가난한 마을에 분유를 전달하고 다녔습니다.

정비가 안 된 도로에 온통 물웅덩이인 질퍽질퍽한 길이었어요. 신발은 진흙투성이, 게다가 앞에서 걷는 사람이 튀기는 흙탕물 때문에 옷은 물론 얼굴까지 지저분해져요. 이런 곳에 오는 게 아니었어. 그런 후회도 마을 어머니들에게 분유 캔을 나눠주는 사이에 옅어졌죠. 기뻐하며 웃는 얼굴을 마주하면서. 고맙다고 감사를 받으면서.

겉모습은 관계없어요. 내 행위가 환영받고 있다. 실제로 환영한 건 분유 캔이지만요. 얼마 안 있어 제 눈을 의심하게 되는 광경이 눈에 들어왔어요. 어떤 어머니가 당장 우유를 타기 시작했는데 완성된 건 마치 커피우유 같은……. 그런 물밖에 손에 넣을 수 없다고 해요.

그래서 아픈 아이들도 많았어요. 출생률은 일본보다 높아도 다섯 살까지 살아남을 확률이 훨씬 낮아요. 그런 지역이다 보니 다른 나라 봉사 단체의 모습도 보였어요. 그중에서도 미국에서 온 여성들만으로 이루어진 의료팀은 굉장했지요.

한 사람의 인간이 할 수 있는 일에 이렇게까지 차이가 나다니.

그때 처음으로 제 속에 공동空洞이 생긴 걸 느꼈어요. 나한테 부족한 것. 빛나 보이는 사람과 나의 차이.

귀국한 뒤에 저는 의사를 목표로 맹렬히 공부했어요. 손에 넣고 싶은 건 아름다움이 아니었죠. 저라는 인간을 누군가가 이야기할 때 외모의 아름다움을 맨 처음 꺼내는 데에 가장 반발하던 시기였어요.

그 때문에 좋아하던 남자애와도 잘 안 풀리고 말았지만요.

그렇게 해서 의사가 됐고 개인으로서 발신할 능력을 높이기 위해 어머니의 조언을 받아 미스 월드 미인대회에도 나가서 지금의 제가 되었습니다.

중요한 부분을 건너뛴 거 아니냐는 얼굴들이 드문드문 보이네요.

어째서 미용외과 의사가 됐는가 하는 부분일까요. 전문은 피부과입니다. 공동이 채워지고 다시금 저를 바라보니 역시 저는 꾸미는 게 좋고 예쁜 게 좋고 아름답고 싶다고 생각했거든요.

목숨이 달린 큰병에 걸린 사람을 구하는 행위도 숭고하지만 그건 남자 의사도 할 수 있습니다. 그야말로 외모 같은 건 관계없죠. 그보다 나이기 때문에 구할 수 있는 사람들이 있지 않을까?

이 세상이 외모가 아름다운 사람에게 다정하다면 다들 예뻐지면 된다. 오히려 그걸 망설일 이유를 모르겠다. 의학의 힘으로 할 수 있는 일을 어째서 거부해야 하지?

나는 자신감이나 존엄을 상실한 사람이 앞을 보며 살아갈 수 있도록 거들고 있는 거야, 이런 자부심을 품고 있었는데요…….

과연 그렇게 단언해도 될지. 오히려 말랐다, 눈이 크다, 코가 오뚝하다, 입술이 탱글탱글하다, 가슴이 크다, 이런 게 아름다움이고 이것들을 얻으면 행복해질 수 있다는 근거 없는 시시한 가치관, 누군가가 만든 시시한 틀에 개성 있는 사람을 밀어 넣는 데에 일조하고 있는 게 아닐까? 그런 의문이 생기는 사건이 있었습니다.

이런 건 시시한 교칙을 강요하는 교육자랑 똑같지 않은가?

내가 할 일은 무엇인가?

여러분은 만일 과거의 자기 자신으로 돌아갈 수 있다면 언제 어느 때가 좋으신가요?

남편과 만나기 전이라는 목소리가 들리기도 하는데요…….

돌아갈 필요 없어. 지금이 가장 행복해. 이런 분도 계시지 않을까요? 고개를 끄덕이신 분의 미소가 근사하네요.

분명 그런 분은 제 책을 사거나 이렇게 강연회에 오셔도 뷰티 클리닉 문은 두드리시지 않을 것 같다는 생각이 들어요.

외모의 아름다움은 평생 가는 게 아닙니다. 피부 탄력이나 풍성한 머리숱처럼 잃게 되는 것도 있는가 하면 언제 올 식량난에 대비하려고 그러는지 배와 허리, 등과 팔뚝, 도처에서 늘어가는 것도 있습니다.

이건 어쩐지 직소 퍼즐의 조각이랑 비슷하다고 생각하지 않으세요? 사람마다 비슷해 보이지만 조금씩 들어간 곳이나 튀어나온 곳이 다른.

꼭 겉모습만 그런 게 아니라 내면 역시 조각 형태로 나타납니다. 장점이 있으며 단점이 있고, 좋아하는 게 있으며 잘 못하는 게 있습니다. 이렇게 자기 자신이라는 조각이 만들어집니다.

조각과 조각이 맞춰져서 가족이 생기고 마을이 생깁니다. 그리고 한 장의 그림 속 한 부분이 되죠. 하지만 다들 잘 들어맞으리라는 법은 없습니다. 학교라는 이름의 그림, 회사라는 이름의 그림, 어쩐지 나만 따로 붕 떠 있는 것 같다. 이 그림 속에 내가 들어갈 곳은 없을지도 모르겠다. 그렇다고 해서 쉽게 다음 그림을 찾을 수도 없다.

억지로 끼워 넣으면 주위 균형도 깨져버립니다.

조금 형태를 바꾸면 잘 들어갈 텐데.

그게 외모의 문제라고 느끼는 사람이 병원 문을 두드립니다.

혹은 과거에는 딱 들어맞았는데 서서히 이질감을 느끼게 됐다. 잘 속해 있던 시절의 나로 돌아가고 싶다. 그 형태에 조금이라도 다가가고 싶다.

이렇게 바라며 병원 문을 두드리는 사람도 있습니다.

물론 대환영입니다. 형태를 보정한 뒤의 행복한 그림이 보인다면.

하지만 한 가지 기억해두셨으면 하는 건 자기가 이상이라 생각하는 형태가 타인에게도 반드시 그렇지는 않다는 겁니다.

같은 형태가 모이면 모일수록 그림은 만들기 쉽습니다. 이 조각은 여기가 아니면 안 된다는 규칙이 없으니까요. 하지만 그런 퍼즐, 시시하지 않나요? 완성된 그림도 시시할 것 같잖아요.

자기가 만들고 싶은 그림에서는 부자연스럽게 여겨지는 조각이라도 그 조각이 딱 들어맞는 곳이 반드시 있습니다.

반대로 자기가 들어맞는 그림을 그릴 수 없는 경우도 있을지 모릅니다. 그럴 때도 원하시면 상담해주세요. 그 그림을 함께 상상해봅시다.

당신이라는 조각이 딱 들어맞는 장소는 반드시 있으니까요.

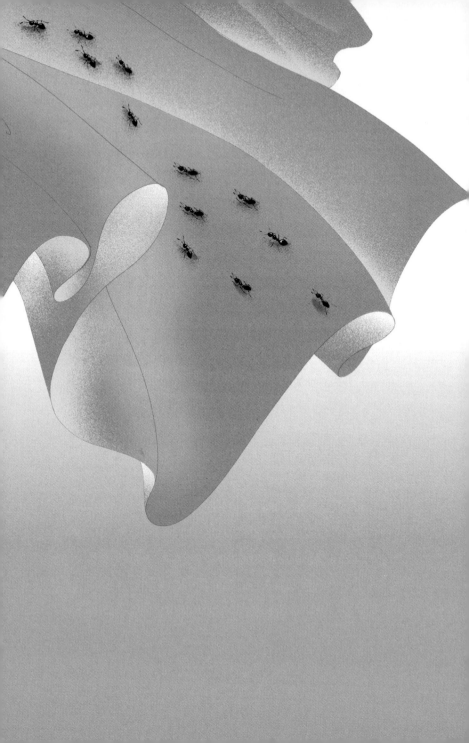

KAKERA
by Kanae Minato

Copyright © 2020 Kanae Minato
All rights reserved.
First published in Japan in 2020 by SHUEISHA Inc., Tokyo.

This Korean edition published by arrangement with Shueisha Inc., Tokyo in care of Tuttle-Mori
Agency, Inc., Tokyo through Imprima Korea Agency, Seoul.

Korean translation copyright © 2020 Viche, an imprint of Gimm-Young Publishers, Inc.

옮긴이 **심정명**

서울대학교 서양사학과를 졸업한 후 서울대학교 비교문학 협동과정에서 석사학위를, 오사카 대학교 문학연구과에서 박사학위를 받았다. 옮긴 책으로 교코쿠 나쓰히코의 《후 항설백물어》, 이케이도 준의 《일곱 개의 회의》를 비롯해 《백미진수》《괴담》《피안 지날 때까지》《이치고 동맹》 등 문학뿐만 아니라, 《유착의 사상》《스트리트의 사상》 《납치사 고요》 등 다양한 분야의 일본 작품을 우리말로 옮기고 있다.

조각들 블랙&화이트 091

1판 1쇄 발행 2020년 7월 10일 **1판 2쇄 발행** 2020년 7월 27일
지은이 미나토 가나에 **옮긴이** 심정명
펴낸이 고세규
편집 장선정 **디자인** 박주희 **마케팅** 백미숙 **홍보** 김하은

발행처 김영사
주소 경기도 파주시 문발로 197(문발동) 우편번호10881
등록 1979년 5월 17일(제406-2003-036호)
주문 및 문의 전화 031)955-3100 **팩스** 031)955-3111
편집부 전화 02)3668-3295 **팩스** 02)745-4827 **전자우편** literature@gimmyoung.com
비채 카페 http://cafe.naver.com/vichebooks **인스타그램** @drviche **카카오톡** @비채책
트위터 @vichebook **페이스북** www.facebook.com/vichebook
ISBN 978-89-349-8460-3 03830 책값은 뒤표지에 있습니다.

비채는 김영사의 문학 브랜드입니다.

이 도서의 국립중앙도서관 출판시도서목록(CIP)은 서지정보유통지원시스템 홈페이지(http://seoji. nl.go.kr)와 국가자료공동목록시스템(http://www.nl.go.kr/kolisnet)에서 이용하실 수 있습니다. (CIP제어번호: CIP2020023384)